かくりよの宿飯　四

あやかしお宿から攫われました。

友麻　碧

富士見Ｌ文庫

目次

第一話　折尾屋の座敷牢

空から見下ろした折尾屋は、海岸沿いに広がる壁の様なお宿だった。

天神屋は縦に積み上げられている印象を受けたけれど、ここは真逆だ。

横に広がる広大な宿。

青い妖火も海岸沿いに連ねられ、何かのラインを象っている。

天神屋の、朱色の鬼火があちこちで輝く賑やかな和のイメージより、もう少し落ち着いた、水の様な静かなイメージを受けた。聞こえてくる、海のさざ波の音のせいだろうか。

折尾屋の周辺に賑わった商店街や繁華街はなく、ここから少し離れた海岸沿いに漁港の灯りと、点滅する灯台、また折尾屋よりずっと内陸の方に、まとまった街の光を見つけた。

折尾屋は天神屋のライバルと聞いていたけれど、その特徴や形態は、天神屋とは大きく異なるみたいだ。

宙船は一度海面に降り、折尾屋の停泊所に入港した。

前に銀次さんと東の地の港へ買い出しに行った時も、天神屋の小さな宙船を海に降ろしたっけ……

なんて、悠長な事を考えている。

何から何まであり得ない状況に、私はすっかり酔いを覚まし、立ち尽くしていた。

結局折尾屋まで連れてこられちゃったのね、私。

「ほら、降りろ人間の娘！」

後ろからゲシと蹴飛(けと)ばされ、ズベッと前に滑り転んだ。痛い。

「大丈夫ですか、葵(あおい)さん」

すぐに銀次さんが駆け寄って来て、私は手を貸してもらい起き上がる。

「無礼な事はやめてください、秀吉(ひでよし)さん！」

銀次さんは私を蹴ったあやかしに向かって注意した。

そいつは額に細い紐(ひも)を巻き頭の横で結んでいる、天パ頭の小柄な男。私を横目に「ハッ」と嘲笑(ちょうしょう)し、船から停泊所へと軽々飛び降りた。

あいつは確か、メガホンで天神屋の幹部を呼びつけた奴……茶色のしっぽが二本ある。

「彼は、二尾の化け猿である、秀吉さんです。折尾屋の……まあ私の後に、若旦那(わかだんな)の地位についた方です」

「ああ……なんか色々な意味で猿って感じね。身軽な感じで」

あいつだけじゃない。

まだまだ折尾屋の連中から、悪意や興味を秘めた視線を感じる。

まるで、初めて天神屋に来た時みたいだわ……。

私は大きく深呼吸をして、ゆっくりと船から降りる。震えては負けだ。銀次さんを連れて、なんとか天神屋へ戻らなければ。

この時はそんな思いばかりだった。

「乱丸」

港に降り立った時、まだ船に残っていた黄金童子が甲板から停泊所を見下ろし、折尾屋の旦那頭、乱丸の名を呼んだ。私も思わず振り返る。

「私は今から北西の地へ赴く。乱丸、お前は分かっているな……〝儀式〟を絶対に成功させるように」

「……分かっております。必ずや成功させてみせましょう、黄金童子様」

乱丸は黄金童子に深々と頭を下げ、再び動き出した青蘭丸を見送っていた。

儀式……？

いったい、何の話だろう。

ハッとしたのは、黄金童子の紫水晶の様な瞳に、私自身が見下ろされていた事に気がついたからだ。

冷たい、何もかもを見透かす様な瞳。私を見据える、その視線の意味は分からない。

幼い少女の姿をしていても、私はもう彼女を、初めて出会った時の様な子どもだとは思えなかった。当然、そうではないのだろうから。

「葵さん、こちらへ……」

銀次さんに呼ばれ、私は再び前を、折尾屋の佇む方を向いた。

あちこちで揺らめく、天神屋の鬼火とは真逆の青い炎を瞳に強く映し込ませて。


しかし私は折尾屋に着くなり、作務衣姿のゴツい男たちによって銀次さんと引き離され、再び乱暴な扱いを受けた。

なんと地下の座敷牢っぽいところに閉じ込められたのだ。

「ちょっと、何するのよ！」

流石にこれは無いだろう、と訴えるも、旦那頭の乱丸は獣っぽい八重歯をむき出しにして、大満足げな笑顔だ。牢屋の鍵を弄びながら。

「お似合いだぜ鬼嫁。しばらくはここで大人しくしてな」

「私は罪人か何かなの⁉　これは監禁よ、歴とした犯罪よ！」

「そんなのは知らない。この土地では俺がルールだ」

「ふざけないで！　ここから出しなさいよ！」

銀次さんの言っていた通り、乱丸という男は俺様って感じで偉そうな奴。

ガタガタと牢屋の格子を揺する。檻に入れられた動物園のチンパンジーの気持ちが今よくわかったわ。

乱丸は髪を掻き上げ、嫌みくさい呆れた顔になる。

「……ったく、こういう状況になったら、泣いて許しを請うのが普通だろう。まるで可愛げの無い女だぜ。天神屋の大旦那は大嫌いだが、こんな女と結婚しなければならんとは、敵ながら哀れに思えてくる」

「は、はあ⁉」

腹立つ事をもう一つ言われた。こちとら現世から攫われた身なんですけど！

「まあ良い。黄金童子様のお戯れで連れて来たのは良いが、正直お前はただ飯食らいの穀潰し。もうすぐ開催される大事なイベントを邪魔されても困るからな。だが……お前にも使い道がありそうなら、そこから出してやるぜ」

「な……っ」

「それかまあ、大旦那の愛にでも期待しろ。お前を本当に愛しているのなら、助けにでも来るんじゃないのか？　あっはははははは」

自分で言って、自分でウケて膝を叩いて大笑いしている乱丸。取り巻きもついでに笑ってる。

な、何それ何それ何それ！　勝手に連れて来ておいて、なんて勝手な言い種！

乱丸は大きな犬耳をピンと立て、愉快爽快という様子で、牢屋に私を置いてこの場を去って行った。

長い赤毛と、鮮やかな浅葱色の羽織が翻って消える。

「…………」

さっきまであんなに騒がしかったこの地下牢が、すぐに静寂に包まれた。

私は牢屋の前にあるたった一つの妖火を頼りに、たまらずその場に座り込む。

天神屋に来たばかりの頃の、孤独に似たものを思い出すわね。でも流石に、こんな所に閉じ込められたりはしなかったわよ。

「大旦那様の愛……って」

しかも、それ、何？　期待できるの？

いやいや、大旦那様が結構優しくて懐の大きなあやかしだって言うのは、いくら私でももう分かっているけれど。

「でも、そんな事になったら天神屋に迷惑をかけちゃうわ」

いや、もう私が攫われてしまったというだけで結構な迷惑をかけているに違いない。

だって、このままだと夕がおはどうなるの？

若旦那である銀次さんもいないし、きっと混乱している。

ならばいっそう、この状況は自分でなんとかしなければならない。

これは私の招いた状況なのだ。助けを求めてばかりいては、天神屋の一員というよりはお荷物になってしまう。それに……

「銀次さんは、大丈夫かな」

私と離れる直前まで、私に乱暴な事はするなと、乱丸に訴えていたっけ。

銀次さんの、乱丸に対する態度には驚いた。いつもは紳士的で落ち着いているのに、他人に対しあんなに感情を露にする事があるなんて。過去に乱丸と何があったんだろう。

心配ごと、考えなくちゃいけない事が多過ぎる。

とてもとても疲れているんだけど……あと今は何時だろう。

「おいねーちゃん」

牢屋の中で座り込み悶々としていた時、格子の向こうから声をかけられ、顔をあげた。

そこには雑用係っぽい、肌の焼けた少年が立っていた。見た目で言えば、十歳前後ってところかしら。ざんばらな髪を後ろで適当に結っているのが少し可愛らしい。

「夜食だぞ」

「え、ごはん⁉」

さっきまで銀次さんの事やここから逃げる方法ばかりを考えていたのだけれど、〝飯〟という単語を前に、すっかり気持ちはそちらへ向かう。

少年は牢屋の端にある、ものを出し入れする小さな隙間からお膳をこちらに差し出した。

正直色々ありすぎてお腹が空いていた。夕方の宴の時に鮎の塩焼きを食べたけれど、それ以外に何かを沢山食べたって訳じゃなかったしね。

もう夜遅いとか、太るかもとか、そんな事は一つも考えていられない。

「わあぁ……」

それに、お膳のメニューはびっくりするくらい豪華だった。白身魚のお吸い物と、お刺身の盛り合わせ、イカシュウマイと野菜の煮物、そして白ご飯とお漬物。

お刺身御膳、という感じかしら。料亭のお手頃ランチメニューとかにありそう。

「ど、毒入りとかそういう話じゃないわよね……」

「心配なら食わなくていいぞ。おいらが食う」

「ダメよ。私が食べる」

雑用係の少年がじっと私のお膳を見ていたので、私はお料理を守る態勢をとった。

改めてご飯を眺めて、いただきますと手を合わせ、お箸を手に取る。

さっそくお吸い物を一口啜った。

ふわり、と口に広がる、昆布とカツオの一番だしの味。後から鼻を抜けていく柚子の皮の香り。すきっとした澄んだ味だ。汁の色も濁りが無く、美しい。

「魚はヒラメかしら……臭みが全く無くて身がふっくらしてるわ」

淡白な味わいの中にある手間を感じる。

雑な所が一つもない、洗練された味だ。

「やっぱり海に面したお宿ね。お魚が新鮮だもの」

お刺身の盛り合わせを見ても、身がとても綺麗だ。タイかな。透明感があり、身が引き締まっているのが分かる。

一つ食べると、コリコリとした歯ごたえに驚かされた。何と言っても旨みが強く、隠世のお醤油につけて食べるとさらにその甘みが引き立つ。

「うう、これは美味しい……」

とりあえず白いご飯を食べて、この美味しさをお腹に閉じ込める。私はまだまだ、この手のお料理のお供はお酒ではなく白米なのよねえ……

「ねーちゃん、飯食ってる時の百面相、面白いな」

「あら、あんたまだそこに居たの？」

「おいらはあんたが飯を食ったら、それを下げろって言われてる」

私にご飯を持ってきてくれた少年は、牢屋の外の壁にもたれて、あぐらをかいて座り込んでいた。あくびを一つして、眠たそうだ。

「私のご飯を狙っているのなら、あげないわよ」

「別にそんなんじゃねー。おいらだって同じ様な飯を食堂で食ってるし」

「へえ……」

羨ましい……実に羨ましい。

「そのイカシュウマイ、美味いぞ。おいらは一番好きだ」

「へえ。これ？」

少年に勧められたイカシュウマイを箸で摘む。刻んだ皮を散らして蒸した、イカシュウマイ特有の見た目。魚肉の練り物に、粗めのイカのすり身を混ぜ合わせ作ったしんじょのようなものに、この刻んだ皮をまぶして蒸し上げるのだ。

一口食べると、その一風変わった皮の食感と、イカのプリプリの歯ごたえを楽しめる。イカ刺しやイカ天も好きだけれど、イカをこのように加工して作ったイカシュウマイも、旨みがぎゅっと詰め込まれていて美味しい。

もう一つ、もう一つと食べたくなる。三つしか無いけど。

「凄いわね、これ。あっという間に食べちゃった」

「だろ？　そのイカシュウマイはうちの厨房の手作りだ。折尾屋の板前たちの料理はほんとに美味い。南の地は魚介も美味いしな。水揚げ量は東の地に敵わないが、魚の質なら南の地も負けてねえんだぞ。養殖も盛んだ」

「へえ。あんた子どもに見えるけど物知りね」

「そりゃそうだ。南の地のことをちゃんと知らないと、ここで働き続けられないぞって、乱丸様が教えてくださった」

「…………」

ああ。この子、あの乱丸の事を慕っているんだ。

さっき私を閉じ込めて、大旦那様が哀れだと大笑いしていた俺様男を思い出して、思わず首を捻った。私の中でのイメージは最悪だったから。

でも、葉鳥さんも言ってたっけ。乱丸という男はワンマンだけど、熱心に慕っている奴らも居るって……

私はお膳のご飯を食べてしまって、一杯のお茶を飲む。

お膳をこの少年に返す時に名前を尋ねてみた。

「あんた、名前は？」

「……おいら？　おいらは太一。夜雀だぞ」

「太一、ね。分かったわ。それにしても夜雀か……へえ、言われてみると確かに」

雀っぽいかも……私がじろじろ見ているので、太一は「なんだよ」と、不審な顔をして後ずさった。そして、お膳を持って逃げるようにこの場を去る。

「別に丸焼きにして食おうって訳じゃないのに」

お腹いっぱいになって少し余裕が出てきた。

今になってやっと座敷牢の中をよくよく見回す。

奥に扉があり、簡易な檜のお風呂場や洗面台、お手洗いなど一通りある。しかも手ぬぐいや着替えの浴衣、歯磨きセットや櫛などアメニティグッズまで揃っていて、これは座敷牢を模した趣味の悪い客間なのではと驚いてしまった。

酷い扱いを受けているのかそうでもないのか、ちょっとよくわからない。

ふかふかで上質なお布団まで、座敷の隅に畳んで置かれているし。

「まあいいや。正直眠たいし、歯磨きしてお風呂に入って、もう寝てしまおう」

お風呂に入ろうと奥の部屋で着物を脱いだ時だった。

前掛けでもぞもぞ何かが動いたので、びっくりしてポケットを漁ると、緑の丸い物体が私の腕をちょろちょろ上って出てきた。

「あっ、チビ！　あんた、ついてきたの？」

「葵しゃん、どうもでしゅ〜」

自称私の眷属である、手鞠河童のチビだった。

おからクラッカーを食べたのだろう。食べカスが口周りにくっついている。

「葵しゃん、僕はずっと葵しゃんの前掛けのポッケの中に居たでしゅ。葵しゃん気がつかなかったでしゅ〜？」

「う、うん。全然。あんた小さ過ぎるから」

「がーん、でしゅ」

水かきのある指を咥えて、何故かショックを受けるチビ。でも、こんなに小さなチビでも、今は心強い存在だ。

私はチビを抱き上げて、口の周りについたおからクラッカーの食べカスを拭き、一緒にお風呂に入った。

とりあえず、全ての事は明日から。まずは寝て英気を養おう。

私は、銀次さんに聞きたい事がある。

幼い頃、あの空腹と孤独から助けてくれたあやかしは、もしかして銀次さんだったのでは……と。

その面影に、私は彼を重ね合わせた。

重ねてしまえば、そうだとしか思えなくなっていた。

直感は一瞬で、何かを考える間もなく、理解したのだ。

「…………」

天井から零れ落ちた雫で、目を覚ます。

暖かい南の地なので寒くは無いが、代わりに少し磯の香りがする。昨日はあまり気にならなかったのに。

朝の澄んだ空気の中だから、余計気になるのかな。それとも、ただ昨日は磯の香りを気にする余裕も無かったのかな……

ゆっくりと起き上がって、しばらくぼんやりとしていた。

「銀次さん……」

銀次さんがここ最近天神屋で見せていた、物思いに耽っているような表情を思い出す。

銀次さんはこうなることを、予期していたのかな……

今頃、どうしているのだろう。

あの乱暴な乱丸って奴に、いびられているんじゃないだろうか。とても心配だ。

そうだ。一日寝て、状況は受け止められた。折尾屋での今日は始まったのだ。

ならばぼけっとしている場合ではない！

ぱしっと頬を叩いて、起き上がり、さっさといつもの抹茶色の着物に着替えてしまう。

「よし……脱走しようっ！」

試しに格子の隙間から体を出そうとしてみる。

でもまあ当然、この隙間ほど私は細くないので痛いだけで終わる。バカな事をしたなと、後から虚しくなる。

天狗の団扇があったら、風でふっ飛ばすのに、捕まっている時はいつも無いのよね。

どうしようかと考えていた時、ふと傍にあいつが居ない事に気がついた。

「あれ、チビはどこへ行ったの？」

昨晩、一緒の布団で寝たはずだ。枕元で丸くなるチビの甲羅を指で撫でてあげると、チビも指を咥えてすやすや寝付いた。

それなのに、あいつったら、すでにここには居ない。

確かにチビはいつも早起きだ。私が大学へ行く前に餌を貰うため、いつも早起きして河原で待ってたから、いまだに生活のリズムが隠世のあやかしたちより早いのよね。

でも、どこへ行ってしまったんだろう。

ここにはチビが遊びに行く池も無いと思うし、そもそも敵陣なんだけど。凶暴なあやかしにぺろっと食べられても知らないわよ。

「葵しゃーん、葵しゃーん」

そんな時、檻の向こう側から、噂のチビがてくてく戻って来るのが見えた。

「あ、チビ！　あんたいったいどこ行って……って、何か背負ってる？　鍵？」

目をごしごし擦っても、チビが背負っているのは鍵にしか見えない。

「葵しゃん、これ、あのぶしゃいくなお犬しゃんに貰ったでしゅ」

「え、不細工な犬？　もしかしてノブナガ？」

「僕はチビなので檻の隙間から出て行ったでしゅ。そしたら階段を上った先にノブしゃん居たでしゅ。鍵、咥えてたでしゅ。保存食として甲羅に隠してたおからクラッカーと交換してくれたでしゅ」

チビはえへんと得意げにのけぞって説明をした。

背負っている鍵の重さでそのまま後ろにひっくり返ったけれど。

「その鍵、もしかしてこの牢屋の鍵なのかしら」

「きっとそうでしゅ。試してみるでしゅ〜」

チビは檻の鍵穴までちょろちょろよじ上って、鍵を鍵穴にさしてみた。さしてみたのは良いけれど、その後回す事が出来ないので、そこは私が格子の隙間から手を伸ばし、鍵を回してみる。

…………カチッ。

「開いた！」私とチビはハイタッチ。

「チビ、でかしたわね！」

「僕は役に立つかっぱでしゅ。そこらの無能な低級あやかしと一緒にして欲しくないでしゅ。生き残り方を知ってるでしゅ」

「また調子に乗ってるわね……」

まあいいや。チビはか弱そうな見た目をしていても、確かに生きる術を知っているあやかしだ。良い意味で姑息というかずる賢いと言うか……

私はそんなチビを肩にのせて、そのまま座敷牢を去る。早朝ならば、あやかしたちもほとんど活動していないはず。

地下から伸びる古い石の階段を上って、長い廊下に出た。

誰かに見つかれば、また地下へと逆戻りに違いない。キョロキョロと警戒しつつ、とりあえず思うままに前へ進む。

海側に面した外廊下に出ると、ダイナミックなオーシャンビューが目に飛び込んだ。

「わあ、すっごい」

思わず手すりに近寄って、海の景色を眺めた。

東の地で見た海とはまた違う。透き通る様に美しい碧色(みどり)の海だ。

波も穏やかで、砂浜もキラキラと輝いている。

海のずっと向こう側に、平たくて小さな孤島も見える。

ガラス張りの窓に隔てられ、波の音はほとんど聞こえないが、どうせならもっとちゃんと、外に出て海風を感じてみたいものだ。

よく見ると、海岸線に続く松原の小道に、荷を載せた馬車や牛車のようなものがずらずらと続いていた。業者のようだ。

「魚屋……八百屋……あ、氷屋もだ」

あの松原の向こう側に、出っ張った港町の様なものが見える。

でもそんなに大きな港町という感じではないな。海の上から観た感じからも、南の地はそれほど都会ではないように思う。灯(あか)りが少なかったというか、建物が少なかったと言うか。……それにしても静かだ。

「おい」

いきなりガツンと後ろから手すりに腕を伸ばし、私を逃すまいと覆い被(かぶ)さる影があった。

恐る恐る、小回りして振り返る。そこには苛立(いらだ)った形相で私を見下ろす、乱丸の姿が。

「てめえ……なぜ地下牢から逃げてやがる」

「……あ、え、と」

見つかってしまった！ 私が海に見とれてしまっているせいで……っ！

「いやあ～……ここは海が綺麗(きれい)ですね」

「おい、黄昏(たそが)れた顔をして誤魔化してんじゃねえよ」

乱丸は私の腕を引っ張り、強引に再び地下の座敷牢へと連れて行こうとした。

その力は、私ごとき人間の女の力では、どうしたって抗(あらが)えないほど強いもので、「待って待って待って」と喚(わめ)くだけで精一杯だった。

「大人しくしてろと言ったはずだぜ、小娘。人の鍵を盗んで脱走しようとするとは、流石は史郎(しろう)の孫と言ったところか。品がない女だ」

「いたたたた、痛い痛い」

史郎の孫、品がないとまで言われて普通なら言い返すところだけど、私は腕を強く引っ張られて、それがとても痛かったのでそっちを訴える。

乱丸は途中で立ち止まり、パッと腕を放した。

「もう！　腕がちぎれると思ったじゃない！」

私は涙目で、乱丸に掴まれていた腕をさする。

乱丸は僅かに驚き、自分の手と私の腕を見比べている。そして両目をすぼめた。

「てめえ……この程度でかよわい女のふりをするつもりか？　なんか腹立つな」

「違うわよ！　あやかしには分かんないかもしれないけど、人間ってのはもの凄くやわな体してるの！　あんた、人間に会ったこと無いの⁉」

怒って尋ねると、乱丸は眉をつり上げ、偉そうに腕を組んでから答えた。

「人間になら、史郎に会った事があるぜ。奴のおかげで、人間とは姑息で邪悪な存在だと知った。殺しても死なない様な、しつこく粘っこい生き物だとな！」

「まず一言言わせて。おじいちゃんを人間の基準にしないでちょうだい」

そいつを一般の真人間と思ってはいけません。それはただの津場木史郎です。

それにしてもこの乱丸って男、見た目や口調の通り、粗暴な奴だ……

天神屋に攫われた時、大旦那様も大概失礼な奴だと思っていたけれど、今思うとかなり紳士的な方だったわね。

「葵さん……っ！」

私の名を呼ぶ聞き慣れた声がして、すぐに振り返った。

そこには、昨日からずっと会いたかった銀次さんの姿が。

お互い慌てた様子で駆け寄る。

「良かった、ここに居たんですね」

「銀次さんこそ！　この赤毛で犬耳の乱暴な男に、なんか酷い事されなかった⁉」

「それはこちらの台詞です！」

銀次さんは私が腕をさすっているのを見て、「赤毛で犬耳の乱暴な奴」こと乱丸を睨みつけた。

乱丸は鼻で笑う。

「おいおい、人の事を乱暴な男だなんて、史郎の孫に言われたくないぜ。俺は奴ほど横暴かつ外道な男は知らない」

「だから、おじいちゃんは規格外なんだってば！」

乱丸は私の言う事には取り合わず、「銀次」と銀次さんにぶっきらぼうな声をかけた。

「来月の〝花火大会〟に関してだが、お前の意思は固まったか？」

「……ええ。その件は……お引き受けしましょう」

銀次さんは視線を横に流しつつ、彼らしくない淡白な声音で、何かを了承していた。

花火大会？　ただの花火大会の話をしているにしては、銀次さんも乱丸も、物々しい空気を纏い、深刻な顔をしているのが気になる。

「花火大会は絶対に成功させてみせます。私がここへ戻ってきた理由は、その一点にあるのだから」

「くく。当然だ。それが俺とお前の約束だったからなあ。……なあ銀次、お前は結局、この土地から逃げられやしない。どこへ行こうとも、この土地の〝呪い〟からはな」

乱丸は銀次さんに、念を押すようにして語り、そのまま長い髪と浅葱(あさぎ)色の羽織を翻し、この場を去った。

あれ……私、地下の座敷牢に戻されずに済んだけど、いいのかな。まあいいや。

「……銀次さん？」

ただ、銀次さんの様子が気になる。

伏し目がちで、やっぱり何か、思い詰めているかの様だ。

「葵さん、申し訳ありません……このような事に巻き込んでしまって」

「いえ、良いのよ。だって銀次さんをあのまま一人で行かせてしまったら……もう、銀次さんは、天神屋に戻ってこない気がしたから」

「葵……さん」

銀次さんは眉を寄せ微笑み、私の手を優しく取る。

「乱丸に酷い事はされませんでしたか？　手首が赤くなっていますね」

「大丈夫よ。別にどこか切ったわけじゃないし。それにしても、あやかしっていうのは力の加減を知らない奴ばかりね」

以前、大旦那様に腕を握られた時も、爪が肌に食い込んで痛かったっけ。

「人間の女性と関わる事はあまり無いでしょうからね」

「へえ、そうなんだ。女を沢山侍らせてそうなイメージだったけど」

「あはは。乱丸は粗暴に見えますが、一途なところもありますから……」

「……？」

乱丸を前にした時の銀次さんは、らしくない程に敵対心を露にしていたのに……

銀次さんの、彼を語る口調は、いかにも昔からよく知る者のようだった。

「その点、銀次さんは本当に紳士よね。人間の女性の扱いにも手慣れてるし。多分あやかしの女性にも優しいのでしょうし。天神屋最後の最良物件らしいし」

「えっ、最良物件？　何ですかそれは？　しかも今の流れだと、私がまるで女遊びが激しいかの様な……」

「ふふふ。たとえそうでも、私は別に何も口出ししないわよ」

「私は至って普通です！」

キリッとした顔で、ぐっと拳を握りしめ「普通」をアピールする銀次さん。

「普通の基準が分かんないから、何とも言えないわね」

「えー、何ですかそれはー」

いつもの私たちのやり取りが戻ってきた感じがして、私はクスクスと笑った。

良かった。銀次さんが辛い顔をしているのは嫌だもの。

「…………」

本当は、銀次さんに聞きたい事があった。

だけど、何故かそれを、今ここで問う事は出来なかった。

なんと言うか、それどころではない気がした……

「お嬢ちゃんいたいたー。何だこんな所にいたのかよ〜」

「あ、葉鳥さん」

天神屋に居た時とは違い、浅葱色の羽織を纏った葉鳥さんが、廊下の向こう側から手を振りつつやってきた。

「葵さん、あの人はまごう事無く女好きで女遊びが激しい代表なので、お気をつけて」

「あ、うん。なんかそれ分かる」

銀次さんに色々言われている事をつゆ知らず、葉鳥さんは普段通りのテンションだった。

「よう、昨日は災難だったな〜お嬢ちゃん。まさかお嬢ちゃんまで連れてこられるとはな。銀次、お前も色々大変だったなー」

私たちの肩に、ポンポンと手を置く葉鳥さん。何か白々しい……

「葉鳥さん、もしかしてああなるって最初から知ってたの？」

「え？　あ、あはは。いや〜……うーん、どうかな」

「取って付けたように窓から海を眺めてもダメよ」

さっきの私みたいに、綺麗な海を眺めて何かを誤魔化そうとしている葉鳥さん。

腰に手を当て仁王立ちで、私より図々（ずうずう）しい感じがするのが、いかにも葉鳥さんらしいというかなんと言うか。

「もう良いだろ、そのことは！　ポジティブにこれからの事を考えようぜ。なあ銀次、お前だってここへ来たからには、これからが正念場だ。分かってんだろうな？」

「……ええ、葉鳥さん。それは承知の上です」

銀次さんはすぐに真面目な顔をした。

これからが正念場って……さっき乱丸が言っていた花火大会のことかな。

「ならばよし！」

葉鳥さんは手をパシンと叩（たた）いて、空気を変える。

「お嬢ちゃんも流れで連れてこられちゃった訳だが、俺たちが居るからまあ、酷い目に遭わされる事は無いだろう。すぐに天神屋に戻れる様、俺が手を打つから待ってな」

「……え、ええ。なんか葉鳥さんが頼もしい事を言ってる」

「おい、俺はこれで、頼れる折尾屋の番頭だぞ。天神屋に遊びに行ってた、ゆるゆるモードとは違うのだ」

わははと大笑いして、意味も無く偉そう。それが葉鳥さん。

「まあこんな所で突っ立ってるのもなんだし、朝飯食いに行こうぜ。従業員用の食堂は開いてるはずだ」

「そうですね。……葵さんも、ご一緒にどうですか？」

「え、私……折尾屋の従業員じゃないけど」

「ああ、そんなのいいって。まあ出戻りの銀次と鬼嫁が居るもんだから、あちこちから注目の視線を滝のように浴びる事にはなるだろうがなー。でもお嬢ちゃんだって、うちの食堂の飯、気になるだろ？」

私は「勿論」と、キリッとした表情で答える。

海辺のお宿の食堂か。昨日のお膳もとても美味しかったけれど、どんな朝食が食べられるのかしらね。

しかし食堂の前で待ち伏せていた、見覚えのあるあやかしに足止めされる。

紐のついたメガホンを肩から斜めにぶら下げ、額に巻いた飾り紐が特徴的な、天パで二尾を持つ化け猿の男。

私とそう背の変わらない小柄な体形だが、メガホンを口元に当てて、偉そうに私に言いつける。

「津場木葵、お前は包囲されている。このまま座敷牢へ連行だ」

「えええ、朝ご飯は⁉」

「おこがましい事を言うな！　穀潰しの分際で」

「穀潰しって、あんたたちが連れてきたんでしょうが！」

わーわー言う私を、折尾屋の警備員らしき作務衣姿のゴッい男たちが取り囲む。

「葵さん！」

「おいおい秀吉。俺たちまで包囲って酷いぞ」

銀次さんと葉鳥さんまで、私から引き離すようにして囲まれている。

「ちっ。口出ししてんじゃねーよ葉鳥、銀次。てめーらは敵だ。いくらその六角折の羽織を着てようとも、てめーらからは天神屋の古くっさい匂いが消えねーんだよ。俺は信用してねえからな」

「…………」

秀吉とかいう男は悪態をついた。葉鳥さんは小さくため息をついて、やれやれと……

銀次さんもまた、何も言わないが浮かない顔をしている。

なるほどね。周囲の視線から見ても、元天神屋のこの二人は警戒されているらしい。

天神屋のあやかしたちみたいに、和気あいあいという雰囲気ではないな。

……いや、天神屋のあやかしたちが皆仲が良い訳じゃないんだろうけど、何となく。

「来い！　津場木葵、お前はまた地下の座敷牢だ！　来い‼」

「……ち、ちょっとっ」

秀吉に乱暴に襟を掴まれ引っ張られた。

折尾屋にはこんな粗暴なあやかしばかりなのか。

せめて朝ご飯だけ食べさせてー……と食堂の方向に両手を伸ばした、その時だった。

「おい、風呂はまだ開いとらんのか！」

食堂の前で響いたクレームらしき声。折尾屋の宿泊客が数人やってきた様だ。

折尾屋の従業員たちはギョッとして、その人に頭を下げている。

驚いた事に、そこに立っていたのは、寝起きの浴衣姿でいる天狗の大御所、松葉様だった。しかも何故か松葉様はイライラとしている。

折尾屋のあやかしたちは「またか」「早起き過ぎだろ」とこそこそ噂話。

「あれ、松葉様？」

「……おや、葵か？　んん⁉」

松葉様はここに私が居る事を知ると、眉間のしわを伸ばして、目をぱちくりさせた。

そして、折尾屋の若旦那の秀吉が、私の襟を掴んで無理やり引っ張っている様を見て、顔を真っ赤にさせて激怒した。

「くおらあああああ！　貴様この猿！　わしの葵になに無理強いしとるんじゃああああああああああっ‼」

「え……え??」

これには秀吉も面食らって、私の襟をパッと離す。

そして、わざとらしい笑顔を作り、両手を揉みながら松葉様に寄って行った。

「これはこれは松葉様。こんな所までお越し頂き、何の御用でしょう。朝風呂でしたら、あと三十分ほどお待ちいただければ……」

「何の御用、では無い！　お前今、葵に乱暴しとったじゃろうが！」

「え、えー……それは。だってこいつは、天神屋の大旦那の嫁で」

「こいつ、では無い！　葵じゃ！　わしの可愛い葵じゃああああっ！」

「えええええええ」

松葉様、暴走。あちこちの備品を投げたり叩き付けたりして、破壊行動を開始する。

折尾屋の従業員たちは、私がこんなに松葉様に溺愛されている事を知らなかった様で、すっかり青ざめている。私もだけど……

「ま、松葉様!?　とりあえず落ち着いてちょうだい。私のことで怒ってくれるのは嬉しいんだけど、折尾屋まで天神屋のフロントみたいにぶっ壊す気？」

私は暴れる松葉様に駆け寄り、どうどうと宥めようとした。周囲に居た天狗の若人たちに「葵の姐さん、どうか！」と縋って頼られながら。

彼らは、まずなぜここに私が居るのか分かっていないが、それでもここで頼れるのは私しか居ないと言うのだった。

「松葉様！」

今一度、今度は少し大きな声で松葉様の名を呼ぶ。すると松葉様は暴れるのをやめて、ちょっと気まずい様子で私を見上げる。

「あ、葵……」

「松葉様、わがままを言っちゃダメよ」

「しかしのう……わしは早起きなんじゃのう。待っとれんのじゃのう。しかも葵は酷い目にあっとるし、もう花火大会まで待っとれん……わしゃ朱門山へ帰る‼」

「えええっ⁉」

折尾屋の連中がどよめいた。

松葉様に帰られると、何か困る事があるのだろうか……

「ちょ、ちょっとお待ちください松葉様！　そりゃ困ります‼」

「そうだぜ親父！　それはダメだって！」

折尾屋の若旦那である秀吉と、番頭である葉鳥さんが、拗ねてしまっている松葉様に懇願する。しかし松葉様は、目の前に自分の息子の葉鳥さんが居る事にハタと気がつき、一瞬絶句した後、「むがーっ！」と怒髪天を衝いた。

「は〜〜と〜〜〜〜り〜〜〜〜貴様あああああああっ‼」

「うわ、親父がマジ切れしちまった！　ヤベえ殺される!!」

そう言えば、葉鳥さんと松葉様の天狗親子は喧嘩中だったっけ。確かそれが理由で、葉鳥さんは有給を使って天神屋に逃げていた。

葉鳥さんは早速逃走の構えだ。天狗の御付きたちも「お逃げください若様！」と。

しかし松葉様は今までのわがままな怒りではなく、今度ばかりは止められそうにない猛烈な怒気をぶちまけながら、葉鳥さんを追いかけている。

これは本気で、折尾屋がヤバいわね……

「おい、何の騒ぎだ！」

ここで折尾屋の旦那頭の乱丸がやってきた。しかし、乱丸ですらギョッとしてしまう程、ここ従業員食堂前は禍々しい妖気に満ちていた。

主に、松葉様が息子の葉鳥さんを追いかけ回して、本気で暴れるちょっと前、という感じの空気だ。

「松葉様！」

私もどうして良いか分からずオロオロしていたが、銀次さんがここぞと声を上げた。

「松葉様、どうか落ち着いてください」

「貴様……天神屋の九尾ではないか！　わしに落ち着けとは何事か、このたわけめ！　わしゃ落ち着いとる！　ただ葉鳥をこの手でぶちのめしたいと思っとるだけじゃ」

「ええ……ええ。それは全然かまいません」

銀次さんは、そこに関しては了解した。

葉鳥さんの「かまわねえのかよ！」と言うつっこみは軽く無視し、爽やかな笑顔で。

「そろそろ朝風呂が開きますよ。今の時間は青い海を眺めながらの露天風呂が気持ちよいでしょう。どうぞ堪能してくださいませ。その後、朝食をお部屋へとお持ちしましょう」

「こんな時に、朝風呂や朝食などいらん！　わしはバカ息子の葉鳥をボコボコにしてここから帰るんじゃ！」

「あ、朝食なのですが、葵さんに作っていただくのはいかがですか？」

「……え？」

松葉様だけではなく、私もまた同じ声が漏れた。

折尾屋の従業員たちも、皆きょとんとしている。

銀次さんってば、いったい何を……

「うーむ……そうか……葵の作る朝食か……」

松葉様はしゅるしゅると怒気を収めて、何やらそわそわし始めた。

「松葉様。葵さんがここ南の地の海産物を使ってお料理をするのは初めてです。松葉様が最初に食べられるのですよ。なんと羨ましい」

「う、うむ……それは……悪くないのう」

松葉様は、すっかり小さな可愛いおじいさんになっていた。

何だか楽しみと言うキラキラした表情をして、「葵や」と私に駆け寄ってくる。

「わしに朝食を作ってくれるのか？」

「え……？」

チラリと銀次さんを見ると、銀次さんは真面目な顔をして頷いていた。

銀次さんの思惑が何なのかは分からなかったけれど、私は銀次さんを信じて頷き返す。

「え、ええ。勿論。だって松葉様に食べていただけるんだもの。張り切って作っちゃうわ」

「おお、おお。そうか〜嬉しいのう。楽しみにしておるぞ」

ころっと、でれっと、態度を一変させた松葉様。周囲のお供たちを連れて、さっそく朝風呂へと向かった。

誰もが胸を撫で下ろす。松葉様が暴れていては、折尾屋の営業どころではないからだ。

「おい銀次……何を企んでやがる」

しかしこの場面をしっかりと見ていた乱丸は、銀次さんに冷たく問いかけた。

銀次さんもまた爽やかな笑顔をやめ、淡々とした視線を乱丸に向けた。

「あのまま松葉様に帰られ、困るのは折尾屋なのでは？　幸い、松葉様は葵さんのお料理にご執心ですから、葵さんのお料理を食べられると言う事でしたら、ここに留まってくださるでしょう」

「……チッ。気に入らねえな」

「他に何か、松葉様を留められる手があると？」

「無いから気に入らねーんだろ。まあ、流石は銀次と言っておこうか。使えるもんはとことん使う。そこの天神屋の鬼嫁も、な」

「…………」

「だがうちの厨房は使わせないぜ。銀次、この件はてめえで何とかしな。ただしその女を逃がしでもしたら、お前の首が無いと思え」

「……言われなくとも、そのつもりだ。乱丸」

静かでいて、ピリピリとした乱丸と銀次さんの睨み合い。

やはり、乱丸を前にした銀次さんは、その敵意を隠そうとはしなかった。

乱丸は何かが気に入らないという様に舌打ちし、浅葱色の羽織を翻しこの場を去る。

去る際、「おい猿！」と、秀吉を呼びつける。若旦那という地位なのに、猿って……

「はあ。九死に一生を得たな」

葉鳥さんはと言うと、心底安堵した様子で額の汗を拭っている。

しかしあそこまで松葉様が怒るなんて。この天狗親子はいったいどんな喧嘩を続けているというのか。

野次馬をしていた折尾屋の従業員たちも、徐々に散って行く。

「葵さん。申し訳ありません。勝手に色々と決めてしまって」

「それはいいのよ。どうやら座敷牢に戻らなくて良さそうだし。銀次さんのおかげね」

「そんな……もとはと言えば、私がいけないのです。葵さんを、座敷牢なんかに……」

「あ、でもね。結構居心地の良いお部屋だったわよ。出られないってだけで。ご飯もおいしかったし」

私は元気よく笑って、「よし！」と拳を握りしめる。

「早く松葉様の朝ご飯を作らなくちゃ。調理場と食材も探さないと。最悪水と火があれば、調理は出来るけれど……」

「それでしたら問題はありません。葵さん……こちらへ」

銀次さんは私を手招きし、折尾屋の従業員が通る裏の通路を慣れたように進む。

仲居たちが通り過ぎる度に、「銀次様がお戻りになられたのだわ」と色めき立った反応を見せる。

そんな仲居たちに小さく頭を下げつつも、銀次さんは天神屋で見せていた愛想の良い笑顔という訳でも無かった。むしろ、硬く厳しい、他をあまり寄せ付けない、ピンと張りつめた空気が周囲にあるというか……

「葵さん、こちらです」

裏口のような場所から降り、銀次さんは従業員用の草履を出してくれた。私はそれを履いて、銀次さんの後についていく。

それにしても、八月の中旬という事もあり暖かいが、なんと言うか空気がカラッとしていて、思っていたよりかは暑くない。

「ここは海風が吹きますから、内陸ほど気温は上がりません。湿度も低く、一年を通して安定して暖かいのです」

「へえ、そうなんだ。過ごしやすそうな土地ね」

「……………まあ、色々と問題もあるんですけどね」

私たちは松原に入っていった。

「どこへ行くの？」

「折尾屋の旧館です。雲ノ松原のずっと奥にあります」

「雲ノ松原って、この松原の事？　そう言えば、折尾屋を松原がずっと囲んでいたのを、私、船の上から見たわ」

「ええ。ここら辺の海岸線は弧状に松原が続き、その景色が美しいので、隠世の三大松原に数えられています。雲ノ松原は南の地の内陸を守っているのです。防風、防砂の役割があります」

「へええ……天神屋は渓谷に囲まれているけれど、折尾屋は松原に囲まれているのね」

「ええ。折尾屋もまた、内陸を守る〝壁〟の様なものですから……」

銀次さんの物言いはどこか不思議なものだった。確かに、私も船から折尾屋を見下ろした時、壁のように横に広がったお宿だなと思ったけれど。

ここってそんなに海風が凄いのかしら。

「それにしても、松原の中って不思議ね」

松原の中は涼しく、地面は砂浜と土が混ざったような感触で、舗装された道を逸れると、細かな砂が草履に入り込む。

海風と波の音、潮の香りは、すぐそこにある。松原の隙間から、青と白のキラキラした波が見える。砂浜に押し寄せたり、引いたりしている光景が……

「……ん？」

松原の中には所々、何かの獣を象ったような像が佇んでいる。

もういつのものかも分からない程、古いのだけれど……何だか不思議だ。

「葵さん、こちらです」

「…………」

「葵さんが絶句するのも無理も無いです。見るからに古い……いえ、ボロいですからね」

「うん、そうね」

銀次さんに連れてこられた場所は、チョコレート色の瓦屋根があちこち崩れ落ちた、廃れた長屋だった。二階もあって大きいけれど、宿にしては小さい気がする。

「新館から少し離れた所にあるのですが、元々ここが折尾屋でした。本当に小さな宿から始まって……今はあのように大きなお宿にまでなりましたが」

「凄いわね。銀次さんはこの旧館で働いていたことがあるの？」

「ええ。私は折尾屋の創設時から居ますよ」

「………」

それってどのくらい前の事なのだろう。波の白さくらい爽やかな笑顔の前では、流石に銀次さんおいくつなんですか、とは聞けない。

さっそく、このおんぼろ旧館の裏側へと回り、裏口の固い戸を開き、直接台所へと入る。

ん……でも、思っていたより綺麗かも。確かに古いけれど、汚い感じはあまりしない。

土間の空間と、段差のある床上の空間があり、大きな竈がある。

「夕がおのものより二世代くらい古い、旧式の台所なのですが、使えない事は無いでしょう。水は外の井戸からくみ上げなければならないのですが」

「夕がおって隠世式なだけで、結構最先端の道具が揃っていたのね」

道具を一つ一つ確認すると、鍋一式は揃っている。竈に薪をくべて火を点ければ、調理は出来そうだ。

「大規模な清掃が必要でしょうけれど、まずは松葉様の朝食を用意しなければなりませんね。お風呂（ふろ）から上がってしまうでしょうから」

「そうね。朝ご飯が遅いってまた暴れられたら、今度は手がつけられそうにないわ」

「松葉様は葵さんには甘いですから、待ってくれそうな気もしますけどね」

「あはは……そうかなあ……」

確かに松葉様は私に甘いけれど、そもそもどうして、ここ折尾屋に松葉様が居るのだろう。バカンスと聞いていたけれど、折尾屋の連中の態度を見るに、松葉様にここに留まって欲しい理由は折尾屋サイドにある気がするのよね。

「ねえ……銀次さん」

その事を尋ねようとした時だ。

台所の裏口から、籠（かご）を背負った葉鳥さんが「よおー」と入ってきた。

「やっぱりここで作るのか」

「葉鳥さん……ええ、この場所しか使えそうな場所はありませんからね」

「そうだろうと思って、色々と持ってきてやったぜ」

葉鳥さんはパチンと指を鳴らし、私に向かってウインク。格好付けたつもりらしいし、実際そこそこキマってたけど、籠を背負っている姿が何かおかしい。

葉鳥さんは食材と、簡単な調理器具を持ってきてくれたみたいだ。まな板とか、包丁とか、お玉とか食器とか。あと清潔な手ぬぐいが何枚かあるのが嬉（うれ）しい。

「従業員の食堂から貰ってきたのですか？」

「ああ。食堂のおばちゃんたちと俺は仲がいいから、ちーっと頼めばこのくらい簡単だぜ。つっても、良いものはほとんど無いけどな。板前たちの厨房に行けばもっと色々あるんだろうけど……」

　葉鳥さんが持ってきた食材を床上に並べる。

　豆腐、乾燥わかめ、茹でダコの足、苦瓜半分、きゅうり、ネギ、冷凍された海老の頭。

　あとは米、味噌、塩と砂糖、醤油やお酢など、調味料一式。

　珍しいものは、鰹節がまるっと一本あるところ。どこから持ってきたのか……

「うちは宿の料理を作る板前たちの厨房と、従業員の飯を作る食堂は、別々の料理人が受け持っているし、ぶっちゃけ食堂の方を受け持っているのは地元のおばちゃんたちだ」

「へえ……社員食堂って感じなのね」

　天神屋は厨房の見習いたちがまかないを作るらしいけれど、こっちの方が最先端なシステムなのね。でも天神屋の場合、従業員が夕がおに来ることもあるから、夕がおがその役割を半分担っていると言っても良いのかも。

「まあ、食堂の食材は、前日に厨房で余ったものを使って食材費を抑えているから、それ以外の余りとなるとこの程度なんだが……」

「葵さん、どうにかなりそうですか？」

「ええ。朝食だし、これなら面白いものが作れそうだわ」

　私はさっそく、食材からメニューを考える。

「足りないものがあったら、俺がすぐ取ってきてやるよ。この羽でひとっ飛び。板前の厨房にも潜り込むぜ」

「というか、葉鳥さんは仕事しなくていいの？　ここ、折尾屋なんだけど」

「あー……いーのいーの。フロントにはちょっと留守にすると言ってある。なんつったって、これは俺の親父のわがままが原因だからなあ」

　折尾屋の羽織を脱ぎ捨てて、葉鳥さんはたすき掛けをする。どうやら彼はここを手伝ってくれるらしい。ありがたいけれど、私も銀次さんもいまいちピンと来ない顔をした。

「あ！　なんか俺の事、信用してない目だな、それは！」

「じゃあ葉鳥さん、どこからか卵持ってきてくれない？　あと、にんにく」

「あ、はい。分かりました」

「あ、葉鳥さん。氷柱(つらら)女の氷もお願いします」

「はいはいはい、分かりました！」

　なんだかんだと遠慮なく葉鳥さんにお使いを頼む私と銀次さん。

　葉鳥さんは言った通り、その黒い天狗(てんぐ)の羽を広げ、本館へ向かって飛んで行った。

「さて……葵さん、何を作るおつもりですか？」

銀次さんがすぐに、今から作るメニューを尋ねる。

「ふふ、ゴーヤチャンプルーよ」

「ゴーヤチャンプルー？　確かに苦瓜はありますが、豚肉がありませんよ」

「豚肉は無くてもいいの。にんにく風味が食欲をそそる、タコのゴーヤチャンプルーよ」

「タコの！　なるほど、それはとても美味しそうですね」

味のイメージが出来たのか、銀次さんは何度か頷いた。

他に、わかめときゅうりの酢の物、海老頭とネギのお味噌汁で、一食分の献立を整える。

時間のかかりそうな豆腐の水切りから始め、銀次さんが薪を取りに行ったついでに、外の井戸から水を汲んできてくれた。

戻ってきた銀次さんと一緒に竈の火を熾し、鍋の水を沸かす。私は野菜などの材料を切る。銀次さんはお米を炊く準備を。

「場所が違うだけで、夕がおとやっていることは同じね」

思わず笑みが漏れた。銀次さんと一緒にお料理を作る事ができるのなら心も落ち着く。

「ああ……だけど、夕がお、どうなっちゃうんだろう」

今日、天神屋は休館日だからいいとして、このまましばらく天神屋へ帰る目処が立たなかったら、夕がおは……夕がおは……潰れてしまうかもしれない。

きゅうりを薄切りにしながら、恐ろしい想像をしてしまった。

とりあえずきゅうりの匂いに誘われて前掛けのポケットから顔を出している手鞠河童のチビに、きゅうりの欠片(かけら)をあげる。朝ご飯だ。チビは嘴(くちばし)を動かししゃくしゃくしゃくと。

「葵さん、ご心配なく。葵さんはすぐに天神屋へと戻れる様、私が何とかします」

銀次さんはすぐ隣にやってきて、私の顔を見つめてそう断言した。

だけど、私は不安になる。ならば銀次さんはどうなるのだろうか、と。

一緒に帰ってはくれないのだろうか……

きゅうりのスライスを銀次さんに塩揉(しおも)みしてもらっている間に、乾燥わかめをもどしておく。きゅうりとわかめの酢の物を作るためだ。これは夕がおでもほぼ毎日作っている副菜なので、私も銀次さんも手慣れている。塩揉みして絞ったきゅうりと、もどしたわかめに、お酢と砂糖を加えて和(あ)える。後は味が染み込むまで、放置。

「次はお味噌汁ね。海老頭の冷凍があったけれど、うーん、夕がおだったら一瞬で解凍できるのにな……」

海老の頭は、いい出汁(だし)になる。解凍して、乾炒(からい)りしなければならないのだけど。

「なんの、私に御任せください」

銀次さんは困っていた私に笑いかけ、海老頭の冷凍に手をかざした。

すると、白銀の炎がそれを包み込み、一瞬で解凍してしまったのだった。

「わあ！　凄い銀次さん。こんな事が出来たの!?」

「妖火(ようか)の一種でして、狐火と言います。狐のあやかしならば大抵使えますね。大旦那(おおだんな)様の鬼火ほど強い威力はありませんが、この程度なら解凍できます」

「妖火にも色々あるのね……」

そう言えば、私も大旦那様の鬼火を持っている。

胸につけたペンダント……もう役には立たないと言っていたけれど、前に東の地で閉じ込められた私を助けてくれた。緑炎の守りの鬼火だったっけ。

さっそく温めた鍋で海老頭を炒る。頭の殻を鍋に押し付けながら、しっかりと焼くのだ。

海老の殻の香ばしい香りがこの台所に漂ってきた。これが、コクのあるいい出汁となり、美味しいお味噌汁を作ってくれる。この鍋に水を入れて、沸騰するのを待つとする。

「卵！　卵あったぞーっ！」

ちょうどその時、葉鳥さんが戻ってきた。

手に持つ笊(ざる)には、沢山の卵が。あと背負った籠に、氷柱女の氷もある。

「わあ、凄い。沢山持ってきてくれたのね」

「ふふん。この程度の卵、俺に任せればすぐ手に入る。惚(ほ)れても良いぞ？」

「…………」

「うわあ……そんな冷めた目の女の子初めて見た」

うん、卵。卵嬉しい。葉鳥さんも調子がいいから冗談で言ったのだろうけれど、卵を持ってきただけでドヤ顔をして格好付けられるのだから凄い。

「ありがとうございます葉鳥さん。卵、どこで貰ってきたんですか？」

「折尾屋の……鶏小屋から……拝借してきた」

「それ拝借というか、ただの卵泥棒じゃ……」

「まあ葉鳥さんがしでかした事なので、全部葉鳥さんのせいということで。あ、卵の方はありがたく使わせてもらいましょう」

「銀次酷(ひど)い！」

　流石銀次さん。爽(さわ)やかに軽やかに、全てを葉鳥さんに押し付ける。葉鳥さんは「全く」と言いながらも、そのつもりでいるみたいだ。

「ありがとう葉鳥さん。葉鳥さんってなんだかんだと言っても漢前(おとこまえ)よね」

「惚れても良いぞ？」

「…………」

「はい、すみません。だからその目はやめてくれお嬢ちゃん」

　葉鳥さん、サッと目を逸(そ)らす。私、どんな目をしているんだろう。

　この状況の中、彼の明るさやポジティブさには救われるけど、今はまず松葉様の朝ご飯を作らなければね。

　海老頭の出汁が沸騰したところで、お味噌をとく。お味噌汁はこれで出来上がり。

「じゃあ、さっそくタコのゴーヤチャンプルーを作るわよ」

苦瓜を縦に切って、中のワタを取って薄切りにする。それに塩をまぶして少し置く。

その間に、さっきから水きりをしていた豆腐をぶちぶち千切っておく。タコは既に茹でられていたので、一口サイズにカット。にんにくもみじん切りに。塩をまぶしておいたゴーヤを絞って、下準備は整う。

平鍋を温め、胡麻油を引いてにんにくを軽く炒める。にんにくの香りがたったところで千切った豆腐に焼き色がつくまで焼いて一度取り出す。次にゴーヤを軽く炒め、一口サイズの茹でダコを加え、豆腐を戻し入れる。

ここに溶き卵を加えて、卵がふんわりと全体に絡まったら、塩胡椒で味を調え、醤油で香り付け。

器に盛って、葉鳥さんが後ろで一生懸命削っていた粗い鰹節をのせたら……

ガーリック風味がたまらない、タコのゴーヤチャンプルーの出来上がりだ！

「たまらねえ香りだ。美味そうー」

葉鳥さんはこのタコのゴーヤチャンプルーを近い位置で眺めている。

「残りがあるから、葉鳥さんも食べていいわよ。あ、銀次さんも良かったら朝ご飯にして」

「ありがとうございます。後ほど頂きましょう」

「二人とも私のせいで、食堂から追い出されたんだもの。ついでに私も後から食べるわ」

お膳に、炊きたてのご飯と、きゅうりとわかめの酢の物、ネギを加えた海老頭のお味噌汁とゴーヤチャンプルーを並べて、一通り確認した。

うん、あの材料で作ったにしては、なかなかバランスの良い朝ご飯になった。

銀次さんが氷柱女の氷の欠片を入れた小鉢を、お膳の脇に添えてくれた。

氷柱女の氷は、一つ置いておけば冷気の膜が料理を守ってくれる。湿度も保ってくれる優れものなので、これで料理が傷む事は無い。流石は銀次さん、気が利くわね。

「流石にもうお風呂から上がっているわよね松葉様」

「親父はいつも長風呂だが、そろそろ上がる頃だろう。というか、お嬢ちゃんが朝飯を持ってきたと知れば、素っ裸で風呂から飛び出してきそうだな。軽く犯罪だが」

葉鳥さんはさっそくご飯をお茶碗に盛っている。大盛りだ。

よほどお腹が空いていたのだろう。

「私も一緒に行きます、葵さん。お一人で本館をうろうろするのは危険です」

「ありがとう。心強いわ、銀次さんが一緒に来てくれるのなら」

流石に折尾屋の中の事はよくわからないし、松葉様のお部屋も知らないからね。

私と銀次さんはさっそく本館へと向かった。

少し遠いのでお料理をこぼさぬ様、お膳を運ぶ事に集中しながら。

松葉様は、〝藤波〟という上級客室に宿泊しているらしい。

銀次さんには部屋の外で待ってもらい、私はその藤波へとお膳を持って入った。

「失礼します」

派手な金箔の襖を開けると、すでに松葉様がむすーとした表情で座椅子に座って待っていた。後ろにお供の天狗たちを正座させたまま。やっぱり不機嫌なのかな……

「葵、よく来たな」

かと思ったら、すぐにニヤけ顔になって、私を迎える。

私は急いで松葉様の前にお膳を出して、お料理の説明をした。

「松葉様、お待たせしてごめんなさい。ところで苦瓜はお好き？」

「苦瓜？　ああ好きじゃ。わしゃ苦いのと辛いのと甘いのが好きじゃ」

「ふふ。松葉様ったら苦手な食べ物があるのかしら。……あのね、今日の朝ご飯は、タコのゴーヤチャンプルーの朝御膳よ」

「ごーやちゃんぷるー？」

「あら、食べた事無い？　銀次さんや葉鳥さんは知っているみたいだったけど、こちらではあまりメジャーな食べ物じゃないのかしら。ゴーヤとお豆腐と卵を炒めたお料理なの。普通は豚肉を入れて作るんだけど、今日はタコで作ったの」

「ほおお。にんにくと鰹節(かつおぶし)の香りがたまらんな。実に美味そうじゃ」

「食べて食べて。あ、海老(えび)頭のお味噌汁もあるからね。あと、松葉様が好きなきゅうりとわかめの酢の物も。これはいつもの夕がおの味よ！」

松葉様は待ちわびていたと言うように、まずは海老頭のお味噌汁を啜(すす)って、ほっこりとした顔で頷きつつ、次にゴーヤチャンプルーを食べた。

「おお。これは新食感じゃな。しゃきしゃきの苦瓜と、歯ごたえの良いタコを一緒に食べることになるとは」

「どう？　松葉様のお口に合う？」

「ああ、何ともクセになりそうな味じゃな。豆腐と卵の優しい味が、苦瓜の苦みを抑えて、なおかつタコの旨(うま)みを引き立てておる」

シンプルな味付けだが、ゴーヤチャンプルーはそもそも苦瓜自体の主張が強いため、卵や豆腐などの優しい味わいの具材が生きる。王道の豚肉で作るゴーヤチャンプルーは最高だが、代わりにタコのようなくせ者を入れてみると、一風変わった海の味わいが加わり、食感も面白くなる。タコ特有の旨みは、案外ゴーヤの苦みとの相性がいいのよね。

コクもあるので、タコって万能だ。タコ刺しも美味しいけれど、タコの唐揚げも好きだし、お肉の代わりにチャーハンに入れても美味しいし。

「うーん、食べれば食べる程、美味く感じる。これがゴーヤチャンプルーというものか」

「……そうね。そういうお料理だわ」

松葉様は箸を止める事無く、タコのゴーヤチャンプルーをご飯と一緒に食べる。箸休めに酢の物を食べたり、お味噌汁を啜ったりして、元気よくもりもりと完食してしまった。

手ぬぐいで口を拭きつつ、松葉様は私に尋ねる。

「そもそも葵。お前はなぜここ折尾屋におるのじゃ。お前は天神屋の大旦那の許嫁のはず。バカンスか？」

「いえ、そうではないの。私……」

松葉様にこの事情を話した方が良いのだろうか……

でも、私の事を可愛がってくれている松葉様の事だから、無理やり連れてこられたと聞いたら、折尾屋の連中に抗議して暴れまくるに違いない。そして、松葉様にここから連れ出される。そのまま松葉様も朱門山に帰ってしまうだろう。

銀次さんたちのあの様子だと、それは多分、困るのよね……

「私ね、少しここを御手伝いしているの。何か大きなイベント事があるみたいで」

「ああ、花火大会のことじゃな。なるほどのう……天神屋と折尾屋は仲が悪いと聞いていたが、そういう事もあるのか」

松葉様は御付きの天狗が入れた熱いお茶を啜りながら、不思議そうに呟いた。

「……松葉様もしばらく居るの？」

「そうじゃのう。折尾屋の連中には、花火大会の賓客の一人として呼ばれておる。隠居の身に朱門山は退屈じゃしな。葵も居るのなら、折尾屋にもう少し泊まっておこうかのう」

松葉様は「毎日何か作ってくれ」と私に頼み、食事を終えた。

これからどうなるのか分からなかったけれど、私は「ここに居る間は出来るだけ作るわ」と約束し、お膳を下げ、部屋を出る。

「葵さん、松葉様には喜んでもらえたみたいですね」

外では銀次さんが待っていて、空のお膳を代わりに持ってくれた。

「ねえ銀次さん、私、松葉様にこれからもお料理を作ってと言われたんだけど、あの旧館の調理場って、しばらく貸してもらえるかしら」

「勿論、あの場所は葵さんの好きに使ってもらって構いません……私としては、一刻も早く、天神屋へと戻って頂きたいのですが」

「私、戻れないわ」

「……え」

「銀次さんを置いては、戻れないわ」

銀次さんは、客間の前の廊下を歩く足を止めた。彼はとても驚いた瞳をしている。

私は真剣な眼差しで、銀次さんと向き合う。

「銀次さん……銀次さんがどうして折尾屋へ戻らなければならなかったのか、私はまだ何一つ分かっていない。でも、銀次さんが居なくては夕がおは夕がおではなくなってしまう。私は銀次さんを諦めきれないの。納得できるまで、ここから帰らないわよ」

「……葵さん」

「それに、折尾屋にも色々と事情がありそうね。何となくみんなの雰囲気で分かるわ。銀次さんが教えてくれるのなら、嬉しいけれど……でも、無理には聞かないから。私は私で、探ってみる。旧館で松葉様のお料理を作って過ごすわ」

「…………」

彼が折尾屋に戻らなければならなかった事情、あの乱丸との約束……

そして花火大会。

キーワードは少しだけ見えてきたけれど、まだまだ分からない事だらけ。

不安が無い訳ではないし、私に至っては敵陣のど真ん中に放り込まれたただの人間だ。

でも、ただ助け出してもらえるのを待っているだけでは、きっと何も解決しない。

これからこの折尾屋で何があろうとも、私は私で、出来る事をやらなければ。

第二話　予想外の魚屋

天狗の大御所・松葉様にこの折尾屋という宿に留まってもらう様、一日に一度、松葉様の料理を作る――そんな役目を折尾屋の旦那頭・乱丸直々に言い渡された。

どうやら松葉様が満足している様子を、誰かが知らせたらしい。

ちょうど今、折尾屋の最も奥にある旦那頭の執務室に呼び出され、私と銀次さんは並んで彼のデスクの前に立たされているのだった。

「ついでにボロの旧館を大掃除しろ。お前が使うんだからな」

「は、はあ⁉」

更にこんな重労働を押し付けられる。

これらの仕事をこなすのならば閉じ込めたりしないということらしい。が、これを機に妙な動きをしようものなら座敷牢に鎖でつないでやる、とまで言われてしまった。

攫ってきた上、タダ働きをさせるなんて。本当に偉そうなあやかしね……

「それと……」

乱丸が傍に寄ってきたので、身構える。銀次さんも隣でピリピリとしていたが、なんと予想外にも、乱丸は私の髪から椿の簪を抜き取ったのだ。これにはびっくり。

「ちょ、な、何すんのよ！」

解けて乱れた髪を整えつつ、文句を言う。

しかし乱丸は私の簪を弄びつつ、憎らしい口調で言うのだった。

「これは預かっておくぜ。高価な紅結晶の簪……大旦那の贈り物と見た。お前がここから逃げたら、こいつを海の彼方に放り投げてやるからな」

「えっ、それだけはやめて！」

要するに質に取られてしまった。私、結構その簪気に入ってるんだけど！

「乱丸、葵さんにその簪を返せ！」

「何、全てが終われば、この簪もその小娘も、揃って箱詰めにして天神屋着払いで送り返してやる。あはははははは」

「乱丸……お前！」

銀次さんは、やはりらしくなく怒りを露にしていたが、乱丸はやはり大笑い。

「乱丸、葵さんを巻き込むな！　本当にお前という奴は、昔からそうやって……っ」

「おっと銀次。お前はお前でやる事があるだろう。俺のやる事が気に入らないのは結構だが、こんな小娘を気にしてないで仕事をしろ。あれを早急に手に入れ、結果を出せ」

「……っ」

「俺に要求できるのは、結果を出した者だけだ」

……あれって何？　銀次さんは、何かを手に入れなければならないのだろうか。

訳の分からない話をして、銀次さんも乱丸も険しい表情だ。

でもこの雰囲気……どうやら私を攫ってしまったこと事態、黄金童子（おうごんどうじ）の所業で予想外のことだったのか、若干折尾屋の面子（メンツ）も私の扱いに困っていた節がある。牢屋に閉じ込めたかと思ったら豪華な食事が出たりするし、今度は仕事を任されたりするし。

乱丸は何か別の目的もありそうだけど、とりあえず私は仕事を通して、こいつに何かを試されるのだろう。

そしてそれには期限がある。もうすぐ開催されるという、花火大会に違いない。

「うん、分かった。じゃあそのお仕事、引き受ける」

「あ、葵さん⁉」

私は話を戻し、先ほど突きつけられたお仕事に対し、文句も言わずに了承した。

銀次さんは戸惑い、乱丸は私を見下ろし鼻で笑っただけ。

大事な簪を奪われたのもあるけれど、料理が出来るのならば、私だって少しずつでも、折尾屋の事情や銀次さんの抱えているものに近づけるのではないか、と思っていた。

　その日、私はまる一日かけて旧館の清掃を行うことにした。

　主に台所と、台所に元々備わっていた調理器具全てと、その隣の物置のような小さな一間だ。

　まだまだ一階、二階と客間があるし、廊下や天井も蜘蛛の巣だらけで時間がかかりそうだけど、重要なスペースは今日中に確保したいところ。

　銀次さんや葉鳥さんは折尾屋での仕事があるので、今は私一人でやっている。

　しばらく忙しくなりそうだ、と銀次さんは言っていた。

　私は一人で旧館と本館を行き来して、掃除に必要なものを探したり、あわよくば食材を探したり……

　折尾屋の連中は、私が何をしているのかと不思議に思っていたでしょうね。

　それに天神屋という敵の宿の、大旦那様の許嫁……そう言う認識のある折尾屋の従業員たちが、私の頼みを素直に聞いてくれるはずも無く。

　散々嫌みを言われたり、馬鹿にされたりしながら、頭を下げて回った。

　なかなか惨めな状況だ。

「あたっ」

　しかも従業員たちの使う裏の廊下で、仲居の女の子たちの集団とぶつかり、足を引っかけられて転んだ。

ちょうどタワシを入れたバケツを運んでいたところだった。タワシ、そこらに転がる。

「ちょっと邪魔よ！　人間の女がこんなところでうろうろしないで！」

「ご、ごめんなさい」

「さっきからほんとウザったいのよね！」

甲高いアニメ声の、意地悪な言葉が響いた。

体を起こしつつ見上げると、女子高生くらいの見た目をした、両サイドにお団子のある薄紅色の髪の美少女が、腕を組んで立っていた。その他、女の取り巻き多数。

「あなた誰なの？」

名前を尋ねただけなのに、その子は何故か頬を染めて震え、膨れっ面になった。

な、なぜ……

「この方は折尾屋の若女将(おかみ)、ねね様ですよ！」

「ねね様を知らないなんて、なんと恥知らずな！」

取り巻きたちがすかさず私にブーイング。

へえ、折尾屋の若女将なんだ。お涼(りょう)より若く見えるのに凄(すご)いわね。

だけど、私は折尾屋の幹部なんてほとんど知らないのよ……

ねねは自分の事を知らなかった私に腹を立てているらしく、私に指を突きつけ、やはり甲高い金切り声を上げた。

「津場木史郎の孫娘だか天神屋の大旦那の許嫁だか、天狗の松葉様の秘蔵っ子だか知らないけどねえ！　あんたなんて座敷牢で大人しくしてればいいのよ！　バカみたいにしゃしゃり出ちゃって。乱丸様にお役目を頂いたからっていい気になんないでよね！」

「いやお役目っていうか……」

「だいたい、あの噂の鬼嫁がどんなものかと思ったら、ただの地味な人間の女じゃない！　コキ使われているだけなんだけど。しかも旧館の掃除まで押し付けられて。髪も目も真っ黒で、色気も無ければ色味も無い、薄汚れた冴えない格好だし〜」

「おほほほほ、お上手ですわ〜ねね様」

「あ、でも確かに年寄りが好きそうな感じ。松葉様が溺愛しているのも分かるかも〜」

「おほほほほ、流石ねね様、鋭いですわ〜」

「でも、あやかしの男ってどうして人間の女が好きなんだろう？　人間の女を娶るとあやかしとしての格が上がるって、昔から言うわよね。うちの曾おじいちゃんの遺言は、我が火鼠の一族の男は人間の女を娶れ、だったんだって。ねえあんたたち、なぜだか知ってる？」

「……さ、さあ」

　意地悪を言っていたと思ったら、突然取り巻きに純粋な疑問を投げかける若女将ねね。取り巻きも戸惑っている。

「まあいいわ！　とりあえずあんたなんて旧館の灰かぶりがお似合いよ！」

彼女は最後にこう言い捨てて、取り巻きの仲居を引き連れ、偉そうに腰に手を当てて行ってしまった。

「嵐みたいだったわね……」

初対面でここまで言われるのは、私がやっぱり天神屋の大旦那様の許嫁だからだろうか。

それとも人間の娘だから？

女子め。一人で私に向かってきた分、まだお涼の方が可愛げがあったというものよ。

「……っ、いたた」

転んだ時に足首を捻ってしまった様だ。

なんか変な転び方をしてしまったのよね。ちょっと痛いかも。

「まあいいわ。こんな扱いは天神屋の最初の頃に似てるし。二度目ならなんて事無い……あいたたた。やっぱり痛い」

散らばった荷物を片付けながら、足を引きずって旧館へと戻った。

今日中にあの場所を片付けてしまわなければね。そして、明日もお料理を作らなくちゃ。

台所の床上空間をぞうきん掛けしつつ、私は捻った足に走る痛みに、顔を歪めた。

これじゃあ作業も進まないので、一度足を冷やそうかと思って、バケツを持って外の井戸に水を汲みに行く。

「……あら？」

旧館の外にある大きな松の木の根元に、一人の少年が座り込んで、細い草を咥えていた。

見覚えがある。あの子は、地下の座敷牢にごはんを持ってきてくれた日焼けした肌の少年だ。確か、夜雀のあやかし……

「太一じゃない。どうしたのこんな所で」

「どうしたもこうしたも無いよ。ねえちゃんを見張ってんだ」

「私を？　折尾屋の監視ってこと？」

「乱丸様に命じられた。あの出戻りしてきた九尾の狐に任せていたら、ねえちゃんを逃がしちまうから、だってさ」

「……別に、逃げやしないわよ」

私はあくまで、銀次さんと一緒に天神屋へ帰ることが目標なんだもの。

それに、簪も取られちゃってるし……今は適当な布の切れっ端で髪を後ろに結っている。

「まあいいけど。面倒な雑用はしなくて済むし、オイラはここで昼寝が出来る訳だし。頼むから面倒を起こさないでくれよー」

「ふうん。別に、掃除を手伝ってくれる訳でもなさそうね」

「くかー……」

「もう寝てるし。それで監視の意味があるのかしらね……」

あやかしの中には、見た目は子ども中身は年寄り、みたいなのもいるけれど、この太一に至っては本当に見た目通りの子どもの様だ。

生意気だけど、私に対して悪意がある訳でも無さそうだし、色々と適当。

室内に戻り、高くなった床に腰掛け、バケツに足をつけてみる。何だか温いので氷柱女の氷を入れて、足を冷やそうとする。

「はあ。踏んだり蹴ったりだわ。足は痛いし食材もあんまり手に入らなかったし。明日のお料理どうしよう。いえ、今夜の私のご飯どうしよう。タコのゴーヤチャンプルーは食べちゃったしな。お腹すいた……」

ここにあるのは、お米と調味料。そして、さっき食堂のあやかしに頼み込んで貰ったジャガイモと、長ネギの青い部分くらいかな。食材が無ければ、何もつくれない。

「今夜のご飯は蒸かしたジャガイモと卵とわかめのスープになる可能性大ね……」

まだ食べるものがあるだけマシか。だけど明日の松葉さんのお料理のこともあるし……

「せめて買い物に行けたらいいんだけど……いえ、そうね。お金持ってきてないわね」

あーもう。何も無さ過ぎて、何もかもが上手く行かない！

足を水につけたまま地団駄を踏みたくなったけど、足も痛いし水も跳ねるのでやめた。

「……ん？」

その時だ。ゴトン、と天井の向こう側で物音がした。まるで何かが倒れたかのような。

「な、何かしら……ねずみとか？」

この旧館の大掃除、二階はまだ手をつけてないんだけど、上の階に何かいるのかな。

とりあえず柄の長い帚（ほうき）を持って、台所から廊下側の扉を開いた。

埃（ほこり）を被（かぶ）った廊下を歩く。ギシ……ギシ……と、嫌な音が響いた。床が抜けたりしないわよね、これ。

昼下がりの、誰も居ない旧館を一人で歩くなんて、よくよく考えたら結構怖い。あやかしばかりの世界で何を言っているんだという気持ちにもなるけれど。

二階へと続く階段をゆっくりと上ると、ちょうど一番端の部屋の扉が開いていた。

台所の真上だし、あからさまに怪しい。帚を構えて、部屋の中をゆっくりと覗（のぞ）く。

「ん？」

そこには誰も居なかったけれど、畳の剝（は）ぎ取られた板の間の真ん中に、ドーンと大きな箱が置かれていた。

キョロキョロと辺りを見渡しつつ近づくと、箱の上には文が置いてある。

『この羽サバで何かつくるといいよ。僕は味噌煮（みそに）が好きだな』

その文字にハッとして、私は今一度周囲を見渡して、やはり誰も居ないのだと分かると、目の前の箱をゆっくりと開ける。

もわもわと冷気が漂い、氷柱女の氷の板に囲まれた魚介にお目にかかる。

「わあ、立派なお魚だわ……羽サバ？　普通のサバに似てるけど、ちょっと大きいかしら」

サバより一回り大きくてヒレがとても長い、謎の魚。まるっと一匹。

目も濁りが無くて、とれたて新鮮だと分かる。

隠世（かくりよ）の魚かな……こんな南の地で、しかもこの季節に、サバっぽい魚がとれるのかな。

でもツヤもあるし、まるまる肥えてハリもある。美味（おい）しそうだ。

「青魚だし、確かに味噌煮にしたら美味しそうね……」

いったいどうしてこんな所に、新鮮なお魚が置かれているのだろう。しかもこのお魚の入っている箱、立派な保冷箱だ。ここには冷蔵庫が無いし、これがあれば食材を管理できる。絶対に役に立つ。なんてラッキーな。

それとこの手紙……この綺麗（きれい）な筆跡、見覚えがある。

「……大旦那（おおだんな）様？」

ここに大旦那様が来たのかどうかと言う事はさておき、この手紙の字は大旦那様のものだ。

文通式で最近までやりとりをしていた私だからこそ、大旦那様の字だとよくわかる。

それに文の言葉が、大旦那様の声で再生される。そのくらい、彼はこういう事を言いそうだと思った。

きっと私に何かしらの方法で魚を届けてくれたのだ。

「大旦那様……」

でも、どうせなら会いたかったな……

敵陣のおんぼろ旧館の一間で、ふとそんな事を考えてしまった。

ハッとして、誰も居ないと分かっているのにもう一度キョロキョロ。

何となく……でもやっぱり誰も居ない。私は一人だ。

「ダメよ葵。もう少ししっかりなさい。いくら心細いからって……」

氷がぎっしり詰まった重たい箱を持ち上げ、痛む足を引きずって、不安定な廊下を歩いて一階へと降りる。

ふう、これだけでひと苦労だ。

夕(ゆう)がおを始めて重いものを運ぶ事も多くなったし、最近力もついてきたかなと思ってたけど、足を捻ったせいか全身がどっと疲れた。

「でも、いいものゲット〜。これで羽サバの味噌煮を……あ、そうだ。ジャガイモも一緒に入れて、サバジャガの味噌煮にしよう！」

サバジャガ……勝手に略した言葉だけど、案外語呂(ごろ)がいいわね。

魚だけではなく一緒にジャガイモも煮込むと、味噌と魚の旨(うま)みが染み込んで、ほっこりしたジャガイモの味わいになる。

「うん。良いかも。さっそくお魚を三枚下ろしにしちゃいましょう。お掃除は後回しよ」

再び井戸にお水を汲みに行って、台所の流しで大きな羽サバを捌(さば)き始めた。

祖父が魚料理を好んで食べていたこともあり、魚を捌く事には慣れている。

鱗(うろこ)を取って、ヒレの部分に切れ込みを入れてそのまま頭を落とし、腹を開いて内臓を取り出し、汲んだ水で綺麗に洗う。後は、中骨に届くまで腹と背に深く切れ込みを入れて、尾ヒレの部分から身を骨に沿って切り離す。骨の感触を包丁で感じ取りながら、丁寧に。反対側も同じようにして骨から身を切り離し、腹骨を取り除けば、綺麗な三枚おろしの出来上がり。あと、血合いの中にある小骨を神経質に抜いてしまうのは、祖父が骨をよく飲み込んでいたからだ。

ほんのり赤みを帯びた身と、青銀に光る皮。綺麗に下ろしてしまえば、あとはどんなお料理にも使える。

ここまでやって、一度台所を片付けた後、お米を炊く用意を済ませて、再び調理に取りかかった。

三枚におろしたものを更に一食分の切り身にしておく。一緒に煮込むジャガイモも手際良く芽を取り皮をむいて、一センチほどの厚さで輪切りにしておいた。

「葉鳥さんが持ってきてくれた籠の中に、生姜があった気がする。あと、隠世のマッチも。竈に火をつけなくちゃ」

　夕がおの最先端仕様の調理場ではないため、薪をくべてマッチで火をつける。お湯を沸かして、羽サバの切り身に熱湯をかけて下処理を済ませた。

　その間に温めていた隠世の平鍋を使い、輪切りのジャガイモと、切り身の羽サバを焼き色がつくまで軽く焼く。後はもう、水と味噌、砂糖と醤油、みりんと酒の定番の調味料を加えて、千切りにした生姜と共に、中火でコトコト煮込むだけ。

　結構簡単なお料理なのよね。魚の切り身さえ準備していれば。

「ああ……甘いお味噌のいい匂い」

　甘辛い味付けはあやかしの大好きな味。

　特にサバの味噌煮はメインのおかずとしては定番だし、魚料理の中でも人気が高い。

　ジャガイモも味噌の色を染み込ませ、見るからに美味しそうだ。

　少し置いて味を馴染ませている間に、さっと卵とわかめのスープを作る。ネギの青い部分も一緒に刻んで入れてしまった。

　これで、今日の夕飯はなんとかなりそうだ。

「ねえ太一、あんたも一緒に……って、居ない」

　台所の裏口から顔を出し、松の木の根元で私の見張りをしているはずの太一に声をかけようと思ったが、彼は既にこの場からいなくなっていた。本当に監視の意味があるのかどうか。

せっかく、一緒に食べようかと思ったのにな……

結局この日は、私の居る旧館には誰も来なくて、私一人でジャガサバの味噌煮定食を食べるという寂しい事態となった。

新鮮なサバを使ったから臭みも無かったし、こってりとろっと絡まる味噌が、脂のりの良いサバを、これ以上無く白いご飯と合うおかずに仕上げる。

せっかく美味しく出来たのに……ただ一人でそれを楽しみ、誰かと共有したり感想を聞けないのはやっぱり少し虚しい。

外に遊びに行っていたチビは、どこで何をつまみ食いしたのかは知らないけど、戻ってくるなりお腹いっぱいとか言って寝てしまったしね。薄情な眷属め……

さっさとご飯を済ませて、また夜中まで旧館の掃除を続けた。

夜になったら本館まで戻り、結局私は寝床を求めて、あの座敷牢に舞い戻ったのだった。

「はあっ⁉　てめーなんで座敷牢にいんだ⁉」

朝一でこれに驚愕したのは、折尾屋の若旦那である猿……もとい、秀吉だった。

「なぜって……ここしか寝る場所が無かったからよ。鍵もちょうど持ってたし」

「てめーそれでいいのかよ！」

なぜか秀吉は、首にかけていた手ぬぐいを地面に叩き付ける。

「閉じ込められてなければ、座敷牢なんてただのお部屋よ。ここは快適ね……ふあ」

たまげている秀吉を尻目に、背伸びをしてあくびする。

秀吉は朝からここの掃除をしているらしく、手に帚を持っていた。若旦那なのに下っ端みたいな出で立ちだ。

私はすぐに布団から起き上がって、てきぱきと布団を畳んだ。

奥の洗面台で顔を洗い、着物を着替えて前掛けを着けて、牢屋の中をぐるぐるとジョギングしているチビをひっつかんで、前掛けのポケットに押し込む。

チビはポケットの中でエアジョギングをしていた。なんかもぞもぞする。

秀吉はまだ解せぬという顔をして、帚をガサガサ動かして掃除を続けている。

「あ、ねえあんた、今私も旧館の掃除をしているんだけど、畳がボロボロで替え時をとうに越えてたから、今剝いで外に出してるところなの。あれ、カビも生えてるしチクチクするし、全部捨てちゃった方がいいわよ。新しいのに取り替えたいけど、そういうの用意してくれるの？」

「あああ、もうっ、一気に話すな！　せっかちな女だなてめーは！」

秀吉は頭を掻きむしって、チンピラみたいな捻くれた顔になる。

「俺たちにとっちゃあんな旧館、もうどうなったっていいんだよ。ただお前をこき使うため、乱丸様も片付けろとおっしゃったんだ。ぶっちゃけ台所だけ片付けて、毎日松葉様への料理を作ってりゃ問題ねーよ」

「あらそうなの？　じゃあ、色々好きにしていいわけね」

「ああもう、好きにしろや！　ったく……自ら座敷牢で寝てるわ、無駄に旧館掃除してるわ……バカだな。お前バカなんだな。人間の女ってみんなこんな感じなのか？　さっぱり分かんねー」

手に持つ帚をやっと動かしながら、秀吉はぶっきらぼうにぶつぶつ言っている。

私と変わらない背丈の、うるさい感じの男だが、乱丸に比べたら幾分話しやすい。

「あ、あと乱丸のこと……」

「乱丸様と呼べこのうすらとんかち！　おめーごとき人間の女があの方を呼び捨てにするなんてことは、この俺が認めねえから！」

「えーと……じゃあ、乱丸サマはどこにいるの？　少し聞きたい事があるんだけど」

「乱丸様はお忙しい方だ。てめーなんぞに会って話をする暇なんて無い」

てめーとかおめーとか……口の悪い化け猿め。

「できれば食材を貰えたらと思って、直談判しに行こうと思ったんだけど。だって、食材が無かったら松葉様のご飯は作れないわ」

「……そんなのはあの銀次が任されたことだ。乱丸様のお手を煩わせるな」

秀吉の声音がワントーン落ちた。視線も心做(な)しか斜め下。

「じゃあその銀次さんは？　昨日の午後からまるで会ってないんだけ……」

「知るか！　あんな裏切り者の事なんて」

秀吉はいつもよりいっそう大きくうるさい声で怒鳴った。

私の言葉も途中で遮られる。

何をそんなにカリカリしているんだか。秀吉は舌打ちし、ここの掃除も止めて、帚を持ったまま大股(おおまた)でズンズンと階段を上って行って、もう見えなくなった。

「……カルシウム足りてないのかしら」

乱丸のことは凄(すご)く慕ってそうだったけど、銀次さんに対しては並々ならぬ葛藤(かっとう)を抱いている様子だ。ああ、それにしても……

「足、まだ痛いわね。湿布でもあったら良かったのに」

階段を一歩上る度、足首にぴりっと走る痛み。

後でまた氷水で冷やした方が良いかもしれない。

意地悪な折尾屋の従業員たちのトラップを、避けたり避けられなかったりしながら、私は旧館に辿(たど)り着いた。

辿り着いた時には、夕がおの制服である抹茶色の着物は、黄色い柑橘(かんきつ)のジュースの染みが出来ていた。要するに上からぶっかけられたのだった。なんて勿体(もったい)ない。

「こんなあからさまな嫌がらせ、天神屋では無かったわよ。天神屋も陰険なところあったけど、今思えばそれなりに従業員の教育が行き届いてたわよ」

暁(あかつき)は最初からぶち切れてたし、お涼に至っては私を殺そうとしたけど……

「うん、どっちもどっちね。……あら？」

旧館の裏口に回ると、驚いた事に荷馬車が停めてあった。

何だろうと近づいてみると、荷馬車には数多くの箱や麻袋が積み込まれていて、折尾屋へ向かう業者のもののように思えた。荷馬車を引いてきた馬が大人しくしている。

「あ、裏口の戸があいてる」

誰かいるのかな……ゆっくりと戸口に近づき中を覗(のぞ)く。

中には、突っ立って台所を見渡す青年が一人居た。

紺地の作業着を纏(まと)い、腰に黒い前掛けを着けている。前掛けには大きな白抜きの文字で〝魚〟と書かれていた。

顔は……なんか、ひょっとこのお面のせいで隠れている。

このひょっとこのお面、暁が持ってたのに似てるな。

「だ、だれ」

いえ、見るからに魚屋さんなんだけど、なぜ魚屋さんがここにいるの？

「ああ、葵……なんて格好をしているんだ。虐(いじ)められたのかい？　かわいそうに」

「……ん？」

「髪も着物も濡(ぬ)れているじゃないか。飲み物でもかけられたのか？　どれ、僕が拭(ふ)いてやろう」

「ん……ん？」

あれ、聞き覚えのある声だわ。

スタスタとこちらに近寄ってくる魚屋。私はお面を真正面からガシッと掴(つか)んで、失礼しますと扉を開ける様な感覚で、ぱかっと外してみた。

「……大旦那様(おおだんなさま)？」

「当たりだ」

私にひょっとこのお面を外された男は、得意げにニコリと微笑む。

大旦那様だ。だけど……天神屋に居る大旦那様より、少し若い感じがする。

私くらいの年頃に見えるというか。髪もいつもよりもう少し短髪で、爽(さわ)やかな感じ。

魚屋の衣装も相まって、それは大旦那様であって、天神屋の大旦那様では無かった。

私は瞬きも出来ずに彼を見つめた後、くるりと彼に背を向け、額に手を当てつつ唸る。

「どうかしたかい、葵」

「ちょっと待って……待って。今混乱しているところだから」

「もっとこう、えええええっ!?　みたいな驚きを期待してたんだが……」

「予想外すぎて、そういうのを忘れてたのよ」

またくるりと大旦那様に向き直る。

天神屋の象徴の様な黒い羽織。それを脱いだ魚屋バージョンの大旦那様は、やっぱりかなり違和感がある。あるんだけど、何だろう……

「どうだい葵。僕はお前に会いに行くため、魚屋に変装したんだよ」

「……う、うん。悪くないわ。そっちの方が身近な感じはする……かも」

正直、結構好みな出で立ちであるという言葉は飲み込んだ。

「でもちょっと見た目が若くない？　なんか大学生くらいに見えるんだけど。角も無いし」

「普通の僕のまま折尾屋に来られる訳が無いだろう？　ま、ちょっと若く化けたところでバレる時はバレるものだが、このくらいの方が魚屋の格好はしっくりくる。ひょっとこのお面は暁に借りたものだ」

「ああやっぱり。見覚えがあると思った……」

大旦那様は目を逸らしがちな私の顔を覗き込み、首にかけていた手ぬぐいを取って、ちょいちょいと頬や額、髪を拭いた。

大旦那様の表情は至って真面目で、真剣だ。

「ちょ、ちょっと……」

「何だ？　もしや生臭い魚の匂いがするか？　新しい手ぬぐいなら籠の中に」

「いや、別にそういう文句を言ってるんじゃなくて……」

大旦那様はそこらに並べていた荷物をごそごそ漁って、新しい手ぬぐいを取り出していた。どうやらここにある荷物は、食材やその他必需品と言ったところだった。

……これは卑怯だわ。

いつもの大旦那様は立場的には天神屋のトップだし、大人な雰囲気がある。どこかまだ遠い存在のように思っていたんだけれど、これは……はあ。

大旦那様らしさがそのまま残った、ちょっと若めで身近な感じがする魚屋、だなんて。

そういうギャップに私は弱いのね！　今知ったわ！

「葵、流石にその格好では気持ちが悪いだろう。着替えの着物も持ってきたよ」

「え、そんなものまで持ってきたの？」

「葵が不自由していたら僕がたまらないからな」

大旦那様が用意してくれていたのは、水色の帯が可愛らしい、淡い黄色の着物だった。

汚す事の出来ない上等な着物だと思ったけれど、この着た切りの抹茶色の着物を洗濯するうちは、せっかくなので借りておこう。

「……大旦那様、外に出て」

「僕にここから出て行けと言うとは……流石は鬼嫁」

「今はただの魚屋でしょう。ほら、私着替えるんだから」

「だが他の者と出会ったらどうする？　ただの折尾屋の従業員であれば、業者だと偽れば通るだろうが、流石に幹部級に出会ってしまったら、誤魔化すには骨が折れそうだ」

「じゃあ後ろを向いていて」

どこか不服そうな顔をして「着替えを手伝うよ」とアホなことを抜かす大旦那様を無視し、大旦那様の体をくるりと後ろに回転させ、そのまま壁に向かわせた。

しゅるしゅると帯を外しつつ、尋ねる。

「天神屋のみんなはどうしてるの？　大丈夫だった？」

「驚いていた者も、ショックを受けていた者も多く、また折尾屋にしてやられたとあって腹を立てていた者も居たが、幸い翌日は休館日だった。幹部で集まり、会議をした結果、僕が南の地へ赴く事になった訳だ」

「……要するに一番暇だったのね。大旦那様、現世から帰ってきたばかりなのに」

「僕は元々あちこち行って回るのが仕事だし、天神屋には白夜(びゃくや)がいるから大丈夫だ」

「そ、そうね……天神屋にはまだ白夜さんが居るのだと思うと、なぜか安心できるわ」

私は汚れた着物から、早速新しい着物に着替える。襟を整え、帯を結びながら、大旦那様が土間に並べていた荷物を眺めていた。

野菜や果実が詰まった籠と、保冷箱が一つ。

冷気が漂っているから、きっと魚介ね。大旦那様の前掛けに書かれていた〝魚〟の文字と同じ印が押されているし。

そう言えば、大旦那様……昨日はどうやって二階にこれを置いたんだろう。

着替え終わった後、律儀に壁と向かい合っている大旦那様の背中に「いいわよ！」と声をかけた。大旦那様はこちらを向いて、私の姿を見て「ほお」と。

「その着物も爽やかでよく似合っている」

「うんうん、ありがと」

「いかにも新妻という感じだ……っ！」

「大旦那様の趣味はよくわかったわ」

ただ、今になってやっと、大旦那様はハッとして私の髪に触れた。彼が気にしている事を察して、私もまた、自らの髪に触れ視線を落とす。

「ご……ごめんなさい、大旦那様。私、あの椿の簪を乱丸に取られちゃったの。でも、必ず取り返すわ」

「僕としては、葵が無事なだけで十分だが……」

「ダメよ！　絶対に取り返してやる。私、あれ気に入ってるんだから」

「……そうなのか？」

「うん……うん」

何度も頷く私。大旦那様は少し嬉しそうに目を見開く。

私は一度、あの椿のつぼみの簪を質屋に入れようとしたけれど、あれは大旦那様に初めて貰ったものだったし、隠世に来てから毎日つけていたものだったし、気に入っていた。使いやすいし、可愛いデザインだし、愛着がある。

乱丸に取られた時は思いのほかショックを受けたものだ……

「名残惜しいが、そろそろ行かなくては。折尾屋の食堂や厨房の方に届ける荷物もある」

「……そう」

私は自分が思っていた以上に、ここにやってきた大旦那様に安堵を覚えていたみたいだ。

大旦那様が去ると聞いて、思わず寂しさを抱く。

でもわがままも言ってられない。お見送りしようと、床上から土間へ降りた時だった。

「……っ」

私は捻った足の事を忘れていて、思い切りその足を地面に着いてしまい、体を走る痛みに顔を歪めた。大旦那様は私の様子に気がつく。

「葵、どうした。どこか痛い所があるのか？」

「あ、足を捻っただけだから。……昨日、少し転んじゃったのよ」

「…………」

折尾屋の奴らに転ばされた、なんて言えない。

大旦那様はそんな私の顔色を見ながら、私を高くなった床上の端に座らせて、自分自身は土間にしゃがみ、私の足を手に取った。

流石の私も、いきなりの事で赤面してしまう。

「右の足首が腫れているな。これは随分痛いだろう」

「……へ、平気よ。そのうち治るわっ」

「ダメだ。そういう我慢をしてはいけないよ、葵」

大旦那様は一度荷物の元へと向かい、何かをごそごそ漁って薬箱を持ってきた。こんなものまでちゃんと用意してくれていたとは……

私の足を今一度じっと観察して、腫れた部分に塗り薬を塗る。

その後包帯でしっかり圧迫し、足首を固定してくれた。

その手際は見事なもので、私はすっかり驚いてしまう。

気持ちの問題かもしれないけれど、痛みも引いてきたような……

「葵、お前をここから連れて逃げてもいいんだよ？　僕はその為に来た様なものだ」

処置を終えた大旦那様は、眉を寄せ、私の顔を見上げた。

とても真面目な、僅かな憤りすら感じさせる瞳だ。

「それは無理よ。銀次さんを置いて、私だけ逃げるなんて出来ないわ。だって、大旦那様は、銀次さんを連れて帰ってくれないんでしょう？」

「…………」

「……銀次さん。昨日の午後から会ってないの。ちゃんとご飯食べて、ちゃんと寝ているかしら。出戻りした奴とか言われて、折尾屋の奴らに虐められてないかしら……」

考えれば考える程、銀次さんの事が心配になってきた。

青ざめオロオロしていると、大旦那様に「葵は銀次の母親か」とつっこまれてしまった。

「銀次はもう、折尾屋の従業員だ」

「何よ……大旦那様って、案外冷たいのね」

大旦那様と銀次さんは、結構な信頼関係があるのだと思っていた。大旦那様が簡単に銀次さんを諦めることが、納得できない。

「それとも、銀次さんが折尾屋へ戻ることになった理由が……あるの？」

「…………」

「花火大会って何？　あちこちで聞くんだけど……ちょっと不穏な感じがするのよ」

その単語を発した時、大旦那様の顔色が変わった。

やっぱり、キーワードはこれなんだわ。

「確かに、銀次にはここでやらなければならない事がある。それは、もうすぐこの地で行われる、折尾屋主催の花火大会に関する事柄だ。この行事は隠世にとっても重要なもので、銀次にしか出来ない役割がある。折尾屋の連中が銀次を必要とした理由はこれだ」

「花火大会なんて、よくある行事じゃないの？」

「花火大会というのは表向きの形にすぎない。しかし南の地には、この行事に隠して執り行わなければならない……重要な儀式があるんだ」

儀式……？

あの黄金童子が去り際に発した言葉の中にもあった。

それを成功させるようにと、乱丸に言いつけていたのを聞いたもの。

「花火大会は南の地で毎年行われているイベントだが、この儀式は百年に一度の周期で行われているものだ」

「ひ、百年に一度？」

驚いている私に対し、大旦那様は内緒話でもするように、私の耳元で、低く小さな声で囁(ささや)いた。

「これは絶対に成功させなければならない……この南の地は、呪われているから」

「呪い……？」

私にはよくわからない内容ばかりで、思わず眉をひそめた。

僅かな沈黙の間、朝の静かな波音がここまで聞こえてくる。

呪いというフレーズは、やはり少し、怖気のするものだ。

「私に……出来ることはあるのかしら」

口をついて出て来たのは、不安混じりの、何かしなければならないのではないかと言う、急かされた思い。大旦那様はそんな私に優しく言う。

「お前は既に、出来ることを始めているよ」

「それは、松葉様に料理を振るまい、この宿に引き留めてるってこと？」

「そうだな。勘づいていたのか」

「当然よ。だって松葉様が帰るって暴れた時、折尾屋の連中が凄く焦っていたもの。……なら私、やっぱりまだ天神屋には帰れないわ」

「…………」

「それに私、銀次さんにちゃんと聞かなくちゃいけないことがあるもの。今はやめておこうと思うけど、その儀式っていうものが無事に終わったら……」

私は、大旦那様が言った言葉、銀次さんの行動の意味も、まだよくわかっていない。

だけど大旦那様の表情を見れば、今この地はとても大変な状況なのだと分かる。

いつもは余裕のある飄々とした態度のくせに、今は真剣な眼差しだ。

「銀次は、本当はお前を巻き込みたくはなかっただろう。だけどお前に頼らねばならない程、折尾屋はこの件の準備に手こずっている。今も銀次たちは駆け回っているくらいだ」

「準備って……儀式の準備？　そんなに大変なの？」

「まあな。とにかく手に入り難い国宝級の品物をいくつも揃えなければならない。僕でも骨が折れるだろう」

「……国宝級の品？」

大旦那様はフッと笑って、それ以上は何も言わなかった。子どもを相手にするようにポンポンと私の頭に手を置いて、この旧館の調理場を出て行こうとする。

「お前が早起きで良かった。こうやって、早朝に密会ができるからな」

「もう行くの？」

「何、不安そうな顔をするな。お前の大好きな料理が出来る様、沢山食材を持ってきたのだから。天神屋に戻りたくなったら、いつでも僕が攫ってあげるよ」

「…………」

大旦那様がなんかカッコイイ事を言っている。

私、無意識のうちに不安な顔をしてたのかな……

裏口を出て荷馬車に乗り込む大旦那様に、私は駆け寄る。

「ねえ、帰りにここを通って行く？」

「松原をつっきる大通りは通るが……その頃にはここにも見張りが居るだろうから、寄っては行けないよ」

「じゃあ、旧館の真正面にある大きな松の木に、氷を入れたバケツをぶら下げとくから、帰りに中を覗いて。サバの味噌煮があるの。足の処置をしてくれたから……お礼にお弁当……入れとくから」

言いながら、最後は少し照れくさくなった。

私、敵陣に囚われているこんな状況で何を言ってるんだろう。

大旦那様はきょとんとして荷馬車の上から私の様子を見ていたが、やがていつものように腹をよじって笑いを堪えていた。

「そんな方法で弁当のやり取りをすることになるとは。実に楽しみだ。魚屋になったかいもあるというものだね」

「氷柱女の氷できんきんに冷やしたお弁当にするわ」

「大丈夫。僕は鬼火で温め直すことができるからね」

魚屋の大旦那様は一度指先に鬼火を灯して、「あの鬼火のペンダントを出してごらん」と言った。

私はすぐにピンと来て、胸元に隠していたガラス玉のペンダントを取り出すと、大旦那様はそれに触れる。緑炎の鬼火の色が、僅かに鮮やかな光を放った。

「何をしたの？」

「……ふふ」

大旦那様は特に明言する事もなく、荷馬車を動かし去って行った。

松原の大通りに出て、折尾屋の本館を目指すのだ。

「……それにしても、大旦那様が直接来てくれるとは思わなかったわ。しかも魚屋さんの姿で」

ヒーローは遅れてくるもの、というのはもう古い話なのかな。

案外大旦那様ってフットワーク軽いわよね。

「………」

それに、あの話が気になる。……儀式、とはいったい何なのだろう。

大旦那様は、例の儀式には、国宝級の品物がいくつか必要だと言っていた。

今、折尾屋の連中はそれらを必死に集めているのだ、と。

宿の営業をしながらなのだろうし、確かに大変な話だ。

私はここで暢気(のんき)に料理ばかりしていていいのかしら……

「あ、大旦那様のお弁当は、サバジャガの煮付けの残りと、わかめご飯と、定番の卵焼きと……あと何作ろう。そもそも大旦那様、何を持ってきてくれたんだろう……あ、小松菜がある。おひたし作ろう」

色々考えて、結局は料理に逃げる。大旦那様の為のお弁当を用意しながら、言い様の無いどろっとした不安が、胸の奥でゆっくり渦を巻いているのを感じていた。

第三話　『折尾屋』の板前、白鶴童子と黒鶴童子

　大旦那様が持ってきてくれた魚介は、新鮮な岩牡蠣だった。

「うわあ……おっきい」

　夏が旬の岩牡蠣。殻の形も普通の牡蠣よりまるっこく、その名の通りごつごつした殻が特徴的。真牡蠣の二倍か三倍はある。とにかく大きい。

　こんな立派な海の幸を使ってお料理が出来るなんて最高だ。

「あ、小麦粉とパン粉がある。ケチャップやマヨネーズも」

　大旦那様が持ってきてくれた荷物の中に、私が夕がおで作った手作り生パン粉や、調味料の入った瓶もあった。

「なぜかパンケーキミックスまで……」

　こっちは大旦那様が現世から買って来たものだ。

　でも確かに、これらは夕がおにあっても仕方が無いし、使えるかも。大旦那様ナイス。

「今日は、カキフライの御膳を作りましょう。タルタルソースをたっぷりかけて、柑橘を搾ってあっさりいただくの。……絶対美味しいわ」

まずは殻付きの牡蠣を水で洗って、殻を剝く。硬い殻を一つずつ剝くのは大変だが、私はこの作業がそれほど嫌いではなかった。

殻の平たいほうを上に向け、隙間から小さな刃物を入れる。身を傷つけない様に貝柱を外すと、上の殻がぱかっと外れる。プリプリの牡蠣の身がお目見えだ。

ああ、もうこのまま炭火で焼いて、レモン汁をかけて食べたらどんなに美味しいか！

「それもいい。だけど松葉様なら、ここで焼き牡蠣は食べていたでしょうし……手作りカキフライなら珍しいかもしれないわね」

牡蠣を新しい水で洗ってヌメリを取り、ボールに小麦粉と水、卵を入れてとき衣を作る。とき衣に生牡蠣をつけ、パン粉の入った器にさっと入れて、軽く握るようにして全体にパン粉をつける。

これをバットに並べて氷柱女の氷の傍で休ませている間に、揚げ物用の鍋で油を温める。

油が温まるまでに、付け合わせのキャベツを千切り。

タルタルソースも作らないとね。茹で卵は作り置きしていたのがあったので、それをボールの中で潰し、みじん切りした玉ねぎを加えて、大旦那様が持ってきてくれたマヨネーズ、お酢、塩、胡椒、ちょっとの砂糖も加えて混ぜるだけ。

そろそろという頃合いで、パン粉をまぶしておいた岩牡蠣を油で揚げる。

カラッと揚がった岩牡蠣のフライ。しっかり油を切って、付け合わせのキャベツの千切りが盛られたお皿に三個載せ、レモンを脇に添える。手作りタルタルソースの小鉢も脇に添えたら、出来上がり。

「よし！　……よし、食べたい」

食べたい……いや違う、味見だ。これは純然たる味見。

出来上がりをすぐに松葉様に持って行かなければならないけれど、一分だけ待って。

一個余分に揚げておいたカキフライを小皿に載せて、余ったタルタルソースをたっぷりかけて、またレモンを余す事無く搾って、一度ごくりと唾を飲んだ後、大きく口を開けてパクリ。

う、うわあ……

さくさくの衣の食感の後、柔らかくふわふわな岩牡蠣を噛み締める。

岩牡蠣の、猛烈にクリーミーな旨みたっぷりの汁が、じゅわりと口の中に広がった。

タルタルソースとレモン汁の酸味が、まろやかな味わいをさっぱりと引き締めてくれる。

大きいから一つ食べただけでも、「ああ、牡蠣を食べてやったぞ……」と言う満足感が得られる。

「最高だわ。これは早く、松葉様に食べてもらわなくちゃ……」

白いご飯をお茶碗に装い、副菜には苦瓜の味噌和えを。汁物は生姜のスープ。

私はさっそく、出来立てのカキフライ膳を持って、本館へと向かった。

松葉様のカキフライを食べた後の反応は凄まじいものだった。

元々牡蠣が好きらしいのだが、パン粉をまぶして揚げたカキフライは食べた事が無かったみたい。

最初こそタルタルソースを「何これ」という目で見ていた。

でも私が勧めるまま、レモン汁とタルタルソースをたっぷりカキフライに載せ、一口食べたところ、その場で悶えてゴロゴロ転がったのだった。

口に合わなかったんじゃないかと私は焦ったけれど、どうやらカキフライマジックにかかったらしく、おじいさんなのに一瞬で平らげてしまい、おかわりを所望した。

更に、周りに居た天狗の若人たちがたまらない顔をして私を見つめていたので、とりあえず旧館に戻って、残りの牡蠣を全部使って、カキフライ盛りを作ったところだ。

おかげで、一つくらい炭火で焼いて食べてみようと思っていた私の野望は消えた。

ま、でも、みんながあんなに喜んでくれて嬉しいけどね。

私のお料理と言うよりは、素材の勝利という気もするけど。カキフライって、その美味しさに囚われてしまったら、もう逃げられないお料理だからな––……

「……ん？」

　さて、牡蠣フィーバーの後、牡蠣の殻を折尾屋のゴミ捨て場に持って行って、また旧館へと帰ろうとしていた時だった。

「ねえ、君」

「津場木葵？」

　二つ、声をかけられた。キョロキョロと辺りを見渡す。

「誰？」

　声の主は見つからない。私はおそらく、その場で三周くらいくるくる回っていた。

「ここだよ」

　二つの声が重なった。

　重なったと思ったら、上から目の前にストンと落ちてきた者あり。

　思わず「えっ」と声が出て、一歩後ずさる。

　六角折の紋が入った、白い板前法被を着た見知らぬ二人組の少年だ……

　いや分からない、女の子かも。ぱっと見高校生くらいかな。若く見える。

　驚いた事に二人とも同じ顔をしていて、でも一人は黒髪、一人は白髪だった。横髪を鬢削ぎのように顔の横で切り揃えているのと、額に朱色の丸い痣があるのが特徴的。

　というか、今どこから湧いてきた、この二人……

「あんたたち……誰？」

「僕は黒鶴(こくつる)の戒(かい)」

「僕は白鶴(はくつる)の明(めい)」

「もしかして双子なの？」

「うん、そうだよ」

「僕らは双子。折尾屋の板前さ」

いえーい……と、緩くハイタッチする双子。

テンションも高い様な低い様な。目もどことなく眠たそうで、やる気も無さそうな板前だった。

「何か御用？」

「『そう御用』」

双子はコクコク頷(うなず)いた。

「ねえ津場木葵……僕たち少し困ってるんだ」

「少し君の力を借りたいと思ってる」

折尾屋の従業員のくせに、私の力を借りたいだなんて……

疑(うたぐ)り深い私は「なんか胡散臭(うさんくさ)い」と岩牡蠣の殻を投げつけようと臨戦態勢に入る。

「ち、ちょっと待ってよ」

「胡散臭く無いよ！」

「僕らずっと、君の料理に興味を持ってたんだ」

「そうそう。時彦さんがね、君に力を借りるといいよって、言ってたんだ」

目元は相変わらずやる気無さそうだけど、どことなく焦った態度になる双子。

私は「時彦さんが？」と少しだけ話を聞く気になった。

時彦さんとは、折尾屋の筆頭湯守。数日前まで天神屋に来ていたし、私も少し関わった仲だし……

「……分かったわ。何だか訳ありみたいだし、少し話を聞きましょう。ここじゃなんだし、旧館の台所にいらっしゃい」

「「やった！」」

双子はまたハイタッチした。

それにしても、折尾屋の板前って若いのね……

いや、見た目だけじゃ判断できないのがあやかしって知ってるけど、うちのダルマの板前長の、雄々しいイメージがあったから、ついね。

「……訳ありのお客様？」

「うん、そう」

旧館の台所の床上空間に無理やり双子を座らせて話を聞いたところ、どうやら双子は、訳ありのお客様に出すお料理に困っている様だった。

「その訳ありのお客様っていうのは、雨女（あめおんな）のお嬢様」

「いつも癇癪（かんしゃく）を起こして南の地に雨を降らせる。花火大会では雨を降らせないように、折尾屋に招いてわがままを聞いてあげてるんだけど……」

双子は顔を見合わせて、コクコク頷いて、こう言った。

「「もう折尾屋の料理に飽きたと言われてしまった。こりゃ困った」」

「おお、息ぴったり」

流石双子……なんて感心している場合ではない。

「もし雨女のお嬢様の機嫌を損ねて、花火大会に雨でも降らされたら……」

「僕ら一巻の終わりだ。こればっかりは乱丸（らんまる）様に海に沈められてしまう」

「どこのやくざよ、それ」

二人揃ってブルブル震えている。冗談ではなく、本気でそう思っているらしい……

「で、私に何を求めてるの？」

「雨女のお嬢は、元々お金持ちだから」

「そもそも美味（おい）しい魚介なんて食べ飽きてる」

「……なるほど」

「で、面白くて楽しい料理が食べたいって言う」

「食べた事無いものがいいって」

黒鶴の戒、白鶴の明は、変わらない順番で交互に言って、私にこんな懇願をした。

「だから、現世のアイディアで僕らを助けて欲しい。津場木葵なら、その手の料理は得意だろうと、筆頭湯守の時彦さんが言っていた」

長い言葉まで息ぴったり。凄いな。

「……事情は分かったけど……でもいいの？　私に手を借りたりして。折尾屋の従業員ってことは、私の事、気に入らないでしょう？」

「…………」

双子は顔を見合わせ、あっさりと「別に……」を言い放つ。眠そうな目をしたまま。

「僕ら、去年この折尾屋に来たばかりの板前なんだ」

「ちゃんとした板前長は他に居るし、僕らは特別なお客様のお料理を作る板前」

「幹部の中じゃ新入りの方だし、そもそも折尾屋と天神屋の因縁に興味無い」

「美味しい料理を作る料理人には興味あるけど……」

戒、明の順番で口々に好きな事を言って、お互い「ねー」と。どこまでも緩い双子だ。

「んー、そうね。本当は旧館の大掃除をしなければならないんだけど、せっかくだから一緒に解決策を考えるわ。ところで……ちょっと聞いていい？」

「？」

「私、初めて折尾屋に連れてこられた日、美味しいご飯を出してもらったんだけど……特にあのイカシュウマイ……誰が作ったの？」

「イカシュウマイ？　ああ、それは僕らだよ」

「僕たち妖都(ようと)の料亭で働いてた時もあるから、よく作ってたしんじょの調理法を生かして、イカシュウマイを編み出したんだ」

「そしたら乱丸様が、今後お料理に出すようにって」

「ねー」

なるほど……確かにあのイカシュウマイはとても美味しかった。

この双子、緩いけれどかなりの料理人と見た。

「分かったわ。ならあなたたちに協力するから、一つだけいいかしら」

私があらたまった事を言うと、双子は身構える。

「……もしや、イカシュウマイの作り方？」

「企業秘密だから教えられないよ。乱丸様が提示した契約書に署名させられている」

「違うわ。ただ、またあのイカシュウマイ、御馳走(ごちそう)してって話」

「……そんなことでいいの？」

双子は声を合わせて、同じ方向に首を傾げる。

「だって凄く美味しかったもの。また食べたいって思ってたのよね」

思わず前のめりになって訴えた。双子はきょとんとした後、お互いに顔を見合わせて、おもむろに拳をこちらに突き出した。

「……ん？」

「拳、出して」

言われるがままに私も拳を突き出す。

すると、双子はそれぞれの拳を私の拳にコツンと当てて、相変わらずテンションが高いのか低いのか分からない様子で「いえーい……」と言った。

どうやらこれにて契約が成立し、同盟を組んだ証の様なものらしい。


特殊なお客様とは、雨女のお嬢様で、名を淀子と言うらしい。

この南の地と南西の地の山間に存在する、巨大な貯水ダムを持つ大富豪の娘との事。

「ちょっと、なぜ妖都新聞⁉　わたくしは週刊ヨウトを持って来てと言ったのよ！　歌舞伎座の花形男優、雪之丞様の特集が読みたいの！」

「……へい、すいやせんお嬢っ！」

「ったく、お前ってほんと使えないわね三成」

淀子お嬢様は折尾屋の屋上にあるプールサイドで、裾の短い水着用の着物を着て竹製のビーチチェアに座り、スイカのジュースを飲んでいた。気の弱そうな付き人の男がヘマをしたとあって、蹴りつけて文句を言っている。しかも男の方はちょっと嬉しそう……

お嬢様は巻いた紺色の髪を金の簪で飾っていて、いかにもハイカラでセレブって感じの見た目だ。

「う、うーん……確かにちょっとキツそうな子ね」

お客様の情報が知りたくて、その淀子というお嬢様がどのような子なのか観察しにきたのだけれど、想像していたより手強そうだ。

「淀子お嬢様は、南の地と南西の地の水を支配していると言っても過言ではない、大きな一族の娘で、誰もあの子に文句を言えない」

「わがまま放題で育ったんだ」

「すぐ怒るし、すぐ蹴ってくるしね」

「あの付き人みたいな趣味は僕らに無いし……」

双子も被害を受けたのだろうか。青い顔をして交互にぶつぶつ言っていた。

「うーん、わがままお嬢様、か……」

プールサイドのお嬢様を観察しつつ考える。

美味しい料理は分かりやすいけれど、面白くて楽しい料理となると何だろう。

例えば、仲の良い人と一緒にご飯を食べていると楽しい。

造形が美しい料理は見ていて楽しい。

でもお嬢様が求めているのは、多分刺激だ。

となると、楽しいお料理は……自分が調理に参加するもの、になるのだろうと思う。

「そこにいるのはわたくし専属の板前、双子の鶴童子(つるどうじ)でなくて？」

淀子がプールサイドの出入り口でこそこそしている私たちに気がついた。

「こっちへいらっしゃい」

双子の鶴童子は呼びつけられ、淀子の前へ出て行きぺこぺこする。

「お前たちの料理は洗練されていて好きだけど、流石にそろそろ飽きてきたわ。もう一週間以上も、似た様なお料理を食べてるんだから……昨日も言ったわね？」

「は、はい……」

「そろそろ少し変わった、それこそ体感型のお料理が食べたいの。今夜は楽しませてくれるわね？」

「……は、はい」

「よろしい。お下がり」

体感型って何……とかぼそぼそ言いつつ、双子がげっそりして戻ってきた。

だけど私は「やっぱり」と閃(ひらめ)く。

戻ってきた双子と、再び円陣を組んで会議をした。

「ねえ、お嬢様の好きな味付けは？」

「割と濃い味が好き」

「あやかしにしては、ピリ辛も好き」

「なら、あのお嬢様の嫌いな食べ物は？」

「お嬢様の気分は飽きっぽくて移ろいやすい」

「二日前は厚揚げが嫌いだった」

「その二日前は鴨肉」

「だけど法則がある。二日は嫌いなものは変わらない」

双子は交互に説明した。私は顎に手を当てて、もう一つ聞いてみる。

「じゃあ、昨日嫌いだったものは？」

「納豆」

「なら大丈夫よ。決めた。……もんじゃ焼きにしましょう」

「え？」

ドヤ顔で提案したお料理に、双子は三回くらい瞬きした。

「もんじゃ知ってる？」

「……まあ、知ってるけど」

「でもあれ、駄菓子の一種だよ。お嬢みたいな人は、食べたこと無いんじゃないかな」

「だからいいんじゃない。お嬢様にも鉄板で焼いてもらうの。せっかくここには美味しい海鮮も多いのだし、王道から邪道まで、何種類かもんじゃを作りましょう」

「……なるほど」

「いいかも」

双子は納得してくれたみたいで、私たちはまた拳を小突き合う。

さっそく私のテリトリーである旧館の台所へと戻り、作戦会議だ。

「あの手のお嬢様は贅沢な日常に飽き飽きしていると見たわ。ここはジャンクフードを押しつつ、ちょっとヘルシーさプラスでいきましょう」

「じゃんくふーど？」

旧館の台所にて。黒鶴の戒と、白鶴の明は、床上のゴザで各々正座をしたまま、ジャンクフードというフレーズがいまいち理解できないという顔をしていた。

「えっとね、ジャンクフードって言うのは若者が好きな……栄養価の偏った危険な食べ物の事よ。スナック感覚で食べられるものが多いわ。もんじゃ焼きも元々は駄菓子だし、近いものはあるかも。でもこの手のお料理って、美味しくて止められない魔力があるの……」

私は特にジャンクフード大好き人間と言う訳じゃないし、どちらかというともっと薄味で健康的なお料理を好むけれど、それでも時々、体に悪そうなものを体が欲して、たまらなくジャンクフードが食べたくなる時がある……あれ、何なんでしょうね。

「とにかく、海鮮もんじゃは必須ね。イカ、海老、貝類。これはあっさり塩味。おくらを入れると特有の粘りと歯ごたえが加わって美味しいの。海鮮おくらもんじゃ（塩）ってところかしらね」

「ほうほう。おくら入りとは今時ですな」

「ほんとですな」

相変わらず緩いテンションの双子。しかしメモだけはしっかり取っている。

「王道と言えば豚もんじゃね……刻んだネギとキャベツは鉄板だけど、そこに甘いコーンとしめじ、更に豆腐も加えて、味付けはピリ辛味噌よ」

「……ピリ辛味噌」

「……美味しそう」

これはイメージしやすい味かもしれない。

雨女のお嬢様が、結構ピリ辛好きと言う事で思いついた。

「最後は……みんな大好き、明太もちもんじゃ……」

「「きた――……」」

双子はパチパチ手を叩いて、喜びを表現。

やっぱりちょっとだけテンション低いけど……

「この辺で明太子って手に入る？」

「任せといて」

「辛子明太子は南西の地の主力名産品だから、すぐに手に入るよ」

力説する双子。へえ、辛子明太子って南西の名産品なんだ。知らなかった……

「本当はチーズがあったら良かったんだけど……いまだに隠世でチーズに出会えた事が無いのよね。天神屋がお世話になってる酪農家も、チーズは作ってないみたいだし。チーズって隠世には無いのかな……」

「ああ、チーズなら北の地で手に入るよ」

「酪農が最も盛んな土地だからね。でも庶民はあまりチーズを食べる習慣が無いから、隠世ではメジャーな食べ物って訳じゃないよ」

「へえ……そうだったんだ。なら手に入れるの、大変よね」

双子は顔を見合わせて、「そんな事無い……かも」と意味深な事を言う。

「確か、上級客室のお客様へのルームサービスに、高級チーズがあったはず」

「地下の倉庫に隠されている。僕ら、貰ってくるよ」

「ん……それって大丈夫なの？」

何だか一抹の不安を感じた。しかし双子は緩い調子で「大丈夫大丈夫」と言う。

「僕らに任せておいて」」

ぐっと親指を立ててやる気を示す。そしてそのまま旧館の台所を出てチーズを探しに行こうとしたので、私は「ちょっと待って」と双子の襟を引っ張った。

「何？」」

「チーズを探しに行くのもいいけれど……その前に少し、借りたいものがあるの。いい？」

私はあるものを作りたくて、双子に隠世産の〝鶏ガラスープの素〟を借りたのだった。

普段は自分で鶏ガラを煮込んで鶏ガラスープを作るが、作りたい例のあるものには、即席スープの素の方が相応しかったりするのだった。


双子の鶴たちが出て行った後。

ジャンキーな食べ物がテーマと言う事で、私はあるお菓子作りを試みていた。

「そう……ジャンクなスナック菓子代表……みんな大好き、ポテトチップス」

通称ポテチ。

以前、ポテトチップスを買って食べた時、袋の後ろに書かれていた歴史の話を思い出す。

ポテチは今から約百六十年も昔に、アメリカのニューヨークで生まれた。

アメリカではフライドポテトが一般的な食べ物だった訳だけど、ニューヨークのホテルで、とあるお客にフライドポテトを提供したところ、そのポテトが厚すぎるとクレームが入った様だ。フライドポテトを作ったシェフは悔しく思って、今度は出来るだけ薄切りのフライドポテトを作り、お客様に出したところこれが大ウケ。

その薄切りフライドポテトの評判は瞬く間に広がり、ポテトチップスとなり、今でも根強い人気を誇っている訳だ。

「そう……ポテトチップスは〝ホテル〟で生まれたのよ……そして隠世でも〝宿〟で作られる。ふふ」

ごにょごにょぼそぼそ言いながら、ひたすらポテトをスライスした。

そのうちの一部に、ちょっとした味付けを施す。隠世の甘辛い醬油と、鶏ガラスープの素を少々加えた水に浸けておくのだ。十分程。

これで下準備はOKだ。

大きな釜を火にかけ、油を熱し、薄切りポテトを丁寧に揚げていく。

釜揚げポテトチップスだ。

重ならない様、時々菜箸で裏返し、カラッとこんがり揚がったら素早く紙の上にあげて、余分な油をきる。

全部揚がるまでひたすらこれを繰り返し、最後は何の下味も付けていない揚げたてポテチに塩を少々まぶし、一枚を試食してみる。

……パリッ。

「うん、まごう事無くポテチだわ。揚げたては最高ね」

この歯ごたえを待っていた。市販のポテトチップスより少し厚さがあるが、その分じゃがいもの味を楽しめるし、バラエティに富んだ味付けが出来るに違いない。

最もスタンダードな薄しおも捨てがたいが……

「ここで取り出したるは、我が秘伝のマヨとケチャップ……青のりも」

保冷箱を開けて、その瓶詰めの調味料を取り出した。

それぞれを小鉢に入れて、ポテチにちょいちょいと付けて、味を変えながら食べてみる。

「うん、マヨネーズが合わないはず無いのよね……これ絶対お涼(りょう)好きだわ。こってりしたの好きだし。ケチャップも王道よね。フライドポテトはケチャップをつけて食べると美味しいし……こっちは静奈(しずな)ちゃんが好きかも。でも私が一番好きなのは……」

鶏ガラスープの素と、甘くてコクのあるお醬油で味付けをした方……

こちらはそのまま揚げたものより、もっとこんがりしたきつね色に揚がっている。

一枚を手に取り、パクリ。

「うーん、たまらない……味も濃すぎず、いい感じだわ」

市販のポテトチップスやスナック菓子にも、時々「なんとか醬油」味というものが存在する。

主にそれぞれの地方のお醬油を用いて作られ、地域限定で発売されている。

今回作ったのは、九州に存在する「九州醬油」味のポテチ。隠世のお醬油に最も近いからね。甘くてコクのあるお醬油は、お菓子にも最高に合う。

「基本的にポテトチップスは薄しおかのりしおが好きだけど……この醬油味は、最終的に自分で作るようになっちゃったのよね。鶏ガラスープの素と九州醬油を使って」

手作りポテチにも、もっとこう、まんべんなく鶏の出汁と醬油の味を染み渡らせることが出来たら良いのだけど。一枚一枚の味にムラがあるのも、まあ手作り感があっていいかしら。

ほんのり甘辛い、鶏出汁とお醬油味の手作りポテトチップス。私はこれが一番好き。

「多分ね、ポテトチップスは隠世のあやかしも好きだと思うのよね……」

特に薄しお、のりしお、お醬油あたりは……

そして、実のところポテチを作った理由は、砕いてもんじゃの具にもなると思ったからだ。

ジャンクなスナック菓子をもんじゃの具材にすることは、お店でもままあることで、主にラーメンスナックの様なものが使われやすい。

「明太もちチーズもんじゃの隠し味よ」

薄しお味のポテチを砕いて、もんじゃの具として加えると、スナックのざくざく感とじゃがいもの味が加わって、結構美味しい。

「何やってんの、ねーちゃん」

「あ、太一(たいち)」

台所の入り口に、折尾屋の雑用係である夜雀(よすずめ)の太一が立っていた。

「さっきまで板前の鶴童子さんたちが居たと思ったら……なんか怖い料理してる」

「怖いって何よ」

「だって油っぽい変な匂いがする……」

「ポテトチップスよ。あんたも食べてみる?」

何それ、と言わんばかりの訝(いぶか)しげな表情の太一。

私は傍にあった手作りポテチを一枚とって、これ見よがしにパリッと食べて見せた。

太一、その様子をしかと目に焼き付け、ごくりと生唾(なまつば)を呑(の)む。

「現世の大人気お菓子よ。いくつか味があるから、どれが好きか教えて欲しいの」

「……い、いいのか?　おいらが食べても」

「勿論(もちろん)。一人でポテチをぼりぼり貪(むさぼ)るのも悪くないけど、これは食べ終わった後に、一気に寂しい気持ちになりそうだからね……」

　と言う訳で、夜雀の太一に台所に入ってもらって、さっきまで双子が座っていたゴザに座らせ、数種のポテチを試食してもらった。

「わっ、何だこれ、うまっ」

「でしょ⁉　食べ過ぎはよくないんだけど、そう言うもの程、食べるのをやめられないのよね〜」

「うまーっ！」

　太一は一口食べた時から、ポテトチップスの虜だった。

　全ての味をバリバリ食べ比べ、やはり醤油味を一番好んで、その次にマヨ、そしてケチャップと来て、結果薄しおとのりしおは、それらよりインパクトが無いと言った。

「ふん。まだ若造ね……薄しおの良さは歳を取れば取るほど分かってくるのよ……」

「そう言うもの？」

「ええ。後からじわじわくるの」

「でも姉ちゃんもまだ若いよね？」

「私は祖父のせいで、味覚が少し年寄りくさいのよ」

「うまー」

「もう聞いてないわね」

　ポテトチップスにはちょっとした中毒性があると聞いた事がある。それだけ魅惑的なお菓子だからね。天神屋のみんなにも早く食べてもらって、反応を見てみたいなあ……

「ねえ、姉ちゃん。これまた作ってよ。おいら、兄弟に食わせてあげたいんだ」

「……兄弟に？　太一、兄弟がいるの？」

「うん。姉ちゃんと弟や妹たちは港に住んでいる。金の無いおいらたちは、栄えた内陸には住めないから」

　太一は足をぶらぶらさせつつ、視線を落としてぽつぽつ語った。意味深な言葉だった。

「もしかして、ご両親が居ないの？」

「うん。ずっと前においらたちを置いて、どこかへ行っちゃった。でも乱丸様が俺を折尾屋に雇ってくれたし、上の兄ちゃんも乱丸様の勧めで、折尾屋の宙船の船夫をしているんだ。兄ちゃんとおいらの稼ぎで、兄弟を養ってる」

「凄いわね。あんたみたいな小さな子が」

「南の地は貧しい土地だから、子どもが働くのは当たり前だよ」

　ふと、天神屋の湯守である静奈ちゃんの言葉を思い出していた。そう言えば彼女も、南の地の貧しい村で育ったと言っていたっけ。

「住んでいるあやかしの数も、他の土地に比べたら圧倒的に少ないし、ここは嵐も多いし、開発されていない土地も多いって。折尾屋が出来て、やっと南の地も発展し始めたらしいけど、乱丸様は、まだまだ色々なものがこの土地には足りないとおっしゃってた。一刻も早く、他の土地にあってこの土地に無いものを、揃えていかないと……って」

「……そう、なんだ」

　太一はやっぱり、乱丸に対して大きな尊敬の念を抱いている。

　自分を雇ってくれたからだろうか。

　彼の話を聞くに、乱丸は色々な事を、この下っ端であるはずの太一に教えているんだなと思った。そして、私が想像していた以上に、この南の土地の事を考えている様で……

　それはやっぱり、あの偉そうな乱丸からは想像し辛（づら）く、私の知らない乱丸の一面でもあった。

　鶴童子の双子が、もんじゃ焼きパーティーに必要な材料を持って戻ってきたのは、夕方の事だった。

「あ、確かにチーズだわ……」

　そう、そしてチーズもちゃんと持ってきてくれた。

　陶器の器に詰まった白いチーズ。

　何のチーズなのかは不明だけど、チーズっぽい何かだと言う事は分かる。

　ちょっと食べてみたら、カマンベールチーズの中身っぽい味。カマンベールチーズより硬めだが、これはなかなか美味だ。

「淀子様のご夕食は八時からだ。早くもんじゃ焼きの準備をしないと」

「時間に遅れたら怒鳴り散らすんだ」

どうやらそれは経験済みの事らしく、双子は「怖いよねえ」と。

「淀子様のお部屋に鉄板を用意できる？」

「勿論。そう言うのは時彦さんが用意してくれるって」

「……時彦さん、湯守のお仕事があって来られないんじゃないの？」

「筆頭湯守は男女両方の温泉の監督的な立場で、研究室にいる事の方が多い」

「そう。常にお風呂場に居ないといけない訳じゃない」

「鉄板を温めるのは任せてくれ、と言ってたよ」

「不知火だからね！」

双子は、黒、白のいつもの順番で交互に説明する。

なんと言うか、この双子、時彦さんの事は信頼している節がある。私に相談するように
って言ったのも、時彦さんだったらしいし……

「さ、三種のもんじゃの具を作ってしまうわよ。海鮮もんじゃと、豚味噌もんじゃと、明太もちチーズ」

「「いえーい」」

双子は緩く片手を突き上げると、すぐに作業に取りかかった。

それにしても……流石は折尾屋の板前たちだ。

台所に立った途端、先ほどまでの緩くてやる気の無さそうな空気はスッと消えて、代わりにピンと張りつめた、集中した空気を纏う。

手際も見事だ。特に、魚介を扱う事に関しては私より遥かに上。研ぎすまされた手さばき包丁さばきには、瞬きすら出来なかった。

私は横でその技術を見て学びつつ、もんじゃ焼きに必要な、生地の出汁を作っていた。

塩ベースの生地、唐辛子を少し加えたピリ辛味噌の生地、そして王道のソース味の生地。

それぞれのボールに、刻んだキャベツやネギ、それぞれの具材を盛る。

勿論、双子が持ってきてくれたチーズも端から切り取って、トッピング。

そして今度は、手作りポテトチップスを紙袋に入れて綿棒で砕く。

「……それ何？」

「ていうか何やってるの？」

この作業に、双子は興味津々。

「ポテトチップスを砕いているのよ。これは薄しお味」

双子は真顔で「何それ」と口を揃えた。あとで実物を食べさせてあげるわ、と言って、
私は砕いたポテトチップスを別の小鉢に入れて、明太もちチーズの隣に置いた。

いざ、戦場へ……っ！


大きなお盆をそれぞれ持って、本館へと向かった。

上級客室〝綾錦(あやにしき)〟……の隣の、少し小さな客間〝小錦(こにしき)〟だ。

鉄板を使った料理なので、隣の部屋でお料理を提供することにしたのだ。

この部屋には縦長の掘りごたつがあるとの事で、鉄板焼きなどの料理を食べる際、使いやすいのだそうだ。

「あら時彦さん。二日ぶり」

「津場木葵……」

小錦では、既に時彦さんが鉄板の準備中で、縦長の机に三つの鉄板を並べている。

時彦さんは私を見ると、どこか気まずそうな顔をした。

「君には世話になっておきながら、このような事になってすまない。今、葉鳥(はとり)と共に乱丸に抗議しているところだ。君を連れて帰るというのは……想定外だった」

時彦さんの生真面目な謝罪に、私はあっけらかんと答える。

「まあ確かに驚いたし今も戸惑っているけれど、それはそれよ。今はお嬢様のもんじゃ焼きの方が気がかりだわ」

「……なんと言うか、君の適応力には驚かされる」

時彦さんはしみじみと。

さて。もんじゃ焼きの準備を整え終わった、夜の八時ぴったりの夕飯時。

双子と共に、失礼しますと丁寧な様子で淀子お嬢様の部屋を訪ねたにも拘らず……

「遅い‼」

淀子お嬢様は既にかなりのご立腹だった。

「わたくしはもうお腹ぺこぺこで死にそうよ！　さっさと夕食の準備をなさい‼」

双子が何も言えずにいたので、私が前に出て「あの」とお嬢様に声をかける。

「少し変わったお料理ですので、お隣の間、〝小錦〟に食卓を用意しております」

「別の部屋で食事？」

お嬢様はあからさまに面倒くさそうな顔をした。私は「面白い料理ですよ！」と力説して、無理やりお嬢様を引っ張って連れて行く。

「ち、ちょっと」

「こっちですよ」

隣の〝小錦〟まで連れてくると、まずその部屋の掘りごたつに並んだ鉄板に、お嬢様は驚いていた。

「何これ」

「今晩のご夕食は〝もんじゃ焼き〟となります」

「もんじゃ焼き？」

お嬢様は更に怪訝な顔をして、食卓に並ぶもんじゃ焼きの材料と、ここにいる私や双子、時彦さんの顔を見比べていた。

「淀子お嬢様は、もんじゃ焼きを食べた事はありますか？」

「いいえ。名前は聞いた事があるけれど、あれは庶民の食べ物なんじゃなくて？　という か子どもの駄菓子よ。そんなものをわたくしに食べさせようと言うの？　あまり興味が湧かないわね……わたくしの要求の意図、読み取れてないいんじゃないかしら」

「あの、いわゆる駄菓子なもんじゃ焼きではなく、豪華な食材を使った現世風のもんじゃ焼きで、十分立派なご飯なんです。作るのも楽しいんですよ」

このままお嬢様の機嫌を損ねたら大変だ……っ。

焦った私が一生懸命説明するも、お嬢様は「現世風？」とますます不可解な表情に。

「というかさっきから思ってたんだけど、あんた誰？」

「え？　あ、あはは……ねえ私って何？」

さっきから私を前面に出して後ろに控えている双子の方を振り返って尋ねてみた。

「津場木葵」

二人して名を暴露してくれたので、私も素直に「津場木葵です」と名乗った。

助手の後ろに隠れて、お嬢様を怖がっている板前二人ってのもおかしいけれど。

「津場木葵……って、もしかしてあの、津場木史郎の孫娘っていう？」

「……知ってるんですか？」

「勿論よ！　週刊ヨウトを毎週騒がせていた風来坊の津場木史郎の孫娘！　わたくし、津場木史郎の大ファンなの！　記事は今でも取ってあるわ」

「そ、そうなんですか？」

お嬢様の目の色が突然変わった。私にズイと顔を寄せて、まじまじと顔を見つめる。

「一応、あなたの記事もチェックしているわ。確か、津場木葵は、あの天神屋の大旦那に嫁入りしたと聞いたけれど」

「いや、それはガセネタです。嫁入りはしてないので」

「でも、天神屋で食事処を開いたって書いてあったわ」

「それは本当です」

「赤字まみれだって」

「……それもまあ、事実です」

視線を泳がせながら、そんな情報がごく当たり前に隠世に流れているのだと言う事を知って、私は恐ろしくなった。しかしお嬢様の態度に変化が見られる。

「んーそうね……少し、今晩のお料理に興味が湧いてきたわ」

「ほ、本当ですか⁉」

お嬢様は口元に指を当てつつ、どこか楽しげな表情をしている。

「だって津場木葵のお料理は現世風の和食が中心で、それがあやかしにウケていると記事に書いてあったもの。わたくし、現世に興味が無いわけではないのよ？」

不敵な笑みを浮かべ、お嬢様はそのまま大人しく席についた。

「で、この鉄板は何？」

「これはもんじゃ焼きを目の前で作る鉄板です。お嬢様が面白い料理をご所望だったので、自分で作りながら食べるもんじゃ焼きがいいんじゃないかなと思いまして」

「……自分で作らなければならないの？　何だか面倒だわ」

「では、一つ私が作ってみます。もしお嬢様がやってみたくなったら、おっしゃってくださいね」

とりあえず、作業を押し付けられるのは嫌いそうだと思ったので、お嬢様が自らやりたいと言うまでは私が目の前でもんじゃ焼きを作ってみようと思った。

まず、私がお嬢様の前に掲げたのは、立派な海老やイカ、貝がたっぷりのっている「海鮮もんじゃ」のボールだった。

「今から、この具材で、海鮮もんじゃを作って行きます。よく見ていてくださいね」

時彦さんが温めてくれていた鉄板に油を引いて、その上に鉢の中の生地以外の具をのせる。ヘラで具材を細かく刻むようにして炒め、ドーナツ状に土手を作るのだ。

そのドーナツの輪に出汁で味付けした生地を注ぐ……

「……へえ、結構変わった焼き方をするのね」

「ええ。こうやって輪を描いて土手を作らないと、生地が流れ出てしまいますからね」

淀子お嬢様は、変わった作り方をするこのお料理を、思いのほか熱心に見ていた。

「生地にとろみがついてきたら、土手を崩し、混ぜるように炒めて、これを最後に薄ーく広げて行くんです」

具材の混ぜ合わされた生地を、鉄板にまんべんなく広げてみる。

すると、いわゆるもんじゃ焼きというものの形がみえてきた。

「……い、いい匂いね」

「そうでしょう？　この海鮮もんじゃは塩ベースの味付けで、なんといっても、ここ南の地の新鮮な魚介をふんだんに使った豪華仕様です。みてください、ゴロゴロ入ってますよ、海老、イカ、タコ、貝……」

鉄板の上でジュージュー焼けるもんじゃ焼き。そろそろいいかなと思ったところで、双子が淀子お嬢様に小さなヘラと小皿を手渡した。

「これを使って、端っこから食べて行きます」

「端から削るようにして、一口ずつ召し上がってください」

双子がジェスチャーして食べ方を教えてあげると、お嬢様は「生焼けなんじゃないの⁉」とまだ半信半疑。

「大丈夫ですよ。それがもんじゃなんです」

私がそう言うと、彼女は恐る恐る、海鮮もんじゃを鉄板から削り取って一口食べてみた。

「……ん？」

最初の一口は首を傾げつつ。でももう一口。

「……ん？　あ、イカ」

二口目を食べた後は、コクコク頷きつつ。そしてもう一口。

「…………お、面白い」

ボソッと。あの高飛車なお嬢様が、嫌みも文句も言わずに、ただ一言。

お嬢様に「面白い」頂きました！

「な、何これ……新感覚だわ。トロッとしているのに、香ばしくカリッとしている部分もあって、うん美味しい……しかもやっぱり、面白い」

「生地が半熟のように思えるけど、鉄板に面した下側にはおこげが隠れているから、それを剝がしながら食べるの、最高に楽しいですよね」

私もニヤリ、と。

「最初は訳が分からなかったけれど、いざ食べ始めるとわくわくしてくるものね。食べ方が変わってるっていうのもあるけど」

淀子お嬢様は頬を染めつつ、パクパクパクと食べ「三成」と傍に控えていたお付きの男を呼びつけ、隣に座らせた。

「なんだか一人で食べるのも虚しくなってきたから、お前も食べなさい」

「あ、ありがとうございやすお嬢っ！」

三成というお付きは、人の良さそうなくりっとした目と、短く刈り上げた頭が特徴的。

傍で作られているもんじゃ焼きを、もう食べてみたくて仕方が無かったのだと言う、素直すぎる表情だった。

「あちち……う、美味い！　お嬢、美味いですこれ！　ふわとろカリの三拍子です」

「分かっているわよ！　わたくしも食べているんですもの。海鮮の味がしっかり味わえるあっさりとした塩味というのもいいわよね！」

「あたたた、お嬢、足痛いですお嬢っ」

お嬢様は掘りごたつの足下で三成さんをげしげし蹴りつつ、一応半分を彼に残してあげている……

「次はわたくしが作るわ！」

そして、さっそくもんじゃ焼き体験をしたくてたまらなくなっていた。

「分かりました。隣の鉄板に作りましょう」

「ではお嬢様、たすきを」

双子がお付きの代わりの様な事をして、淀子お嬢様にせっせとたすき掛けをする。

これで準備万端だ。

「じゃあ、次は豚もんじゃにしましょう。ピリ辛味噌(みそ)の味付けです」

「分かったわ。これも、さっきのようなやり方なの？」

「はい。まずは具材だけを……あ、そうそう。生地だけは出来るだけ残して……具材を切るようにして……」

張り切った顔をしているお嬢様は、さっき私がやってみせた通り、真剣に鉄板に向かっている。具材が全部鉄板にのったら、二つのヘラを使って、縦に切るようにして細かく刻むのだ。

「これで、輪状の土手を作って……生地を中心に流すのよね」

「ええ、そうです」

「あっ、土手が決壊したわ！」

土手の決壊はもんじゃ焼きあるある。

土手の高さや厚さが足りない場所から、さらさらした生地が流れ出てしまうのだ。その時は何食わぬ顔をして、生地を中央に戻しつつ、土手を修復するべし。

とろみがついたら全体を一度混ぜ、薄く伸ばしてしばらく焼く。

「もしや、少し火が強いか？」

「いえ、これはこういう色なのよ時彦さん」

これはピリ辛味噌の豚もんじゃなので、先ほどの塩味の海鮮もんじゃより少し生地が茶色い。焦げているのではと心配していた時彦さんに、私は大丈夫だと説明した。

「いい匂いだわ」

「「美味しそう……」」

双子もお嬢様も、良い焼き色をして味噌の匂いを漂わせる、この豚もんじゃを熱心に見つめている……

「よし、そろそろ食べ頃よ！　お嬢様」

「ええ！　早く食べてみたくて、わたくしうずうずしているわ」

お嬢様は、自分が作ったもんじゃ焼きの味が知りたくて仕方が無かったのだろう。

いそいそと新しい小さなヘラを持って、もんじゃの端っこから削って食べる。

「うーんっ、これはわたくしの好きな味！」

お嬢様はたまらず目をぎゅっと瞑って、自分の作ったもんじゃの味にうち震えている。

「ほらっ、お前たちもお食べ！」

そして、今度は双子や時彦さんに向かってヘラを差し出し、食べるように命じた。

自分以外の者にも、この味を分かって欲しいのだろう。

双子は「待ってました」と声を合わせ、時彦さんはお客様のお料理に対して「いいのだろうか」と生真面目に戸惑いつつ、その豚もんじゃをそれぞれ端から削って、ぱくり。

「………」

しばらくもぐもぐしていたけれど、お互いに顔を見合わせて……

「ピリ辛だけど、とうもろこしの甘みもあって、これは美味しい」

「豆腐がふわっとした食感を作っているね。この味は食欲をそそる」

双子は一口食べて味を嚙み締め、このお料理についてぼそぼそと語り合っている。

流石は料理人。すでに分析の域に入った話し合いを始めている……

「……あやかしにも親しみやすい味だな」

「そうね。しめじも入っているし、これは日常でもよく食べる食材で作っているからかも」

時彦さんの素朴な感想に、私も頷く。

先ほどの海鮮もんじゃより、こってりまったりした濃い味わいの豚もんじゃ。

唐辛子を少々加えているため、ぴりっと辛い味噌ベースだが、コーンや豚の甘み、豆腐のまろやかさが、刺激を少し和らげ、あやかし好みの食べやすい味にしてくれる。

淀子お嬢様はこのもんじゃをとても気に入ったようで、さっきから席に座り込んで、もくもくと食べていた。

「こら双子！　ここからここまではわたくしのなんだから、食べてはダメよ！」

「ああ、我々の陣地が狭い」

「もっと食べたいのに」

双子に食べるように言っておきながら、与える量は少ないという生殺し……

ブーイングを始める双子。すでにお客様のお料理である事を忘れている。

「さて、じゃあそろそろ三つ目のもんじゃに行きますか」

「次はどんな味なの？」

「明太もちチーズよ！」

「……チーズ？　チーズってあの、乳製品の？」

「お嬢様はチーズを知ってるの？」

「勿論。庶民は滅多に食べないみたいだけど、わたくしは富豪の娘だもの。チーズくらい食べる事もあるわよ」

「……な、なるほど」

得意げにしているお嬢様。

私はそんなお嬢様に、明太もちチーズのボール、そして小鉢の例のあれを見せつける。

「チーズが食べられるのなら良かったわ。癖もあるし、嫌いな人も居るからね……そして、隠し味はこれよ」

「……なにそれ。砕いた揚げ菓子のクズみたいな」

「なんら間違っていないわね。これは現世（うつしょ）のお菓子である、ポテトチップスを砕いたものなの。薄しお味よ」

「……ぽてとちっぷす？」

お嬢様は、こればかりはよくわかっていない顔だった。細い眉（まゆ）を片方だけつり上げ、小首を傾げている。

「スナック菓子が入ると、さくさくした食感が加わって美味しいの」

「これもわたくしが作っていい？」

「勿論！　頑張って、お嬢様」

気がつけば、すっかり普通の友達のようにため口で語りかけている私。

お客様に対して失礼だとハッとしたけれど、お嬢様はとても楽しそうにして「ほら見て」とか「ねえここはどうすればいい？」などと話しかけてくれるので、今ばかりはいいのかな、とも思う。

何となく、もんじゃを作るこのお嬢様には、ため口の方が良いのではと感じたのだった。

「今度は土手が決壊しなかったわね」

「ふふん。わたくしも上手（うま）くなったでしょう？」

お嬢様は慣れた手さばきで、もんじゃを混ぜ薄く伸ばしていく。

「あ、ちゃんと丸くて綺麗（きれい）な形。さっきのはなんていうか、いびつな大陸を象（かたど）っている感じだったから」

「お・だ・ま・り」

照れ隠しにむっとしつつも、明太もちチーズもんじゃ、という未知なる食べ物を前に、お嬢様は瞳を輝かせている。

つぶつぶの明太、とろっとしたチーズ、膨らんではしぼむお餅……

「はい、もう食べごろよ！」

私が合図をすると、お嬢様は小さなヘラを持って、端からそれを削ってみた。

鉄板に面した場所にはカリカリチーズのおこげが出来上がっていて、餅と上面のチーズがとろっと伸びている。お嬢様はそれを興味深い様子で見つめて、パクリと一口。

「…………」

最初こそ静かに咀嚼していたが、やがて頬に手を当てて、ほうっとした表情になった。

「最初に食べた海鮮もんじゃとも、次に食べた味噌豚もんじゃとも違う……これもまた凄く〝面白い〟食べ物だわ。何と言ってもチーズ！　チーズが最高にいい味してる。今までおつまみとしてしか食べた事がなかったけれど、もんじゃ焼きに入れるとコクととろみがついて、味わい深くなるのねえ」

そしてお嬢様は私を見上げて、「あなたもお食べ！」と言うのだった。

正直な事を言うと、他人が食べ続けている様を見るのはとても大変。

目の前でジュージュー焼ける美味しそうなもんじゃ焼き、私だって食べたかった。

「で……ではお言葉に甘えてっ」

パパッと小さなヘラを手にし、鉄板上のもんじゃ焼きを一口分削って取る。

ちょうど、チーズお焦げの出来上がっている所だった。

角切りで入れていたお餅の塊、そしてまだ柔らかい上面のチーズがとろり。その中につぶつぶ明太子が包まれていて、見るからに美味しそう。

いざ、パクリ。

辛子明太子のピリっとした味、つぶつぶの食感、柔らかく煮えた餅とチーズ、その全ての相性が抜群だ。うー、たまらない。

「あ、芋」

驚いた事に、思いのほかポテトチップスの〝芋〟感が残っている。

手作りだからこそ、厚く揚げがちなポテトチップス。

砕いてもんじゃに入れれば、僅かにさくっとした食感を残しつつ、ほくほくのマッシュポテトの様な味わいを加えてくれる。

まず芋というものが、チーズや明太、餅と合わないはずが無いのだから……

「これはポテチを入れて正解だったわね……」

相性抜群、ベストマッチな状態だ。

何かの食材が抜けてもこうはならない気がする。

双子もふらふら吸い寄せられ、「僕も僕も」と明太もちチーズもんじゃをつついた。

「どう？　わたくしが作ったもんじゃ焼き、とても美味しいでしょう？」

お嬢様が双子に尋ねると、「勿論」「お嬢様、とてもお上手だから」と、怖がっていたはずのお嬢様に対し、双子もすっかり打ち解けた様子で語る。

「ふふ、また〝面白い〟ことを知ってしまったわ。我が家にも鉄板を用意して、これからは普段でも作れるようになりたいものだわ」

「あ、ならレシピを紙に書いて渡すわ。とても簡単だから、食材さえ揃える事が出来れば家でも出来るものだと思う」

「……いいの？」

お嬢様は、少しきょとんとした顔をして、私を見つめていた。

「あなたは料理人なのでしょう？　なぜ天神屋の〝鬼嫁〟がここにいるのか、それもさっきから気になってはいたんだけど……レシピを他人に教えるなんて、企業秘密を教えているようなものじゃない」

「ふふ。それはそうだけど、夕がおはもんじゃ焼きのお店じゃないし、問題ないわ」

他人に教えられないレシピ、広まって欲しいレシピ、それぞれある。

もんじゃ焼きのレシピは、お嬢様が楽しんで作ってくれるのなら喜んで教えたいものだ。

私は用意していたポテトチップス入りの紙袋を取り出して、皆の前で開けた。

「最後はみんなでポテトチップスパーティーよ！」

なんだこれは、と言う物珍しそうな視線がポテチに集中。

しかし薄しお味と鶏ガラ醤油味の二種のポテチは、瞬く間に彼らを虜にした。

ケチャップ、マヨネーズ、青海苔という調味料もあったし、沢山作ったはずの手作りポテトチップスはあっという間に無くなる。

皆してジャンクなお菓子を貪り食べた。

「ねえ津場木葵。これは商品にならないの？　もっともっと食べたいんだけど！」

お嬢様は最後の一枚を手に、私に訴えた。

「え？　商品？　いえ……そこまで考えてないけど」

「これは絶対に売り物にした方がいいと思うわよ。こんな中毒性のあるお菓子、わたくし初めて……」

お年寄りの時彦さんは、少し食べて美味しい、くらいが丁度いいらしいが、沢山食べてもまだ食べ足りないという輩がいる。

主にお嬢様とそのお付き、また双子の鶴童子という、若いあやかしたちだ。

みんなして血走った眼をしている。もっともっとこれを食べたいのだと、私に念を送ってくる。ちょっと怖い。

でも、そっか……ポテトチップスは隠世の若いあやかしにアピールできるお菓子なのかもしれない。薄しお、鶏ガラ醤油も、あやかしたちが大好きな味だし。

「ねえ津場木葵、このポテトチップスっていうお菓子の作り方、僕たちに教えてよ」

「え？　ダ、ダメよ」

「狡い！　さっきはお嬢様にもんじゃ焼き教えてたくせに！」

「これはダメ！　なんかいい商売が出来そうな気がする……」

双子の板前という業界のライバルに対し、このポテチのレシピをひた隠しにする私。

すっかり商売人気質を植え付けられている私は、これを夕がおから商品化する下心を抱く。もしくは、天神屋のお土産にもいいのでは……？

ああ。こういう時、すぐに銀次さんに提案して、アドバイスを貰えたら良かったんだけど……っ！

「……銀次さん」

そしてこの流れで、慣れ親しんだ夕がおと銀次さんを恋しく思ったりしたのだった。

皆が私の襟元をガクンガクン引っ張って揺らして「ポテチポテチポテチポテチ」と怖い程に要求していた最中だったとしても。

淀子お嬢様のお食事が終わった後、私は彼女にもんじゃのレシピを書き留めた紙を手渡し、双子や時彦さんと共に小錦の後片付けをしていた。

「おい双子！　折尾屋の秘蔵のチーズを盗んだだろう！」

突然、小錦の部屋の襖がスパァァンと開かれ、若旦那の秀吉が勢い良く乗り込んできたのだった。

「ゲ」「もうバレた」

双子は顔を見合わせる。

いまいち悪びれた様子ではないけれど、ちょっと気まずいね、といわんばかりの表情で。

んん？　ま、まさか……あのチーズは……

「もしかして……あのチーズ、盗ってきたの？」

私はサーと青ざめる。

「盗んだ訳じゃないよ」

「ちゃんとお金は払った。ルームサービスと同じ料金を置いてきたじゃん」

「馬鹿野郎っ、そういう問題じゃねーんだよ！　許可無く持って行きやがって!!　これを乱丸様に報告して、お前たちをクビにしたっていいんだぞ！」

「……それは」

「……ちょっと困る」

「まるで困っているように見えねーよ！」

秀吉は反省の態度を見せない双子に対し、顔を真っ赤にして半端無くキレている。

今やっと、この部屋の奥で私が皿やボールを片付けているのを発見し、部屋の様子を見渡して、また嫌な顔をした。

「何だこの様子は!?　綾錦のお客の食事をここで提供する許可は与えたが、ここで調理するなんて聞いてないぞ！　そしてお前……なぜ津場木葵がここに居る！」

秀吉の敵意が私に向いた。

ズンズンとこちらにやってくるので、時彦さんが慌てて彼の前に立ち、進行を妨げる。

「秀吉、まあ落ち着け。あのままでは気まぐれな淀子様の機嫌を損ねるところだったが、津場木葵の助言と料理によって、淀子様には大層満足していただけた。ここは大目に見てやってくれ。乱丸には僕から言っておく」

「……時彦、てめーはいつから天神屋の〝鬼嫁〟の味方になったんだ？　あの葉鳥や銀次と同じように、折尾屋を……乱丸様を裏切って、天神屋の嫁に味方するってのかよ！」

「……秀吉」

秀吉は、時彦さんが私を庇った事も気に入らない様だった。よほど天神屋が嫌いと見える。「チッ」と舌打ちをして、眉間にしわを寄せ、顔を歪めてばかりいる。

時彦さんは小さく首を振って「そういう事じゃない」と窘めた。

「僕が今でも折尾屋に居る理由は、何よりここが大事だからだ。天神屋と競い合う為に折尾屋がある訳じゃない。ここにやってくるお客に満足してもらう事が何より大事なはずだろう。確かに双子が黙ってチーズを持ってきたのは良くない事だったが……お前は少し、余裕が無さ過ぎる」

「古株だからって偉そうに言うな時彦。自分の弟子もまともに管理できなかったくせに！」

「…………」

痛恨の一言。時彦さん、ちょっと落ち込む。

秀吉は相変わらず敵意ばかりを撒き散らし、「きっちり片付けろよな！」と怒鳴って出て行った。

時彦さんもまた、そんな秀吉についていった。何も言わなかったが、おそらくこの件の後始末をしに行ってくれたのだ。

ありがとう、そして何かとごめんなさい時彦さん。

やっぱりあなたは、静奈ちゃんが心底慕っているだけあって、とても律儀で頼もしいあやかしだわ。

「あっぷねー」

「あっぷねーあっぷねー」

一方、双子は今でも危機感が無い。

「まさか、秘蔵のチーズを勝手に持ち出してたなんて……」

私は頭を抱えた。双子に無茶をさせたのではなかろうか、と。

「でも、やっぱりチーズが無いと」

「最も〝美味しい〟状態が分からないじゃない」

「これ以上があると分かっていながら」

「レベルを落としたものをお客に提供なんて出来ないよ」

しかし双子はケロッとして言ってのけた。

この二人の何食わぬ態度の奥にある、純粋でいて熱い料理への興味、それを振る舞う心構えは痛いほどよくわかる。それ故の恐れの無さ、危うさも。だけど……

「ごめんなさい。私が、あまり深く考えずに、チーズがあったらと言ってしまったからだわ。下手したら二人とも……お咎めを受けるかもしれないのに……」

責任を感じた。

ここは敵陣だというのに、双子があまりに気さくだったから、夕がおで銀次さんがいつも材料を集めてくれていた時のように、どこかで何とかなるものだと思い込んでいた。

「大丈夫」

「クビになった時はなった時」

しかしやっぱり、双子に危機感は無く、どこまでも緩い。

「……やっぱりあんたたちって、他の折尾屋の従業員とは違うわね。この場所にあまり執着が無さそうっていうか」

「そりゃあ」

「前の板前がクビになって僕らが雇われた訳だから」

「まだ時間もあまり経ってないし」

「料理を作る事ができるのなら、どこでもいい訳だし」

そんな事を口々に言いながら、二人は再び後片付けに取りかかった。

今日はいい料理を知ったね、と喜びを露(あらわ)にしながら。


「おい、黒鶴、白鶴……来い」

「…………」

だけど小錦の部屋を出た時、決して柔和な雰囲気ではない乱丸に、双子の板前は呼ばれて、連れて行かれた。

私も行くと言ったのだけど、「部外者は黙れ」と乱丸に冷たく睨(にら)まれ、一蹴(け)りされてしまったのだった。

第四話　南の地の秘密

一人でいくつもの食器や鉄板を旧館に運んだ。勿論、何往復かして。

おかげで私はすっかり疲れきっている。お嬢様にもんじゃ焼きを楽しんでもらえたのは良かったけれど、最後の最後で、もやっと残るものを抱えてしまった。

双子の板前は大丈夫だろうか……食器や鉄板の後片付けは全部私がやるから、どうかあの二人が無事でいますように。

床に大きな桶を置き、鉄板のしつこい汚れを水とタワシで擦り落とす。

また小さなヘラや食器を洗いながら、いまだもんもんとした気持ちでいた。

「お嬢ちゃん」

台所の出入り口の柱をこんこんと叩く音がして、顔を上げる。

天狗の葉鳥さんがここまで来ていた。

「葉鳥さん。びっくりした、こんな時間に来るなんて。番頭の仕事はいいの？」

「ふふん。優秀な部下は多い。俺は今……休憩中だ！」

「また、休憩と言う名のサボりっぽいわね」

葉鳥さんは毛先の跳ねた横髪を耳にかけつつ、「聞いたぜ」と。

「鶴の双子を手伝ったんだって？」

「……え、ええ」

「なんだ、あのわがままお嬢様を満足させたってのに、元気が無いな」

葉鳥さんは茶碗（ちゃわん）を洗っている私の傍までやってきて、彼もまたしゃがみ込み、桶の中の食器を一緒に洗ってくれる。意外と手慣れた感じ。

「葉鳥さんも聞いたんでしょう？　チーズの件」

「まあな」

「あの双子は……どうなったの？　怒られちゃった？」

「そりゃあまあ、ルールを破った訳だから怒られただろうが、時彦（ときひこ）と、あの淀子（よどこ）お嬢が口添えをしたおかげもあって、この件に関する処罰は特にない」

「お嬢様が？」

「ああ。そして、花火大会に関する、とても大事な用件を受け入れてくれた」

それって……双子が言っていた、花火大会まで雨を降らせないようにというあれ？

「大きな成果を出した訳だから、双子が責められる謂（いわ）れは無い。乱丸（らんまる）は結果主義だ」

「そうなんだ。良かった」

思わずホッと胸を撫（な）で下ろす。

「プライドに流されず他人に助けを求める事が出来る双子も凄いが、今回はお嬢ちゃんのおかげでもある。よくもまあ、折尾屋の客の為に力を貸してくれたもんだな。無理やり連れてこられたのにさあ」

「まあ、虐げられるのは慣れているからね。それでも、料理でしか私はあやかしに歩み寄れないから……そのチャンスがあるのなら、逃すべきではないわ」

鉄板を洗うのを一時中断し、前掛けで拭きつつ、苦笑い。

葉鳥さんは粋なウィンクをしてみせ「根性があるな」と。

「そうでもないわ。正直心細くて仕方が無いもの。夕がおの事も心配だし、銀次さんにはなかなか会えないし……」

「銀次は今、大事な仕事を任されているからな」

それを口にした葉鳥さんが、いつものお調子者の顔ではなく、とても真面目な顔をしていたせいもあり、一抹の不安にかられる。

「ま、辛気くさい話はやめよう。今日はお嬢ちゃんの健闘を祝う為に来た訳だ。ほら」

葉鳥さんは持ってきていた風呂敷を広げ、黄色の液体が入った瓶を取り出した。

「わあ、これ何？　ジュース？」

「折尾屋で人気の土産物。マンゴージュースだよお嬢ちゃん」

「えっ！　マンゴー!?　隠世にマンゴーってあるんだ」

めちゃくちゃ驚いた。隠世にマンゴーのイメージはあまりに無い。

「一説によると、遥か昔〝常世〟から流れ着いたとされている。ここ南の地にはずっと昔からあった神聖な果実だ」

「常世って、隠世とも現世とも違う異界の事よね。ものが流れ着くなんてことがあるの？」

「まあ、ここ南の地は〝常世に最も近い土地〟だからな。とりあえずこれ、差し入れだ」

気になる事をさりげなく言って、葉鳥さんは瓶の蓋を開け一本を私に差し出した。

素直にそれを受け取る。

とても濃い黄色……おそらくかなり濃厚なマンゴージュースと見た。

「こ、これ、飲んでいいの？」

「勿論。お嬢ちゃんへの労いだ。自覚は無いかもしれないが、折尾屋が抱える問題を一つ、あっさり解決してくれたんだから」

葉鳥さんは段差になっている床上に腰掛け、「ほら」と私に向かって瓶を傾けた。

隣に座って、彼の瓶に自分の瓶を軽くぶつける。乾杯だ。

一口飲んでみて、南国の果実の甘い喉越しにぎゅっと目をすぼめる。

果実をそのまま搾った様な、濃厚な果汁であることは確かだけど、変な癖や渋みも無く、酸っぱさもほぼ無い。非常に飲みやすいのだ。

品のある香り高いマンゴーの風味が、そのまま体に染み渡る。

「美味しい……天神屋のサクランボジュースも美味しいけれど、このマンゴージュースも素晴らしいわね」

「マンゴーはここ南の地でしか栽培されていないから、マンゴー味の商品が南の地には多いんだ。これを求めてやってくる客も多い」

「そうなんだ。確かにマンゴーって引きが強いわよね。本物も、マンゴー味も。現世でも人気だったわ。宮崎でお土産ものとして沢山並んでいたのを、おじいちゃんと旅行に行った時に見たわね」

九州の宮崎は、祖父のお気に入りの県だった。海が綺麗で魚介が美味しく、完熟マンゴーが有名。あ、結構この南の地と似ている所があるのかも。

「でも……やっぱり何だか、隠世にずっと昔からマンゴーがあったって言う話、不思議な感じがするものね。海外の果実ってイメージがあるから……」

「ほお、現世の人間からみたらそう思うんだな」

葉鳥さんはくっと苦笑しつつ、マンゴージュースを飲み干す。

そして、いつもおちゃらけた態度ばかりの彼にしては、手元で瓶を弄びつつ、物思いに耽る様子で視線を落とした。

しばらくの沈黙。葉鳥さんらしくもない。

「どうかしたの？」

「なあ、お嬢ちゃん。お嬢ちゃんは現状をどう思っている？　不思議に思う事は無いか？」

顔を上げ、葉鳥さんは真面目に私に問いかけた。

「……もしかして、それは儀式の事を言っているの？」

「お嬢ちゃん、儀式を知っているのか？」

「全てを知っている訳じゃないけど……花火大会の裏に、とある儀式が隠されているって聞いたわ」

「……そうかい」

葉鳥さんは少しの間また押し黙り、やがてパンと、自らの膝(ひざ)を叩いた。

「乱丸や銀次には、お嬢ちゃんに言うなと言われているんだが、俺は……どうにも君が、今後の重要な存在になる様な気がしてならない。あの黄金童子(おうごんどうじ)様が、君をここへ連れて来た事に、意味が無いとは……思えないんだよな」

「どういう事？」

「儀式、だよ。君は詳しい内容を知らないだろう」

「……もしかして、教えてくれるの？」

今まで、なんとなく折尾屋の内部から感じ取っていた、この件に対する緊張感。

詳しい事は誰も教えてくれなかったけれど、私はずっとそれが気になっていた。

「君が淀子お嬢様を満足させた話を聞いて、確信した。俺はこういう勘はいい。乱丸ほど君を邪険に思っていないし、銀次ほど過保護でもない。そういう立場の俺だからな。ある意味とても無責任かもしれないが……」

「いいわ。お願い、教えて葉鳥さん」

「……お嬢ちゃん」

葉鳥さんは苦い笑みを浮かべつつ、やがて小さく頷く。

「まず、お嬢ちゃんはこの南の土地について、何を知っている？」

「ほとんど知らないわ。暖かくて、海が綺麗で、あと……ちょっと田舎なのかなって」

「その通りだな。ここは八つの土地の中で、最も開発の遅れている土地と言っていい」

「あと……呪われた土地だと……言っていたひとが居たわ」

「それも、その通りだ」

マンゴージュースの瓶を脇に置き、葉鳥さんは横目で私をチラリと見てから、組んだ指に顎をのせて続けた。

「さっき俺が、南の地は常世に最も近い土地だと言ったのを覚えているか？」

「ええ」

「異界へ行くには基本的に、八つの土地に設けられている岩戸を越えて行く必要があるの

だが、それはあくまで安全に移動する為の装置であって、それだけが異界へと繋がってい
る訳じゃない。単純に、隠世と異界の距離が近い場所、というものがある」
「……異界への距離？」
「例えば、ここ南の地だ。南の地の海の向こう側には、もうずっと古い時代から〝常世〟
と繋がる場所があるとされている。なぜ古の時代からそのように言われていたのかと言う
と、流れ着いてきた常世の産物というものがあるからだ。このマンゴーだってそうだし、
南の地で泳ぐ魚は常世からやってきた種もあるとされている。流れ着いたものを神聖なも
のとして祀ることがあったから、この周辺には古い社や異界の文化を思わせるものがあっ
たりする。故に、南の地は隠世の中でも、異様な空気の流れる土地なんだ」
「確かに……変な像があちこちにあるな、とは思ってたのよね」
だけど、それが呪いというものと、何の関係があるのだろう。
私の疑問は葉鳥さんに伝わっている様だった。彼は「そうだな……」と続ける。
「呪いは、海からやってくる」
「………」
「百年に一度の周期で、南の海の果てからやってくる、巨大なあやかしが居るんだ」
「巨大なあやかし？」
「俺たちは〝海坊主〟と呼んでいるが、常世では〝ダイダラボッチ〟と呼ばれているらし

い。黒く巨大な、正体不明の呪いの塊。あやかしと言えるのかもよくわからない。……あれは、隠世と常世を行き来する、海の魔物だ」

目を、大きく見開いた。

海坊主と言うあやかしの名は聞いた事がある。しかし見た事など無かった。

隠世にとって、それはいったいどういう存在なのだろう。

「海坊主って、南の地に何をするの？　攻撃でもしかけてくるの？　ビーム撃ってくるとか？　火の海にする、みたいな」

「い、いや……お嬢ちゃんがどういうヤバい怪物を想像しているのかは分からないが、海坊主は非常に大人しいあやかしだ。ただ、奴は引き連れてくるのさ。〝天災〟をな」

「天災？」

「元々、この南の地は天災の多い土地だ。竜巻、台風、津波、砂嵐……これらは今までもこの地に、甚大な被害を出してきた。温暖で、恵まれた肥沃(ひよく)な大地を持っていながら、ここがずっと未開の土地だった理由は天災の多さにある」

葉鳥さんの話を聞きながら、私はごくりと息を呑(の)んだ。

「それらの天災は、海の向こう側からやってくる海坊主が運んで来ると言われていた。しかしその災いを避ける方法を、乱丸の前の、この南の地の八葉(はちよう)が見つけ出したんだ」

「もしかしてそれが……儀式？」

「そうだ。南の八葉は数多くの文献や伝承を調べ上げ、海坊主との対話を試み、海坊主が喜ぶ宴を催したんだ。これがいわゆる儀式だ。儀式が上手くいった百年は、南の地は驚く程穏やかで、天災も無かったと言われている」

「凄い……確かにそれは、古から行われている儀式という感じね」

災いを避ける為の儀式やお祓いというものは、現世にもある。そのようなイメージを抱いたが、おそらくもっと大々的なものなんだろう。

「やがて南の八葉は、この地に儀式の拠点となる社を建て、儀式を百年ごとに行う事が出来る体制を確立させた。確かこれが……約千年くらい前の話かな」

「せ、せんねん……」

途方も無い昔の話だ。そんなに昔から、この地は天災に悩まされ、それを避ける為の儀式が行われているという事なのね……

「ただこの儀式は、とても貴重な品物をいくつか揃えなければ成立しなかった」

葉鳥さんのその話にピンと来た。大旦那様もそういうことを言っていたわね……

「その品を集めるのがとても大変なんだって……聞いたわ」

葉鳥さんは何度か頷き、肩を竦める。

「その通り。しかも、海坊主がやってくる日や、儀式に必要な品物が分かるのは、約二週間前だ。妖都の宮中に仕える高名な術師が、この時期の星を読んで、海坊主の目覚めと欲を初めて知る」

「なら、時間をかけてあらかじめ用意する訳にもいかないのね」

「そうだ。だから百年を周期にやり続けなければならないこの儀式は、とても厄介で、成功率が低い。時間が無くて、儀式に必要な品物が集まらない時があるからな。それこそ……三百年前のようにな」

「……三百年前に、何かあったの？」

　尋ねると、葉鳥さんは視線を落としたまま続けた。

「三百年前の儀式は大失敗した。必要なものが最後まで揃わなかった。あてにしていた者が裏切ったんだ。そのせいで海坊主は怒り、儀式失敗の約ひと月後に、竜巻が南の地を襲った。前の八葉だった者は被害を出来るだけ小さくするため、命を賭け亡くなったらしい」

「…………」

「まあ、天災なんて少なからずあるものだし、避けられないものなんだが、南の地は儀式に成功した百年と、失敗した百年では、明らかに差が出るからな」

　全てを想像する事など出来ない。

　でも、きっと凄く大変な事態なのだろう。南の地の海岸線に連なる松原や、内陸にある街、何とも言えないこの土地の静けさの理由が、少しだけ分かった気がする。

「前の八葉亡き後、宮中の重役であった黄金童子様によってこの土地に折尾屋が創設され、折尾屋は八葉の一角に認定された。定期的に行う必要がある、例の儀式の拠点とされたんだ。しばらくは黄金童子様が八葉の代行をしていたらしいが……」

「今は、乱丸が八葉に？」

「ああ。と言うもの、乱丸は前八葉だった者に仕えていた神獣だったんだ。儀式を行う力を持っている。それは、銀次もそうだ」

「銀次さんも……？　それって……銀次さんもまた、前の八葉に仕えていたってこと？」

「そう言う事だ。だからあの乱丸と銀次は、ある意味で兄弟の様なもの。対を成す、社の守護獣ってところかな。ほら、神社って狛犬(こまいぬ)やお狐様の神使がいるだろう？　ああいう存在だったんだ、奴らは」

「…………」

目をぱちくりさせる。でもやっと、色々な事情が繋がってきた。

銀次さんの、乱丸に対する態度や、この土地へ戻らなければならなかった理由。

大旦那様が銀次さんを折尾屋へ返した理由……

折尾屋という宿、そしてこの南の地が、あの二人のあやかしにとってどれほどの因縁を持つ場所なのか……

「ねえ、葉鳥さん。銀次さんたちは今……その儀式に必要なものを集めているところなの？」

「ああ、そうだ」

「それって何？」

「ま、まあ落ち着け、お嬢ちゃん」

ぐいぐい質問をする私の勢いを止めるように、葉鳥さんは「いいかい」と自らの口元に人差し指を添えた。

「これ以上を語ると、俺のクビに関わる問題になる。だが、俺は君に、これを言っておかなければならないのではと天啓を受けた気分でもいる」

「…………」

ならば教えて、と私は目で訴えた。葉鳥さんもまた、その視線を受け止め頷く。

「表向きは花火大会であるその日、儀式は主に、ここからより南の海の上にある孤島で執り行われる。最も重要な催しは、儀式の柱となる〝夜神楽(かぐら)〟だ。これを行えるのは、南の地の正当な神獣である、乱丸と銀次だけ。またこの儀式を成功させるために必要な品は、主に五つ……〝虹(にじ)結びの雨傘〟〝天狗(てんぐ)の秘酒〟〝人魚の鱗(うろこ)〟〝蓬莱(ほうらい)の玉の枝〟……また宴の席の料理となる、〝海宝の肴(さかな)〟」

一つ一つの、重要な品の名を、印象的に唱え上げた葉鳥さん。

「これが分かったのは、ほんの数日前。前回と同じものもあれば、今回新しく必要になったものもある」

私はそれらを心に留めた。どんなものなのか、イメージも出来ないけれど。

「淀子お嬢様は〝虹結びの雨傘〟を持っていた。花火大会で雨を降らせないで欲しいというのもあったが、実はこちらの方が重要だった。今回、おもてなしに満足していただいたおかげで、無事に貸し出して頂ける事になった。お嬢様は『津場木葵にもんじゃ焼きのレシピを貰ったから』と言って、取り引きに応じてくれたんだ」

「……あのレシピが」

何も知らずにもんじゃ焼きのレシピを教えた訳だけど、まさかそんな重要な事態に繋がっていたなんて。ちょっと、いやかなりびっくりだ。

葉鳥さんは情けない顔をして笑う。

「おかげでこの件に関しては何とかなったが、正直なところ、折尾屋は儀式の品をほとんど集められていない。あてはあるんだが、どれも入手が困難なものばかりでな。一つ一つ、確かに手に入れていかなければならない……乱丸も銀次も、それでかなり気を張っている」

「そういう事だったのね」

南の地の命運が、この折尾屋という宿に懸かっている。

それは相当な重圧だろう。乱丸と銀次さん、この宿の従業員、誰にとっても。

「まあでも、そう深刻な顔をするな、お嬢ちゃん。儀式は成功させる。絶対にな。……君ももうすぐ天神屋に戻れる」

「でも……」

「それとも、ここでやりたいと思うかい？」

「…………」

葉鳥さんは、どうかそうであって欲しいと言う、切実な瞳をしていた。

私は顔を上げ、彼のその瞳を見つめる。

「もし、そう思ってくれているのなら、君が天神屋へ戻るまでの間は、君の思うまま、ここで折尾屋の連中と、折尾屋の客と関わってあげてくれ。こんな場所に連れてきて、無茶を言ってるのは分かるんだが……」

葉鳥さんは自分の言葉に、呆れた様な情けない様な、乾いた笑い声を漏らし、額に手を当てた。

「朱門山の松葉様……そう、親父からも、〝天狗の秘酒〟を譲ってもらわなくちゃならん」

「儀式に必要なものの一つ？　それで、松葉様がここに呼ばれているの？」

「いや、あれは単純にバカンスで来ていた訳だが、たまたまお告げと被ってな。俺が天神屋で、銀次に手紙を渡した日の事を覚えているかい？」

「……え、ええ」

あの時、葉鳥さんは私に気がついてたんだ……

「あの日こそ、儀式の日程と、揃えなければならない宝が判明した日だ。朝一で俺に文が届いたからな。それで、翌日に銀次を連れ戻す算段となった訳だ」

飄々と言ってのける葉鳥さん。今度は真面目な顔をして腕を組む。

「今何より一番大事なのは、五つの品を揃えてしまう事。天狗の秘酒も……何としてでも手に入れなければならない。ただ、天狗の秘酒は朱門山の天狗の宝だ。親父は相当渋るだろうし、俺の願いなんか聞きゃしないだろう。そもそも俺が破門された理由は、この秘酒にある訳だから」

葉鳥さんは相当憂鬱な顔をして、ため息をついた。

「でも……いつまでも親父から逃げてる場合じゃ……ないんだろうな」

松葉様と葉鳥さんの関係は、以前の松葉様の怒り様を思い出すに、改善はなかなか困難な事の様に思う。

でも、そんな事を言っている余裕は、もう折尾屋にも葉鳥さんにも無さそうだった。

「そろそろ行かねーと。一応これでも番頭だからな。サボりは終わりだ」

「番頭がサボっていると言う事が問題なんじゃ……」

「あ、そこはつっこんじゃダメな所だから、お嬢ちゃん」

葉鳥さんはらしいテンションを取り戻し、立ち上がると私に向かってバチッとウインク。

「あ、そうだ。葉鳥さん、少しお願いがあるんだけど……」

「何だ？　俺のウィンクはまるで効果無いみたいだけど、お嬢ちゃんのお願い事だったら、なんだって聞くぜ」

葉鳥さんはカッコイイ顔をして、腰に手を当てて上から私に顔を近づける。

「なら遠慮なく。……私、手羽元が欲しいんだけど」

「は？」

ただ、私のお願い事を知って、カッコイイ顔は脆く崩れ去った。私は真顔。

「鶏の手羽元よ。手羽先でもいいんだけど、明日の松葉様のお料理に使いたいの。どこかで用意できるかしら」

「……なるほどな。こりゃあ、大旦那が手こずる訳だ」

私のお願いはとりあえず横に置いて、葉鳥さんはここに居ないはずの大旦那様を哀れに思っている。眉間に人差し指を押し付けながら。

「何よ。私は切実なお願いをしているのに」

「いや分かった。俺に任せておけ。こってり怒られたばかりの双子に頼んで、貰ってこよう……無かったら俺が、鶏小屋の鶏を……」

なんてぶつぶつ言いながら、葉鳥さんは颯爽とこの台所を出て行こうとした。

「あの、葉鳥さん」

「……ん？」

「ありがとう……色々と教えてくれて。何も知らないでいるより、教えてもらえた方がずっといいから」

「ははっ。お嬢ちゃんは素直で良い子だ。だがもう少し警戒した方がいい。……俺がただ、君を利用しようとしているだけかもしれないぞ？」

「それでもいいのよ」

「…………」

葉鳥さんはまた少し複雑な笑みを浮かべ、「じゃ、待ってな」と言って羽を広げて本館へと飛んで行った。

「……儀式……か」

差し入れに貰った美味（おい）しいマンゴージュースを飲み干し、気持ちを引き締める。

かなり物騒な事情を知ってしまったけれど、なら、私はいったい何が出来ると言うのだろう。この、途方も無い呪いを抱えた地で……

「あ……茶碗（ちゃわん）洗いを再開しなくちゃ」

考える事は沢山あれど、とりあえず目の前の仕事にとりかかる。

しばらくして、葉鳥さんが本当に鶏の手羽元を持ってきてくれた。

冷凍されていたっぽいやつを、袋詰めで沢山。

第五話　入江のひととき

翌日の早朝、私は本館のあの地下の座敷牢で目を覚ました。

「あ……もう足、痛くない」

足を固定していた包帯を外してみると、捻った足首の腫れはすっかり引いていて、痛みも無くなっている。一日で無くなるなんて、大旦那様の持ってきてくれた薬って凄いわね。

顔を洗って準備を整え、松原の砂っぽい道を歩いて、いつもの旧館の台所へと向かう。

手鞠河童のチビを肩にのっけたまま。

「チビ、いつもどこに行ってるの？　あんたって気がついたら居ないから」

「海で泳いでたでしゅ。珊瑚しゃんとクマノミしゃんとお友達になって、海の底に眠るお宝を探してたでしゅ。未知なる土地で、冒険してるでしゅ」

小さな体をあちこち動かし、ジェスチャーして自分の事を語るチビ。

「あんたみたいなちっこいの、波に攫われて沖に流されるわ。せめて浅瀬で遊んでよ」

「やでしゅ。僕は泳ぎの天才でしゅ。全く以て問題無しでーしゅ」

チビは人の肩で波に乗る練習をしていた。私はなで肩なので、そのままコロンと転がり落ちてしまう。

「いてきまーしゅっ！」

そして松原の小道をぴょんぴょん飛び跳ね、「海が僕を呼んでるでしゅー」と雄叫びを上げながら、向こう側に見える浜辺まで行ってしまった。

「大丈夫なの、ほんとに……」

チビはなんだかんだとアクティブなのよね……


いつもの旧館の台所で、松葉様のご飯作りを開始した。

まずは、アサリのお味噌汁の準備に取りかかる。

鍋に塩抜きをしてよく洗ったアサリと水を入れて火にかけ、アクをしっかりと取る。良いお出汁がとれたら、味噌をといて出来上がり。

次に焼き茄子を作る為、旬の茄子のガクを取って、表面の皮に浅い切れ込みを入れて、竹串で真下に穴を開けておく。

これを、炭火を熾しておいた七輪の網でしっかりと焼くのだ。パチパチと炭火の弾ける音と、甘く焦げっぽい匂いが立ちこめる。

何となく、懐かしく風流な香りだと思ったりする。焼き茄子は、私も祖父も大好きなお料理だった。夏の夕方、庭先に七輪を出して焼いて作ってたっけ……

「この茄子を焼く匂いがたまらないのよねー……」

二十歳の女子大生だった者が言うには渋すぎる言葉……だけどその通り、私は茄子を焼く匂いが好きだ。茄子を揚げたのも好き。要するに茄子が好き。

菜箸で転がしながら、皮が真っ黒になるまで焼く。芯まで柔らかく焼けたかどうか、茄子を箸で押して確かめつつ、フニャッとなったところで網から茄子を取り上げ、切れ込みに沿って皮を剝く。

「あちち」

そう。火傷しないように、注意しながらね。

後は食べやすいように切って器に盛りつけ、上からたっぷりの鰹節をかけて出来上がり。お醬油やポン酢、すり胡麻や生姜など、好きな調味料と薬味で召し上がれ。

「さ……次はメインのお料理よ」

昨日、葉鳥さんが持ってきてくれた冷凍手羽元を解凍したものがある。また、大根を一・五センチほどの厚みで半月切りにして、下茹でまでしておく。

卵もあるだけ茹でて、茹で卵にしてしまう。

何を作ろうとしているのかと言うと、鶏の手羽元と茹で卵、そして大根を、お酢と醬油と砂糖で煮こんで作る家庭料理、〝鶏のさっぱり煮〟だ。

「夏場にはこの、お酢のさっぱりした味が恋しくなるのよねえ。よし……あとは煮汁が少なくなるまで、煮るだけね」

鍋を火にかけ具材が煮込まれるのを見ていた、ちょうどその時だった。

「やあ、葵」

「えっ……大旦那様⁉」

突然、大旦那様が入り口ではなく廊下側の引き戸を開け現れた。

私はめちゃくちゃびっくりする。持っていたお玉を落としかけた程だ。

大旦那様はやっぱり魚屋の姿で、驚いている私に満足そうにしている。

「入り口に荷馬車が無かったから、来ないのかと思ってたわ！」

「荷馬車は松原の中に停めているんだ。今日は葵を連れて行きたい場所があってね」

大旦那様は飄々とした態度ではあるが、そんな無茶を言う。私は首を傾げた。

「連れて行きたい場所？　どこ？」

「港だ。この松原をずっと進んだ先にある、とても小さな漁港だよ」

「私、ここから出られないのよ。見張りの子ももうすぐ来るし。出て行ったら乱丸がどれほど怒るか。多分目の前であの簪を海に投げ込まれる……」

「大丈夫だよ。策はある」

傍に近寄ってきた大旦那様が、さも当たり前のように私の首に触れた。

「えっ」

思わず声が出る。な、な、何やってんだこの鬼……っ

と、乙女めいた感想を抱く前に、大旦那様は「あったあった」と、私の首に掛かっていたペンダントを胸元の内側から引っ張り出した。

大旦那様の緑炎が閉じ込められた、あのガラス玉のペンダントだ。

「気がついているのか分からないが、この緑炎は葵の霊力によって育てられている。力を失い弱り切っていたはずだが、再び鬼火としての力を取り戻した。今じゃお前の眷属(けんぞく)だ」

「眷属？　何それ、どういう事？　私、何も知らないんだけど」

「昨日、少し僕の力を流し込み、目覚めを促した。一晩経っているし、そろそろ大丈夫だろう。こう命じてみるといいよ。〝この私、津場木(つばき)葵に化けてみろ〟とね」

「……大旦那様の言ってること、さっぱり分からないんだけど」

「まあそうだろうが、騙(だま)されたと思って炎に命じてみてごらん。常に一緒に居たからこそ、そいつはお前の行動をよく知っている。やり方を覚えれば、今後役に立つだろう」

大旦那様の言う事は、やっぱり意味不明だった。

でもここは大旦那様を信じ、私は胸元のペンダントをつまみ上げ命じてみる。

「津場木葵の姿に化けなさい」

すると緑炎は細やかな光と爽(さわ)やかな若葉の香を漂わせ、もわもわと大きくなって私の姿

を象った。

目を大きく見開き、瞬きすら出来ない。

目の前の〝津場木葵〟を模したそれは、私よりずっとピュアな笑顔だったからだ。

「驚いたかい？　鬼火……というか妖火というのはとても儚いあやかしだが、何かをきっかけに大きな力をつけ、人に化ける力を手に入れる者がいる。不知火の時彦殿だって、そういう過程を経てあのような大妖怪となったのだ。僕の鬼火も、お前に拾われ霊力を与えられると言う特殊な経験を経て、化ける力を手に入れたんだ」

「…………」

「言葉も無いって感じだね」

固まってしまった私。

しかも私とそっくりなその子は「大旦那さま大旦那さま」と、元主である大旦那様に抱きついて猛烈に自己アピールするので、私は青ざめて「離れなさいっ」と言うのだった。

「ははは。葵にそっくりな鬼火に抱きつかれるとは、ちょっと胸が躍るな」

「なに喜んでるのよ、あんた」

鬼火の私は隣でニコニコして、今度は「葵さま、葵さま」と抱きつく。

まるで小さな子どもの様だが、見た目が私なので色々と混乱してしまう……

「生まれたての赤子も同然だ。まず、名を与えてやるといいよ、葵」

「……名前って言われても」

手鞠河童のチビだって、気がついたらチビって呼んでて、それが名前になってしまったくらいなのに。私、名前を付けるのって苦手なのよね。

「でも、呼び方が無かったらかわいそうよね。葵二号もちょっとね……大旦那様は、良い名前って思いつく？」

「では、僕と葵の初めての愛の結晶という事で……」

「私たちの子どもみたいな、嫌な言い方しないでよ」

「アイ、はどうかな？」

人差し指を立て、自信満々に名を提案する大旦那様。

「アオイ、から〝オ〟を抜いただけ……大旦那様のネーミングセンスも私とそう変わらないわね」

「女の子っぽくて可愛いだろう？」

「ま、いいんじゃない？　呼びやすいし、シンプルで好きよ。アイちゃんね」

私は隣のアイちゃんの肩をポンポンと叩いて「あなたの名前はアイよ」と。

アイちゃんはまた私に抱きついた。

素直で愛らしい。屈託の無い笑顔で、子どもみたいに甘える〝葵〟という姿は不思議な感じだ……

私、幼少期が特殊だったのもあって、おじいちゃんにもこんなに素直に甘えたことって無いしな。

「そのうち、アイも自分のオリジナルの姿を見つけるだろう。色々な人に化けたり、見たり関わったりしながら、誰でもない自分の姿を見いだすんだ」

「へえ。それは少し楽しみかもね。アイちゃん自身の姿、かあ……」

「しっかり育ててやり。眷属とは、我が子も同然だから」

「…………我が子」

その時、鍋が沸騰して吹きこぼれる音が響いた。慌てて、鍋で作っていた鶏の手羽元の煮物の蓋(ふた)を取る。

ふわりと広がった、お酢とお醬油が鶏の手羽元に煮絡まった、甘酸っぱい香り……

卵も大根も、美味(おい)しそうな茶色だ。

「いい匂いだ……」

「大旦那様、一つ食べてみる？　出来立てが一番美味しいわよ。お酢で煮ているから、お肉がとても柔らかいの」

「朝からつまみ食いか。嬉(うれ)しいね」

私たちは並んで、それぞれ一本ずつ手羽元を両手で持ってかぶりつく。

甘酸っぱくも食べやすいその鶏の煮物は、齧(かじ)っただけでほろほろっとほぐれて、皮も身も柔らかい。味もしっかり染み込んでいる。

　アイちゃんも興味深そうにしていたので、手羽元を一つ与えてみた。こうやって食べるのよと教えると、私を真似、満面の笑みで食べている。そんな姿が微笑ましい。

「でも、ちょっとつまみ食いするだけだったのに……」

「これはもっと食べたくなるな。鶏だけではなく、そこの鍋にごろっと入っている大根や煮卵も」

「そうね、白ご飯と一緒にね」

「放置されているが、アサリの味噌汁と焼き茄子も食べたい」

「放置している訳じゃないわよ。順番に作っただけ」

　とりあえず私は、松葉様に持って行くお膳(ぜん)の支度だ。鶏の手羽元のさっぱり煮と、アサリの味噌汁と、焼き茄子の小鉢。白ご飯と梅干し、海苔の佃煮(つくだに)は定番だし、今日の献立によく合う。

「松葉様にお料理を持って行くから、その後朝ご飯にしましょう。私が帰ってくるまで、大旦那(おおだんな)様は奥の部屋でじっとしててね。アイちゃんをよろしく！」

　鶏の手羽元のさっぱり煮は、松葉様のお口に合った様だ。

久々に魚介以外の素朴な家庭料理が食べられて嬉しいと言ってくれた。

鶏肉料理は大好物らしく、はしゃいで食べていたので骨を喉に詰まらせそうになった時はひやっとした。

その後、お膳を引いて旧館の台所へ向かう途中、乱丸が何者かを案内して廊下を歩いているのを見かける。

「……？」

お客かな。乱丸があんなに仰々しく案内しているなんて、相当な大物の様だ。

私は廊下の曲がり角に隠れて、その様子を観察する。

案内されているお客は、派手な金飾りを身につけ雅やかな格好をした、濃い金の髪の男だ。長い金髪は後ろで一本に結われていて、揺れる前髪で目が隠れている。

「!?」

しかし、その長い前髪の隙間から、蛇のごとく鋭い眼光がこちらに向けられた気がして、私は足がすくんだ。

今、一瞬こちらを見た……？

思わず、サッと顔を引っ込める。恐れを感じたのは言うまでもない。

その眼光は、私の苦手なものに似ていた。

「雷獣様、何か気になるものが？」

「あっはは。いや～……面白いものが居るなあと思って。よく連れてこられたねえ」

「………………」

どこか捉えどころの無い軽い口調の、でも重く低い声音の男だ。

雷獣……？

私はとりあえず、お膳を持ったままこの場から逃げる。

何者なのか分からないけど、万が一鉢合わせて、真正面からあの瞳に見下ろされるのは怖い気がしていた。


「やあ、お帰り葵」

一方、旧館の台所と隣接する、奥の部屋でくつろいでいる大旦那様。

いつの間にか帰ってきていた手鞠河童のチビや、まだ私の姿でいるアイちゃんと一緒に、貝殻を使っておはじきをして遊んでいる……

「……大旦那様」

「どうかしたか、葵。顔が真っ青だぞ」

大旦那様はすぐに私の異変に気がついた。

「いえ、別に何も無かったんだけど……私もよくわからないんだけど……」

我ながら、訳の分からない事を言っている。

言い様の無い恐怖に、未だ体がすくんでいるのだ。大旦那様はそんな私の傍に寄ってきて肩に手を置いた。

そして、スッと目を細め、視線を本館の方角へと流し何かを探る。

「なるほど……」

ピリッと緊張した霊力を漂わせ、ただそれだけを言って、大旦那様は今一度私の肩にポンポンと手を置いた。

「あれがここへ来ているのか。なら好都合だ。折尾屋の連中は、あの快楽主義者のもてなしに手一杯で、こちらに目が向かないだろう。と言う訳で葵、さっそく朝ご飯だ。朝から腹一杯食べて、外に抜け出そう。お前もこんな陰気な場所に居て、気が滅入っているだろうしな」

「……そのまま、気がつけば天神屋って事は無いわよね」

「そりゃあ、僕としては早く天神屋に連れて帰りたいところだが、それだとお前の気が済まないのだろう」

「…………」

「なら、僕はお前に危害が加わらない様、魚屋のふりをして立ち回るだけだ……と言う訳で、朝ご飯だ朝ご飯」

　大旦那様はとにかく朝ご飯が待ちきれないらしい。

　私たちは残り物の鶏のさっぱり煮を温め直し、焼き茄子の小鉢やお味噌汁も用意して、小さな卓袱台を皆で囲んで、それらを残さず食べてしまった。

「じゃあアイちゃん、私の代わりをよろしくね」

　アイちゃんは「はいっ」といい返事をして、どこで覚えたのか敬礼。

「チビ、アイちゃんをしっかり守るのよ」

「はいでーしゅ」チビはいつもの適当な返事。

　私は大旦那様に手を引かれるまま、旧館の廊下を進んだ先にある窓から抜け出す。

　乱丸たちにバレたらどうなるのだろうとハラハラしつつも、松原の中にあった荷馬車の陰に隠れ、魚屋の大旦那様によって連れ出されたのだった。

　業者に使われる松原の大通りではなく、内陸寄りの細い裏道を通って港へ行く。いまいち舗装されていなくて、ガタガタと荷台が揺れた。

　そんな道だからか、凄く静かで他の荷馬車などとすれ違う事も無い。

「……ん？」

　私は荷台の中から少しだけ顔を出して、外の景色を眺めていた。

　折尾屋から少し離れた場所の、松原の向こう側に、古い鳥居の様なものがあるのを見つける。

古い神社かしら……鳥居も石垣も随分とボロボロで、ずっと昔に壊れた何もかもが、そのまま放置されて苔むしている。

何だか気になるな……昨晩、葉鳥さんに聞いた話を、少しだけ思い出した。


静かな松原の大通りとは違って、小規模だが賑やかな近場の市場に辿り着いた。

「これを被っているといいよ」

大旦那様は私を荷台から降ろし、市女笠を私の頭に被せた。

市女笠は、笠の周囲に透けた布が垂れ下がっていて、顔や体をすっぽり覆ってくれる。

「人間とバレない様、僕の霊力を纏わせ香を焚いた笠だ。これで、折尾屋の連中が市場に居ても気がつかれないし、人間だとは思われない。葵は自由に、この市場を楽しんでいいんだよ」

「わあ、見て見て大旦那様！　凄く大きな海老よ‼」

「……って、もうすっかり楽しんでいるみたいだな」

これが楽しまずに居られるだろうか。

東の地の様な、整備の進んだ大規模な市場とは少し違うが、ここは新鮮な魚介や野菜、果実の並んだ昔ながらの市場という感じがして、純粋に食材に目が行くので楽しい。

人ごみも東の地ほどでは無いので、欲しいものをゆっくりと見る事が出来そうだ。

あちこちの品物に目を奪われる私の後ろに、大旦那様がぴったりとくっついてくる。

前に迷子になった事があるので、それが心配だとか、ぶつぶつ過保護な事を言いながら。

「あ、見て大旦那様。真アジの干物だって。うわあ、美味しそう……」

今度は干物店の前で、つり下げられている真アジの干物を見上げる。

特上、上上、上、中、小、という具合に、品質や大きさで値段が違う。

しかも結構安い！　特上ですら一四百七十蓮だ。小となると、五十蓮だったりする。

「南の地は隠世の八方の土地の中で、最も物価が安いんだ。安い割に品がいいから、折尾屋はそれを上手く使った。上質なサービスを安価で提供することに成功し、海沿いのリゾート旅館としての地位を確立したんだ。それに真アジは今が旬。上質な脂を蓄えているため、生の魚を焼いても美味いが、上質な干物は贈り物として人気が高い。隠世のあやかしたちは魚が好きだからな。海から遠い土地でも、干物なら簡単に食べられる」

「確かにそうかも。夕がおの朝ご飯のお膳も、お魚のものが人気だわ……」

いつもはサバのみりん干しを自家製しているけれど、夕がおの朝食のお膳も、そろそろレパートリーを増やしたいと思っていた。朝食を食べにきてくれるあやかしは、皆従業員で常連ばかりだし、同じ様な朝食では飽きてしまうだろうし……

「ねえ、大旦那様……夕がおに戻ったら、ちゃんと自分のお金で払うから……」

「ん？　この干物を買って欲しいって？」

　大旦那様はすでに片手にがま口財布を控えている。

「堅苦しいことは言わずに、僕が新妻の為に買ってあげよう。気に入ったら、夕がおでも取り寄せればいいじゃないか。うちは東の地の漁港と深い繋がりがあるし、南の地から海産物を取り寄せる事はあまり無い。こういう機会が無ければ、なかなか本場のものに触れる事も無いだろうしな」

　なんて言いながら、大旦那様は既に干物を十枚ほど買ってしまっている。

「ちょ、ちょっと、そんなに沢山……」

「松葉様の朝食にも出すといい。お前も食べたいだろうし、僕も食べたい。後はアイの分、チビ河童の分、銀次や葉鳥にも振る舞うかもしれないし、あの小さな夜雀の小僧にも、お前の事だから振る舞う機会があるだろうし」

「お、大旦那様……私の行動はある程度読めているみたいね」

「そりゃあ、僕の新妻だからね」

「大旦那様、最近私の事、花嫁じゃなくて新妻って呼ぶようになったわね……いつの間にかランクアップしている気がして、私としてはつっこみどころ満載なんだけど」

　そもそもまず嫁になってないんですけど……

「あ、お砂糖だ」

私も私で、隣の調味料を売っているお店にふらふらと吸い寄せられる。

様々な調味料が量り売りや袋売りにされていて、私は何より〝黒砂糖〟に心奪われる。

「こらこら、葵。子どもみたいに好き勝手に歩くんじゃない」

「ねえ大旦那様、サトウキビで作った高級な黒砂糖だって」

「ああ……黒砂糖もここの名産物だね。南の地ではサトウキビの栽培が盛んで、鬼門の地の金平糖も、南の地のサトウキビから作られた砂糖が原料となっているんだ」

大旦那様は目の前の黒砂糖の袋を持ち上げ、原料や産地をしっかり確かめる。

「黒砂糖は南の地では一般的な甘味料だが、他の地ではそれほど手に入りやすいものじゃない。買っておくだろう？」

「そうね……うん」

うんうん。黒砂糖欲しいかも。

大旦那様は、分かっているとも、と言わんばかりの得意げな顔で、高級な黒砂糖の大袋を買ってくれた。

「あ。あああ！　あれ見て大旦那様！　柚子胡椒売ってる！」

ちょうど大旦那様が、店の主人にお金を払っていた時、私はもの凄いものを見つけたと言わんばかりの大声をあげてしまった。

調味料のお店には、黒砂糖以外にも私の興味を引きつける品物があったのだ。

それは〝柚子胡椒〟だ。

「おや、こっちも珍しいな」

「こっちではなかなか見つけられなかったの。でもこんな所にあったのね……」

柚子胡椒。それは、九州各地を発祥とする説が唱えられている調味料で、私はこれがたまらなく大好きだった。青唐辛子と柚子を原料として作られるため、香りが強く、鍋物や汁ものに加えるとぴりっと刺激的な味付けになったりする。

和風料理の薬味としても活用できる、万能な調味料だ。

「よしこれも買おう！　流石にこれは、鬼門の地では手に入り難いしな」

「大旦那様、何だかあれこれありがとうね……」

お金の無い私は、大旦那様に買ってもらうがまま……

大旦那様は「今度これで料理を作ってくれたら、それでいいよ」と優しい事を言ってくれる。

その後も、南の地の特産物とか滅多に手に入らないとか言う煽り文句につられて、南国のフルーツやお漬物などを大旦那様に買ってもらってしまった。私ってば……っ！

「あっ、折尾屋の船」

あちこち見て回っていると、折尾屋の宿泊客がこの漁港を訪れる為の小さな船が、漁港に停まっているのを発見した。そわそわと市女笠で顔を隠す。誰か知っている輩が居る訳でもないのに。

しかしどうりで、小さな漁港なりに、裕福な身なりをした客が多い訳だ。

折尾屋がある事で、この港の市場も潤っていると言う事なのかな。

「…………」

実は、さっきから少しだけ気になっている事がある。

賑わいのある市場の隙間、小さな路地裏には、幼い子どもや老人たちが座り込んで、飢えた様子でこの賑わいを見ていた。

「待て——このクソガキ！」

時に、市場の品物を盗んで店主に追いかけられている子どもたちの集団に出くわしたりして、足を止められる。ここの治安は少し悪い様に思えた。

「大旦那様……あれって」

大旦那様は私の視線を追いつつ、目を細める。

「……南の地は貧しい。豊かな海産物が獲れ、美味い果実が実る肥沃で温暖な土地でありながら、天災が多く何度も荒らされてきた不安定な土地だ。海沿いは特に危険で、漁師や折尾屋の従業員以外に住んでいる者は少ない」

「…………」

「ここは永住したり、職を得るのが困難な土地。都合の良い時だけやってきては、すぐに去って行く商売人も多い。そういった者が子どもを置いて行くため、孤児や捨て子も数えきれないほど居るのだ」

「……そういう……ことだったんだ」

前に、夜雀の太一が語ってくれた話の意味を、やっと少しだけ理解できた気がした。

ここはまだまだ、発展や改善の余地がありすぎる、貧困の土地。

隠世の土地にも、格差がある。

「おおっ、お前、新人の陣八じゃないか⁉」

そんな時、魚屋姿の大旦那様を見て、声をかけてきた三人組の男たちが居た。

皆、大旦那様と同じ格好をしている。

というか、じんぱち……？　今大旦那様、陣八って名乗ってるの⁇

それとももしや……本名？

「違う、僕の本名じゃないよ」

私の疑問を察した大旦那様がボソッと。

なんだ……やっと大旦那様の本名が分かったかと思ったのに。

というか大旦那様、ここでは身分を隠しているのね。当然と言えば当然だけど。

「おいおい、女なんか連れてどうした」

男たちは傍にいる私に興味津々。体中鱗だらけの、武骨な男たちだ。

「はは。僕のお嫁さんなんですよ。今日やっと妖都(ようと)からここへ来たんです。僕が先に南の地へ来ていたもので」

私の肩を抱き寄せて、ニコニコして敬語で語る大旦那様。

いつもの通り「嫁ではない」と否定しようと思ったけれど、流石にこの場面では、嫁と言った方が都合が良さそうだと思って、言葉をぐっと飲み込んだ。

「へえ、お前、嫁が居たのか」

「まあ男前だもんなー。なんでこんな田舎で魚屋しようと思ったんだか」

「うちの家内も、えらい美形の新米が来たって、はしゃいでてなー」

男たちは口々にそんな事を言っている。

大旦那様ったら無駄に見た目が華やかだから、随分目立ってしまってるじゃない……

「今ちょうど大将んとこに、新鮮な養殖ブリを届けたところだ」

「赤間(あかま)水産の養殖ブリは夏が旬。食べごろだぞ」

男たちの話を聞いて、私は思わず「ブリって冬が旬じゃないの？」と、口を出してしまった。出した後に、ハッとして口を押さえる。隠世で現世(うつしょ)の常識が通用しない時もあると知っているのに。

男たちはきょとんとしていたが、すぐに「わはは」と笑って、得意げに説明してくれた。

「確かに、一般的に夏のブリは美味くないとされている。それは天然ものだからだ」

「養殖ブリは夏場に脂がのる様育てている。天然物が出回っていない時期の方が、価値があって売れるからな。故に夏が一番美味い」

「へえ！　凄い！　よく考えられているのね」

両手を合わせ、またしても素直な言葉が漏れてしまった。

魚屋の男たちは、なぜだかまた大笑い。

「特に赤間水産の養殖ブリは隠世一だ。陣八、そこの可愛い嫁さんにうちのブリを食べさせてやんな。今、大将が捌いてるところだからな」

「それは楽しみですねえ。妻は食べる事に目が無いので」

大旦那様は、さも世間の荒波を知らぬ若造のふりをして、純粋な笑みのまま「なあ」と私に同意を求めた。そりゃあ、美味しいブリが食べられるのなら……とても嬉しい。

「さ、行こう。葵」

「え？　ええ……」

大旦那様は私の肩を抱いたまま、どこかへと向かおうとした。

私は連れて行かれるがまま。それを、何も知らない魚屋のおじさんたちが、ニヤニヤして見送ってくれた。

赤間水産、とはこの漁港のすぐ傍にある立派な魚屋の事だった。

大旦那様の前掛けと同じ『魚』の文字が、堂々と大きな看板の中心に書かれていて、本来の店名である赤間水産がかなり控えめ。でも、魚屋だと言う事はよくわかるわね。

どうやら大旦那様はこの赤間水産でお世話になっているらしい。

「こっちだよ、葵」

しかし表から入る事は無く、脇の路地裏から裏手の入り口に向かう。

あまりに狭い路地だったので、私の市女笠（いちめがさ）がいちいち引っかかってなかなか進まなかったんだけど、大旦那様が笠を外すのを手伝ってくれた。

「赤間水産はね、僕も昔からお世話になっている店なんだ」

「でも大旦那様、南の地の漁港との取り引きはあまり無いって言ってなかった？」

「魚介に関してはな……ただ、赤間水産は元々、〝赤間屋〟という南の地の老舗（しにせ）宿だった。折尾屋が大きくなりすぎて客がそっちに流れたから、宿屋をやめて魚屋になったんだ」

「……そうなんだ」

赤間水産の裏手に回ると、確かに趣のある庭と、宿屋らしい立派な入り口があった。

大旦那様いわく、昔はこちらが正門だったらしいが、魚屋になってからは市場側に魚屋を開いたとの事。そちらの方が魚を求める客は多かったから。

「まあ、お戻りになりましたね！　大旦那様」

出迎えてくれたのは、割烹着と三角巾を身につけた壮年の女性だった。

青白い肌をしていて、顔の横には、耳の代わりにヒレがついている。

もしや人魚……？　と思って足下を見たけれど、どうやら両足はあるみたいだ。ただ、さっきの魚屋のおじさんたちの様に皮膚に鱗があり、魚類のあやかしだと分かる。

「おや、そちらが例の鬼嫁かい？」

「ああ。僕の花嫁、津場木葵だ。……葵、こちらは赤間水産の女将殿である、お三江さんだ」

「は、はじめまして……」

もう鬼嫁とか新妻とかを否定する余裕も無く、私はぺこりと挨拶をした。お三江さんは真正面から私を見つめて、水かきのある手でぺたぺた顔を触った。

「人間のお嬢さんは初めて見たよ。やっぱり、滑らかで綺麗な肌だねえ。私のような磯女は、体中鱗だらけだから。ま、うちの人はそこがいいって言うんだけどねえ」

「え、えっと……」

「さあ、こっちへいらっしゃい。美味しいブリがあるから、あつ飯を作ってあげるよ」

その単語に、私はピクリと眉を動かし、瞬きもしないまま今度は隣の大旦那様を見る。

大旦那様は「葵、怖いぞ」と。何が怖いと言うのか……

女将さんに促されるまま、私は玄関……ではなく、その隣の物置の様な長屋へと通された。暗い長屋には漁で使う網や銛、何なのかよくわからない道具が沢山並んでいる。あ、使い古された白い能面もある。この土地ではごくあたり前の様に使用されているお面だという話は、本当だったのね。それらをまじまじ見ていたら大旦那様に肩をガシッと掴まれ、前へと押された。

「うわあ」

長屋を抜けて行くと、そこは小さな入江になった海だった。

一面に広がる美しい碧色の海。強い海風。

漁港は入江の向こう側にあるようで、船がいくつも出入りしているのが見える。

しかも、長屋の前に敷かれたゴザの上に、見覚えのある一人の少年が座り込んでいる。

彼はせっせと貝の殻を割って中身と分ける作業をしていて、私を見るなり、思わず立ち上がって「葵殿！」と名を呼んだ。

「もしかしてサスケ君⁉」

「葵殿、無事でござったか！」

「サスケ君も、どうしてここに⁉　ていうかなぜ魚屋さんの格好を⁇」

「葵殿もなぜ⁉」

お互い駆け寄り、手を取り合ってあわあわしている。話が一向に進まないので、大旦那様が「落ち着け二人とも」と私とサスケ君の頭にポンと手を置いた。

「サスケには僕についてきてもらったんだ。器用なもんだから、ついでにここの手伝いをしてくれている」

「な、なるほど」

天神屋のお庭番エースが、こんな所で貝の殻剝きを延々と……

「葵は僕が連れ出してきたんだ。また折尾屋に返さないといけないがな」

「な、なぜ……っ。このまま葵殿を連れて、天神屋へ戻った方が良いでござる。以前、葵殿の命を狙った者は、もしかしたら折尾屋の連中かもしれないのに！」

「あ、そう言えばそんな事があったわね」

深刻な顔をして訴えるサスケ君の後ろで、その事件を思い出す私。

忘れてた……あの時サスケ君が助けてくれたのよね。

「まあ落ち着けサスケ。僕の新妻はどうしても銀次を諦めきれない様で、折尾屋に留まって銀次を連れ戻す機会をうかがいたいのだと言う。僕としては、若干のジェラシーを感じなくも無いが……うーん、しかし仕方が無い。このまま折尾屋の面倒な事態を放っておく訳にもいかないし、僕だって、銀次にはまた戻って来て欲しいしな」

「し、しかし、奴らは今まで何度も天神屋に嫌がらせをしてきた、あの折尾屋でござるよっ！」

納得できない様子でいるサスケ君。サスケ君がこんなに感情的に大旦那様に訴えるのも珍しい。いつもは淡々としていて、大旦那様の命令を仕事人なのに……

それだけ、折尾屋とは因縁深い相手なのだろう。

私はそれを、ただ知らないだけなのだ。

「取り込み中悪いが、あんまり大声で内輪の話をするのはよした方がいいぜ。海風が噂を運んじまう」

大きな鉢を持って長屋から出てきたのは、これまたヒレが顔の横にくっついた、額にしわを寄せた青い肌をした壮年の男だった。頬に傷があり、ちょっと頑固そうな表情。

男は私を見るも、「飯だ」とだけ言った。

「葵、赤間水産の大将である、舟木(ふなき)殿だ」

「こんにちは。津場木葵です」

「…………」

舟木さんはむすっとした表情のまま、特に返事も無く。

後からあのお三江さんが、たっぷりの白飯の入ったお櫃(ひつ)と丼茶碗(どんぶりぢやわん)を持ってきたので、私は慌てて立ち上がり、お櫃を受け取る。

「おや、ありがとう。流石に料理処をやっているだけあって、気が利くね」

「あ、あはは……やっぱりそういうこと知っているんですね」

私の情報って、いったいどこまで広がってるんだろう。恐ろしい……

お櫃や丼茶碗、湯飲みとやかんなどを運び終わると、お三江さんに「もうゆっくりおし」と言われたので、ゴザに座り込んでいた大旦那様の隣にちょこんと座る。なんとなく。

お三江さんが丼に炊きたての白飯を盛って、舟木さんがその上に、たっぷりの魚の切り身をのせた。

「!?」

こ、これは……ブリだ。ブリの漬けだ。

タレにしっかりと漬け込まれたつやっつやのブリの切り身が、あつあつの白い飯の上に盛られたのだ。新鮮な色をしたわさびまでもが横に添えられている。

「……うわあああ」

そんな声を漏らしたのは、私とサスケ君だ。

だってこんなの、絶対美味しいに決まってる……。決まってらっしゃる！

「これ、あれでしょう。ブリの漬け丼……ブリのあつ飯……りゅうきゅう！」

様々な言い方はあれど、要するにブリをタレに漬け込んで食べる料理だ。

確か、現世では琉球（りゅうきゅう）の漁師によって伝えられた漁師のまかない料理と言われている。

船の上で捌き、残ったブリの切り身を、数日保存して食べられる様にタレに漬け込んでいたとか。大分の郷土料理としても有名ね。

「うちのブリは沖合で養殖されている。今、うちのもんが船を向かわせているのが見えるだろう」

　舟木さんが目配せした海の先。丁度沖合に向かっている漁船がある。

「南の地の海の男は、みんなこのブリを食べて育った。天然ものにも劣らぬ、自慢のブリだ。お前たちもたっぷり食え」

　大将の舟木さんはぶっきらぼうにそう言って、ずいと私にその丼を差し出した。

「え、い、いいの？　最初に……」

「そこの鬼神が、折尾屋に捕われてる嫁さんにって五月蠅くてな。わしが直々作ったんだ」

「え、大旦那様が？」

　隣の大旦那様を見上げる。大旦那様は「食べてごらん」と私に優しく勧めた。

　これは……覚悟して食さなければ。

「いただきます」

　ゴクリと唾を呑み、いざという思いで丼を持ち上げ、ブリの切り身を一切れ箸で摘んで迷わずパクリ。

「…………」

　臭みも無く、コリッとした新鮮な生のブリ特有の歯ごたえ。

　ああ、甘い。ブリのこってりまったりした脂の甘さがたまらない……

甘いブリの脂が溶け込んだ、醤油、みりん、酒で作ったタレも、特別コクのあるものに仕上がっていた。

ブリと一緒に漬け込まれた胡麻と刻んだ紫蘇がまた、良い香りをつけている。

特に刻んだ紫蘇が、こってりしやすいブリの漬けを、少し爽やかに仕上げているのだ。

今度は丼の下に埋まっているご飯に、一切れのブリをのせて、大きく口を開けてパクリ。

「……こ、これは……」

熱々の白米と、少し冷たいブリの漬け。

ブリだけで食べるのも美味しいが、白米と一緒に食べると、よりブリの甘い味わいと、タレの旨みを噛み締める事が出来る気がする。

またわさびを少しつけて食べると、これまたたまらないツーン具合……

「ここの漁師って、こんなに美味しいものを日頃から食べているって言うの？」

恐れ入る。恐れ入るしかない。

あまりの美味しさに、私は何かに負けた気分になって震えた。

大旦那様が横でニヤニヤしている……更にその横で、サスケ君が漬け丼をガツガツ食べている。凄い大盛りだ。あの細い体のどこにそんな……

「お茶漬けにすると、また違った味になるんだよ」

お三江さんが急須を持ってきてくれた。そして私の丼に刻んだネギと海苔を加え、熱々のお茶をかけ入れる。

生のブリが少しだけ色を変える。お湯の熱で身が引き締まったのだ。

ほんのり茹でられ、透明感が無くなり白くなった切り身と一緒に、お茶漬けをさらさら頂く。咀嚼し、飲み込んだ途端、ほっと一息。

先ほどの、ガツンとやってくる漬け丼の味とは少し違って、今度は優しい味わいだ。特に熱を通し、お茶によって僅かに味が薄まった切り身が、プリプリの食感で美味しい。

まずタレ自体にブリの旨みが染み渡っているので、お茶漬けにしてもそのコクは失われず、むしろご飯と一緒にあっさり味わえる。これは漬け丼の最後の醍醐味だ。

「どうだい葵。無言で食べているが……」

「あのね、言葉を失うのよ。食べるのに夢中で」

「分かるよ。僕もここの漬け丼を食べると、そうなってしまう」

「そうよね。すっごくすっごく美味しいわ！」

私のこの言葉に、舟木さんが得意げにふっと笑った。大旦那様もどこか嬉しそうだ。

ただの丼、そしてお茶漬け。食べ方を変えるだけで二度美味しい。丼ものは途中で飽きてしまう事もあるから、こういう食べ方ができるとお得感もあるわよね……

海を見ながら、潮風を感じられる場所で食べていることもあって、いっそう海の幸が美味しく感じられる。

入江の波の音、船の汽笛……飛び交う色とりどりのカモメ。

普段とは違う状況が、高揚感を生んでくれる。

「櫃まぶしとかもそうだけど、この手のお料理、夕がおでも出せたらな……」

「天神屋に帰ったら、また考案すればいいじゃないか」

「……うん、そうね」

いったいいつ天神屋に戻る事になるのだろう……

その事はあまり考えず、南の地に居る事を無駄にしない様に、ここで味わった感動と、得たアイディアだけは、しっかり心に刻んでおきたいと思った。

「おかわりでござる」

「カマイタチの小僧……お前が来てからうちの米の消費が早いんだが」

「おかわりでござる」

「……てめえ、後でまた貝の殻剝きやれよな」

遠慮なくおかわりを所望するサスケ君に仕事を命じつつ、やはり追加の丼をたっぷり盛ってあげる舟木さん。怖そうに見えるだけで、案外優しいおじさんなのかも。

大旦那様も「サスケは育ち盛りだからな」と。何だか楽しそう。

「…………」

私は安堵(あんど)していた。

どんなに強がっていても、敵である折尾屋の中で、ずっと気を張っていた。

大旦那様やサスケ君がすぐそこにいるのだと思うと……やっぱり心強い。

もう私は、彼らをそういう存在だと思っているのね。


入江の海岸線を、大旦那様と歩く。

漁港側とは反対側の先端部分までやってきて、この広い南の海を改めて眺めた。

ここへ来て、ずっと浜辺へ行きたいと思っていたのに、ここ数日の慌ただしさのせいで、すっかりその事を忘れていた。

「うーん……解放感。海はやっぱり良いわねえ」

思わず両手を広げて、背伸びをする。別に浜辺でする事でもないのに。

「葵、そう言えば足はもう大丈夫なのかい」

「ええ。見ての通り、すっかり元通りだわ」

大旦那様に元気な足を見せつけるべく、私は下駄を脱いで、暖かい砂浜を歩く。寄せては引く冷たい波を素足に浴びながら。

「隠世の薬は凄いわね。あんなによく効くなんて」

「あれはうちの薬湯で作られた薬だ。静奈を筆頭とした湯守たちが熱心に研究している特別な薬。よく効くに決まっている」

「そっかあ……あの薬がそうだったんだ。なるほどね」

静奈ちゃんとは天神屋の女湯守だ。お師匠様であり、折尾屋の湯守でもある時彦さんの怪我を治すべく、一生懸命薬湯の研究をしているのよね。

静かな入江の夕凪。

穏やかな波の音だけが聞こえる。

「あ、見て大旦那様。ヒトデよ」

「ああ、本当だ。これはまた綺麗な星形だね」

「……ヒトデって食べられるのかしら……」

「葵、食料として考えるのをやめなさい。そして一応、ヒトデは食える」

「そうなの？　どうやって食べるの？　どんな味？」

「うーん……僕が試したのは、ヒトデを網焼きにして、割って中身を取り出した食べ方だったが……見た目も味も、ウニの様な……でもウニの方が僕は好きだが」

「へえ。気になるわね」

浅瀬に居たヒトデを上から覗き込みながら、どんな味かと物騒な話をする。

橙色のヒトデが、心做しか青ざめて見えた。生きた心地がしなかったかしら……

「お……あれは」

大旦那様が何かを見つけたようで、波の浅い場所から、海へと入っていった。魚屋の着物の裾が濡れるのもおかまい無しで。

「ちょ、ちょっと大旦那様!? 何してるのよ！」

「見ろ葵。綺麗な虹桜貝だ！」

大旦那様がつまみ上げたのは、淡い桜色の貝殻。こちらまで戻ってきた大旦那様が、その大きな手のひらにのせて、目の前で見せてくれた。

「わあ〜、綺麗」

思わず感嘆の声を上げた。それはただの桜色では無く、所々オパールのように色を変えて輝く。欠けた所も無い、本当に美しい貝殻だ。

「なかなか珍しい貝殻なんだよ。南の地でしか見られない。遥か彼方の異界、常世の貝だともされている……」

「……常世」

「あの島をごらん、葵」

大旦那様が、海の向こう側に薄らと浮かぶ、平たい島を指差した。

「あれは〝常ノ島〟と呼ばれる、神聖な島だ。一般の者は入る事を禁じられている。なぜだかわかるかい？」

「いいえ」

「あの島こそが、例の儀式が行われる島だからだ。まだ異界へ移動する手段が確立されていなかった時代は、あの島に常世の者たちが降り立ったとされている。それだけ、ここは常世と近い」

「常世……って、前から何度か聞いた事があったけれど、どんな異界なの？　現世とも、隠世とも違うのでしょう？」

その問いに、大旦那様は「そうだな……」と少しだけ考え、語り始める。

「常世とは、あえて言うのなら、支配者が人である時代もあれば妖魔である時代もある、そういう複雑な世界だ。妖魔というのは、あやかしと言い換えても良い。あちらでは文化的に〝あやかし〟という言い方をしないだけで、本質は同じだ。……支配する存在が変わるというのは、現世でも隠世でも例の無い事だから、常世と言う世界がいかに変わった異界か分かるだろう」

「………………」

大旦那様は、常世について淡々と語り、ただ遠く海の向こう側を見据えていた。

私にはまるで理解できない、この世界と、別の世界を取り巻く事情。

現世に居た時は、隠世という異界すら認識できなかったのに、こちらに来てしまえば、また別の異界の事情が聞こえてきたりする。とりとめも無い話だ……

「さあ、辛気くさい話はそろそろやめて、お前を送り届けなければな。本当はこのまま連れて帰りたいくらいだが、お前の気持ちは変わらないのだろう」

「……ええ。私は折尾屋に戻るわ。少しずつだけど見えてきたこともあるから」

「そうかい。なら、僕も陰からお前の補助をしよう。妻の野望を支えるというのも、たまには悪くない」

「野望って何よ」

嫌な言い方をするわね、と言おうとしてハッとした。

大旦那様が私の手を取って、虹桜貝を手のひらにのせたのだ。

「あげよう。何の力も無いが、お守りだ」

「……大旦那様」

「葵のような逞しい娘に、気休めのお守りなんて必要無いかもしれないがな。はは」

大旦那様の顔を見上げると、その屈託の無い爽やかな笑みに少しドキッとして、思わず視線を下げてしまった。

わ……若い魚屋に化けた姿だからかな。

いつもは胡散臭いとか、信用ならないとか、何を考えているのか分からないとか、何かそんな捻くれたことばかり考えてしまうのに……

「ん？　どうした葵」

「い、いいえ……やっぱりその姿は、なんか卑怯ね」

訳も分からずムッとした顔になった。

大旦那様は何も分かっていないけれど。いえ、分からなくてよろしい。

私は素直にその虹桜貝を受け取った。綺麗だし、見つめていると何となく心が落ち着くので、今度綺麗な布で小袋でも作って、大事に入れておこう。

なんだかな。大旦那様からは、いつも貰って(もら)ばかりだ……

「!?」

夕凪を脅かす、激しい破壊音の様なものが、突如響いた。

何事かと思って、入江の海岸線を進み、松原が続く長い海岸線側を覗くと、どうやら折尾屋の方から煙が上がっているように見える。

「大旦那様……あれ」

「折尾屋だな。何かあったんだろうか」

私と大旦那様は顔を見合わせ、眉(まゆ)をひそめた。

きな臭い何かが、再び吹き始めた海風に乗って、こちらまで漂ってきた気がした。

第六話　天狗の親子（上）

大旦那様は、何が起こったのか分からないのだからと止めてくれたが、私は一度折尾屋の旧館へと戻ることにした。ここに居る訳にもいかなかったから。

サスケ君に手伝ってもらいながら、こっそりこっそり戻ったのだけれど、旧館付近に特に変わった様子は無く、事件は本館で起こったものらしい。

ついでにアイちゃんと手鞠河童のチビは、言いつけ通り旧館の窓拭きと廊下掃除を終え、しかも夕飯の為に白ご飯をお釜で炊く準備をしていたところだった。

私が美味しいブリのあつ飯を食べている間に、なんて立派な眷属たち……

アイちゃんいわく、いつも私がやっているのを見ていたから、自分もやりたくなった、との事。

「あー……葵しゃんが出て行った後、折尾屋のお犬しゃんがここに来たでしゅよ」

「え？　犬？　ノブナガ？」

「違いましゅ。もっとおっきい、赤毛のお犬しゃんでしゅ」

チビのさりげない報告に、私はドキッとする。

「も、もしかして……乱丸（らんまる）？」

「そうでしゅ。用があったみたいでしゅ。でもアイしゃんを見て顔をしかめてたでしゅ。アイしゃん、お犬しゃんに抱きついたのでしゅ」

「ひ、ひえええええええっ!!」

思わず妙な悲鳴が上がった。純粋なアイちゃんはニコニコして、コクンと頷（うなず）いているけれど、ちょっとそれ、凄（すご）く、マズい……というかヤバいです。

「わ、分かった。とりあえずペンダントに戻って」

「はーい」

アイちゃんは小さな緑炎になり、胸元のペンダントにしゅるしゅると宿った。

「!?」

また、折尾屋の本館の方から騒音が聞こえてきた。

チビが「大変な事になってそうでしゅ……」と、悟った顔をして呟（つぶや）いている。

チビですらそう思っているのだと言う事が恐ろしい。私は冷汗を滲（にじ）ませつつ、とりあえず本館へと向かった。


「…………」

まず、覚えがある状況だな、と思った。

　というのも、折尾屋のロビーで暴れている天狗たちが居るのだ。

　ああ、なるほど。騒ぎの大本は……松葉様か。

「ねえ！　これ、どうしてこんなことに？」

　自分たちにはまるで関係ないと言うように、この騒動を見物していた双子の鶴童子を見つけて、尋ねてみる。

「ああ、津場木葵」

「あれは番頭の葉鳥さんと天狗の松葉様の戦争だよ。天狗戦争だよ」

「葉鳥さんがいよいよ松葉様に〝天狗の秘酒〟を分けてくれとお願いしたんだ」

「あ、これ、極秘の情報だったかな。まあいいや」

「…………」

　相変わらず双子は緩い。私、一応秘酒の事を知らない事になってるんだけど。

　おかげですぐに状況を理解した。おそらく絶縁状態である息子にそんなお願い事をされて、松葉様の怒りが爆発してしまったのだ。

　ロビーで暴れていると言う状況が、天神屋での騒動を彷彿とさせる。

「そう言えば昔、おじいちゃんもロビーを半壊した事があるって言ってたっけ」

　こんな時に思い出す祖父の悪行伝説。よく壊されるロビーを思えば、そこを任されている番頭って役目は、本当に生半可じゃないと言うか、気苦労が絶えないな……

「って、しみじみ考えている場合じゃないわ。見て、葉鳥さんがいよいよ追い詰められて、今にも吊るし上げられそうになってる!!」

しかも折尾屋の連中は誰も助けようとしないし！

松葉様においては、いかにも天狗らしく顔を真っ赤にして、手には物々しい大太刀を持っているし！　相当危ない!!

「我が愚息、葉鳥よ！　性懲りも無くまた我々の秘酒を欲しがるか！　お前の様な天狗の面汚し、我が愛刀の錆びにしてくれるーっ」

「ちょちょちょ、ちょっと待って松葉様！」

私は慌てて騒動の渦中へと入っていって、ボロボロの葉鳥さんの前に立った。

葉鳥さんを庇うように両手を広げる。

「松葉様、落ち着いて！　こんな所でそんなものを振り回しちゃダメよ！　隠世は帯刀OKらしいけど、感情任せに息子を斬っちゃ終わりよ！」

「……お嬢ちゃん」

「あ、葵……」

松葉様は私がやってきた事で、その怒りを抑え刀を降ろした。

「すまない葵……葉鳥を見ると、どうしても怒りが抑えきれなくてのう……」

松葉様はいつも私に見せる素直なおじいちゃんの様子になって、刀を鞘に収めて、傍の若い天狗にズイと押し付けた。

若い衆は「いつも怒ってるけど」「なあ」とぼそぼそ零している。

「親父、俺だってあの時の事は反省している。頼むから秘酒を分けてくれ！」

葉鳥さんは地面を這いずって私の横から顔を出し、松葉様に頭を下げ懇願していた。

確か葉鳥さんが天狗の掟を破ったせいで、朱門山から追い出されたと聞いた事があるけれど……私は詳しい内容を知らない。

でも葉鳥さんは折尾屋の儀式の為に、何としてでも天狗の秘酒を手に入れたいのだ。

「じゃかあしいわ！　お前の頼みなんて聞かん！　秘酒はやらん！」

ただ、松葉様も松葉様で、頑固なところを曲げる事は無く。

わ、私はどうしたらいいの……

ふと視線を感じてそちらを見ると、乱丸や秀吉が、淡々とした表情で吹き抜けの二階からこちらを見下ろしていた。

銀次さんは……？

銀次さんはそこには居ない。こういう時、天神屋では真っ先に銀次さんがやってきて、お客に頭を下げたり場を宥めたりしていた。

私は乱丸を睨み上げる。

高みの見物をしていないで、ここへ下りて来なさいよ、と念を送りながら。

それが伝わったのか、元々そういう予定だったのか、乱丸は秀吉を引き連れ階段を下りて来た。

「松葉様、うちの番頭が失礼を致しました。ボロボロになったお部屋とは別に、最高級の間を用意致しましたので、ごゆるりとなさってください。お部屋に露天風呂も付いており、夕暮れの海を一望できますよ」

胡散臭い笑顔の乱丸。松葉様はより厳しい表情になって、乱丸に問いただす。

「おい犬神。やはり天狗の秘酒が狙いだったか。何に使う気か知らないが秘酒は渡さん。ふん、今日は泊まって行くが、明日には朱門山へ帰るからな！」

「…………」

「行くぞ、天狗の衆」

松葉様の物言いは、どこか気落ちしている様な、らしくないもので、私はそれが気になった。松葉様、と声をかけようと思ったけれどそれも出来ない程で……

同じように、隣に座り込んでいる葉鳥さんも、がっくりと肩を落としている。暗い。

「てめえら、さっさとロビーを片付けろ。客への説明も忘れるな」

乱丸はあっけにとられていた従業員たちに、声を張って命じた。従業員たちはビクッと反応し、慌てて動き始める。

「葉鳥、来い。……津場木葵、お前もだ」

葉鳥さんは乱丸に呼ばれ、ついでに私も呼びつけられたのだった。

「親子喧嘩(げんか)をここでされても困るぜ、葉鳥。こうなると分かっていたから、この件にお前は関与するなと言っていただろうが。忘れたとは言わせねえぜ」

乱丸の部屋で、葉鳥さんがまず叱られた。

ややこしくなるからこの件に関与しないように、と言われていたのを破って、葉鳥さんは松葉様に直談判(じかだんぱん)しに行ったらしい。

「……乱丸、すまない。俺のミスだ」

葉鳥さんは自分が悪いと分かっているのか、素直に謝っていた。

あの葉鳥さんが、こんなに暗い顔をしているなんて。何だか見ていられない。

「参ったな。この件は、松葉様にえらく気に入られているそこの人間の女に任せようと思っていたのだが。当の本人は悪趣味にも眷属を自分の替え玉にして、どこかへ逃げ出す始末だし……使えねえ」

「逃げ出した訳じゃないわ！　あんな場所で掃除ばかりさせられてたから、外に出て買い物をしただけよ」

や、やっぱり、乱丸にはバレていたみたいだわ……。

ん？　でも、私に解決させようと思って、あの旧館に来たって事？

それも何だか腹が立つわね……

「それと葉鳥。お前はしばらく松葉様の前に出るな。お前が出てくるとややこしくなる。

あわよくば親子関係を修復したいと考えたのかもしれんが、今はもうそんな事を言ってる場合じゃねえ。騙してでも、唆してでも……あれを手に入れなければ。金はいくら出してもいいんだ」

「………」

葉鳥さんは何も言えなくなっていた。

分からない事も多々あったが、私はもう、見て見ぬ振りは出来ないと思った。

この状況で、あの松葉様に話を聞いてもらう手段は、一つしかない気がしたからだ。

「分かったわ」

何も言われていないのに、私は一言、そのように呟いた。

「松葉様には、私が話をしてみる」

「はあ？　お前、状況を理解しているのかよ」

さっきまで黙っていた秀吉が、耐えきれず私につっかかる。

「天狗の秘酒、でしょう。それが儀式の為に必要なのよね……？」

表情を変えずに、逆に問い返した。

乱丸はピクリと眉(まゆ)を動かし、傍に居た秀吉も「お前知って……っ」と驚いている。

「天狗の秘酒だけじゃない。虹(にじ)結びの雨傘、人魚の鱗(うろこ)、蓬萊(ほうらい)の玉の枝、海宝の肴(さかな)……儀式の為に集めなくちゃいけない品があるんでしょう？　折尾屋は今、そのために動いている」

乱丸は目を細め、しばらく私を見据えていたが、誰が言ったのかすぐに分かった様でギロリと葉鳥さんを睨んだ。葉鳥さんは冷汗を流しつつ、小刻みに震えている。

「ふん。……どこのどいつに聞いたのかは知らねえ事にしてやるが、概(おおむ)ねその通りだ。で、だから何だって言うんだ？　お前、この件に首をつっこもうとでも言うのか？」

「つっこむも何も、あんたは私を利用しようとしているんでしょう……乱丸」

初めて、本人の前で名を呼ぶ。

乱丸はふてぶてしい顔をしていたし、秀吉に限っては「てめー乱丸様って呼べと何度言ったら」といつもの通り憤慨している。葉鳥さんは緊張している。

だけど、私はやっと、何が何だか分からずにここに捕われていた状況を脱し、折尾屋を取り巻く大きな事情のど真ん中に飛び込む事が出来た気がしていた。

「なら、あんたの思惑通り、私が利用されてあげる。私が……私が松葉様を説得してみる。だけど、葉鳥さんの力が無くては」

「お嬢ちゃん……？」

項垂(うなだ)れていた葉鳥さんが、顔を上げた。

「私は、騙そうとか唆そうとか、複雑な事をしようとは思わないわ。私は折尾屋の従業員じゃないし、商売の話をするつもりもない。ただ、頼むだけよ……」

乱丸は私の話を聞いて、皮肉たっぷりな様子で「はっ」と笑った。

何かがとても、バカらしく感じたのだろう。

私の目の前までやってきて、その鮮やかな海色の瞳で、冷たく見下ろす。

「だが、そう簡単に対話ができるってのか？　儀式の事は極秘だ。花火大会の裏に隠された儀式……この事情を知っているのは、折尾屋の幹部の一部と、妖都の宮中の重役……そう、ごく僅かな者だけ。八葉と言えども、南の地の最大の弱点をやすやすと外部に漏らす事は出来ない」

何者をも信用していないと言う目だ。そこに感情論は無く、ただ、結果が全てなのだと言う奴の主義を感じる。

「そうやって、誰の事も信用しないで、駆け引きしたりお金で解決しようとしてばかりいるから……上手く話が進まないんだわ」

「言うじゃねーか……津場木葵。なら、お前がどうやって松葉様から〝天狗の秘酒〟を貰い受けるのか、お前なりのやり方を俺に見せつけてみろ。お得意の料理か？　はは……美味い飯で解決するならとうにしている。うちの料理人だって、お前みたいな素人よりずっと腕前がいい」

「それはそうでしょうね。でも……問題はそこじゃないわ」

バチバチバチ。そんな音が聞こえてくる程、私と乱丸は睨み合っていた。

乱丸の荒々しい妖気の前に頭痛がしそうだ。

でもここで引き下がったり怯む訳にはいかない。何よりも、私のお得意様である松葉様と、私に今回の事情を教えてくれた葉鳥さんを、このままにしておく事は出来なかった。

「葉鳥さん、行くわよ。……ほらしゃきっとして！　松葉様、帰っちゃうわよ！」

「わ、分かった……分かったよお嬢ちゃん」

項垂れていた葉鳥さんの背を叩くと、葉鳥さんはしゃきっと背筋を伸ばす。

「一緒に頑張るわよ」

「お、おう！」

そして、私のテリトリーである旧館へと引っ張って連れて行ったのだった。

いつもの台所へと戻り、床上に座布団を置いて葉鳥さんを座らせる。

そして水出ししていた麦茶を振る舞い、やっと尋ねた。

「というか葉鳥さん。松葉様とトラブルになるって分かっていながら、なぜ自ら直談判してしまったの？　それこそ私を頼ってくれても良かったのに……松葉様とは、毎日顔を合わせるのだから」

昨晩は、私を利用しようとしているのかも、なんて意味深な事を言っておいて。

おそらく、乱丸だってそのはずだったと思う。

私が一番、松葉様と話が出来る立場に居るから。

「んー……トラブルを避けてお嬢ちゃんに頼んでもらうのは、まあ可能性は一番高いと思うが、それって俺自身が親父から逃げ続けるって事なのかな、とか思っちまってな。そんな事を言ってる場合じゃねーって分かってたんだが……」

「何がきっかけで松葉様と喧嘩になったの？　もうずっと昔の事なんでしょう？」

「う、う……ん」

葉鳥さんは出された麦茶をちびちび飲む。

そして、どこか恥ずかしそうに横髪を耳にかけつつ、一つ咳払い。

「分かった。正直に話すが、俺もちょっと記憶を整理したい……あー、腹減った」

ぐう、とお腹を鳴らした葉鳥さん。こんな話の途中で……

「とりあえず元気出したい。お嬢ちゃんのご飯は元気が出る。だから何か作ってくれよ〜」

葉鳥さんは手を合わせて私に懇願する。目をうるうるさせて。

手鞠河童のチビがどこからともなくやってきて「天狗しゃんも、僕に負けず劣らずあざといでしゅ〜」と。確かに……

「分かったわ……そんなに言うなら、何かご飯を作ろうじゃないのよ」

「案外ちょろいなーお嬢ちゃん」

「そこ。葉鳥さんはその間に記憶を整理しておいて。ご飯食べたら、ちゃんと話してよね」

「おうとも！」

葉鳥さんはパチンと指を鳴らし、懐から筆とお絵描き帳を取り出した。

なぜそんな所にお絵描き帳が……

「何を作ろうかな」

食材を入れていた箱をごそごそと漁ってみた。

簡単に作れて、なおかつ美味しい……あ、大根と、ニラと卵があるから、ニラ玉スープにしましょう。

あと、大旦那様が今日買ってくれた、アジの開きの干物。

さっそく七輪の火を熾し、買ったばかりのアジの開きを用意する。一番上等なやつ。

「お、アジの開き！　南の地の名産品だな。俺、大好きだ」

「今日、港に行って買って来たの。勝手に外出したから怒られちゃったけど」

「よく抜け出せたなあ。お嬢ちゃんの行動力には感心する」

「はは」

大旦那様が手伝ってくれたんだけど、そこのところは秘密にしておこう。

「もう一品はニラ玉スープでいい？　大根おろしをたっぷり入れた、とろっとろのニラ玉みぞれスープ」

献立が整った。葉鳥さんは「おお、うまそー」と、そのお料理の味を想像している。

「そう言えば……葉鳥さんにはカレーライスを食べてもらった事があるけど、本来どんなお料理が好きなの？　味付けとかの好みってある？」

「そうだなあ。基本的には素朴な家庭料理が好きかな。いもの煮っ転がしとか、魚の煮付けとか、豚汁とか、野菜の煮物とか……。味付けも、甘めで薄味が一番だと思っている。時にパンチの効いたものを食べたくなる事はあるが……今日の献立は最高に俺好みだぜ」

「へえ。そうかなあとは思ってたんだけど、やっぱり松葉様と近いのね」

「典型的なあやかし好みの味が好きな訳よ。お袋の料理がそうだったからな」

「…………」

お袋……葉鳥さんのお母さん？　と言う事は、松葉様の奥さんでもあるのよね。

「葉鳥さんのお母さんは、あやかしだったの？」

「ああ。天狗は女が生まれ難いから、嫁入りしてきた鷺のあやかしだった。綺麗なひとだったよ。気弱で心配性で……あと病気がちでな。もうずっと前に亡くなってしまった」

「……そう」

葉鳥さんは語りながら、お絵描き帳にも筆で何か描いてる……

気になるけれど、私は料理だ。

七輪でアジの開きを身の方から焼き始める。

その間、大根をおろし、卵を溶きほぐしておけば、準備は万端だ。

ちょうど水と出汁を入れ温めていた鍋に、大根おろしを加え、これを一煮立ちさせる。

そこにニラ、水溶き片栗粉、溶き卵を加えて、鍋を一混ぜ。卵がふんわりトロトロとしてきたら、少々の塩で味を調え出来上がりだ。とても簡単で、お手頃なお料理。

みぞれたっぷりのお出汁のスープに、強いニラの香りと、ふわふわかき玉……お椀に盛って、胡麻をふりかけ仕上げとなる。

さて、アジの開きを裏返しにすると、ジュワ……とにじみ出た脂に唸ってしまった。

後は皮の面を焼くだけ。脂が炭火に落ちて、パチ、パチと弾ける音がする。煙たいので、うちわでパタパタパタ。

「ほら葉鳥さん、もうすぐご飯よ！」

「うおっ、早いなー」

「ぱぱっと出来るお料理にしたからね」

さっそく白いご飯をお茶碗に盛って、みぞれニラ玉スープのお椀と、焼きたてのアジの開きをお膳に並べた。作り置きしていた蓮根とニンジンのきんぴらの小鉢も添えて。

「う、美味そう……体にも良さそう」

　ほかほか出来立てご飯を前に、葉鳥さんは作業を投げ出し、さっそく箸を手に取った。

「いただきます！」

　最初に口にしたのは、ニラ玉みぞれスープだった。

「あつあつっ」

「あ、気をつけて。片栗粉が入ってるから、熱が逃げ難いの」

　みぞれがとろっと溶け込んだスープをもう一度ゆっくり啜って、ふわふわのかき玉とニラを箸で口へ運ぶ。

「ああ……味付けも俺好みの、控えめな塩加減だ。優しい、家庭の味だな」

「葉鳥さんのお母様は、どんなお料理を作っていたの？」

「そうだなあ……元々あまり料理が上手ではない、お嬢さん育ちのあやかしだったらしいが、人間だった祖母が残した料理帳を読んで、人間界の料理と、あやかし好みの味付けを独学で学んだらしい。というのも、親父の奴がああも頑固でわがままだろう？　親父の口に合う料理を研究したんだ」

「へえ、凄い！　松葉様ってば、奥さんに愛されてたのね」

　私の素朴な感想に、葉鳥さんはフッと皮肉な笑みを漏らした。

「ただ、親父は人間の女と結婚したがっていた」

「……え？」

「祖母が人間だったし、あやかしの男は人間の娘と結婚すると格が上がるって言うだろ？　憧れとかもあったんだろう。狙っていた女も居たらしいんだが……まあその恋も叶わず、嫌々ながらお袋と政略結婚した訳だ。一応、朱門山の天狗の頭領だったからな」

「…………」

「お袋は愛想をつかされない様、必死だったんだと思う。親父に愛されてないって……思ってたみたいだからな……」

驚いた。私はてっきり、松葉様とその奥様は、とても仲睦まじい夫婦だったのだと思っていた。私に対する優しい松葉様のように、奥さんにも甘い夫だったのでは、と。

「もしかして、喧嘩の原因って、そこら辺にあるの？」

話の流れから、何となくそうなのではと察した。

葉鳥さんはアジの開きをつついていたその手を、ピタッと止める。

「まあな……だがこの話は後にしよう。せっかくの飯が冷めちまう」

しかし、ただそれだけを言って再びご飯を食べ始めた。

私も自分の分をやっと用意する。チビが「ごはんでしゅ～」とくるぶし辺りをしきりにペチペチ叩いていたので、チビにも小さなニラ玉丼を。細かく刻んだきんぴらを丼の端っこに添えて。

ふう、やっとご飯にありつける。さっそく、七輪で焼いたアジの開きの干物を……

「ん……っ、このアジの開き、美味しい〜」

七輪で焼いた事で、身がよく立っている。

「流石は本場の味ね。身が大きくってプリプリほくほくだわ。旨みがぎゅっと凝縮されてる……」

「だろ？　南の地のアジの開きは、その値段の割にマジで美味い。お嬢ちゃんのお料理と一緒なら最強だな」

お茶目な様子でウインクして、ガツガツ白ご飯を口に掻き込む。

葉鳥さんも調子が戻って来たみたいだ。思わずクスクス笑ってしまう。

「こうやって二人きりで素朴なご飯を食べていると、まるでお嬢ちゃんと俺が、仲睦まじい夫婦の様だな！」

「……それはちょっと……個人的に遠慮願いたいけど」

「え！　何で⁉」

しかし私の一言で、軽くショックを受けている葉鳥さん。

だって葉鳥さん、お涼にも言われてたけど、お世辞にも旦那タイプじゃないし……

「葉鳥さん、男前と言えば男前なんだけどね〜」

「だろ⁉　まあでも、下手な事を言うと大旦那に羽をむしられ、天狗の丸焼きにされかねないけどな」

「何よそれ。葉鳥さんってば面白い事を言うわね」

お喋りかつ、人当たりの良い葉鳥さんとの会話は弾む。私たちは楽しい食事の時間を過ごし、温かいお茶を飲んでほっこり。

「で、そろそろ、さっきの続きを話してくれてもいいんじゃない？」

「そうだなあ」

葉鳥さんは傍らに置いていたお絵描き帳を開いて、いよいよ私に、松葉様との喧嘩理由を説明する態勢に入った。私はお膳を全部下げてしまって、葉鳥さんの前に正座。

「と言う訳で、俺と親父の喧嘩理由……もとい、『葉鳥君、天狗の秘酒を盗んで高値で売る』の物語、はじまりはじまり～」

「えっ、なんか鬼畜なタイトルの紙芝居はじまった！」

葉鳥さんがさっき筆で描いていたのはこれか。下手なのか上手いのか微妙なラインなんだけど、ダイナミックな絵柄の紙芝居だ。

どこから持って来たのか、葉鳥さんは手に持つ拍子木をカンカン、と打ち鳴らした。

むか～しむかし、ある天狗の山に、松葉という偉い天狗がいました。

松葉は偉い天狗でしたが、えばりん坊で怒りん坊で、酒飲みで酔っぱらいでした。

現世の人間の娘に惚れ込んで、口説き落とそうとして失敗し、代わりに美しい鷺のあやかしの娘と結婚したのです。

鷺の娘の名は、笹良。大人しい良家のお嬢様でした。

松葉と笹良の間には、六人の息子が生まれました。


「その三男坊が俺な」

葉鳥さんが語りの途中、お絵描き帳からひょこっと顔を出す。言われなくとも……

カンカンと拍子木を打ち鳴らして、引き続き語る葉鳥さん。


松葉はとても亭主関白でした。

好きでもないのに結婚させられた笹良には厳しく、作るご飯も、人間だった自身の母に比べたら下手だったので、卓袱台をひっくり返す事も度々ありました。

笹良はいつも、文句も言わずに謝って、ひっくり返った茶碗や飯を片付けていました。

三男坊葉鳥は、そんな母を見るのが毎度嫌でした。

ある日、笹良は松葉との結婚記念日に、松葉の大好物の料理を、人間だった松葉の母の料理帳で学び、食卓に並べました。

しかし松葉は「味が全然違う」と大激怒。

松葉は酔っ払っていたのと、母の料理を勝手に作られた事に腹を立てたのでした。

笹良は今まで泣きもしなかったのに、これには流石に大号泣。

母思いの三男坊葉鳥は、松葉に食ってかかり、殴り合いの大喧嘩になりました。

さらに三男坊葉鳥は〝天狗の秘酒〟を蔵から盗み、それを必要としていた南の地の八葉に密売したのです。

これは天狗の掟を破るとんでもない所業でした。

天狗の秘酒は、滅多な事では外に出してはいけない、門外不出の天狗の宝だったのです。

三男坊葉鳥は天狗の山を破門され、その後、一人逞しく生きていく事になります。

山に帰る事は出来ず、病に臥し亡くなった、母・笹良の死に目にも会えませんでした。


「ちゃんちゃん☆」

拍子木を打ち鳴らし、気楽に締めくくる葉鳥さん。

だけど、あまりにどうしようも無い物語に、私はちょっとだけ泣きそうになっている。

「なにそれ……色々と面白おかしい絵だったけど……よくわかったのは、笹良さんがかわいそうだったって事ね」

松葉様も、なんて身勝手な……事情は色々とあったのかもしれないけれど。

葉鳥さんも葉鳥さんで、天狗の宝を盗んで売ってしまうなんて……そのせいで、笹良さんの死に目にも会えなくなって……

「まあ、俺も親父も、結局は似た者同士なんだ。後先考えないし、感情的でお袋を困らせてばかりだった」

「今の葉鳥さんを見ていると……あまり感情的という感じはしないけどね」

「それは山を出て、一人で働いて、世間を知ったからだな。天狗がいつも偉そうなのは、山しか知らない井の中の蛙だからだ。八葉っていう立場に守られているだけなのにな」

葉鳥さんは皮肉を並べ、立ち上がって背伸びをする。

「親父は天狗の秘酒を守る立場だ。ガバガバ売った俺が許せないに違いない。前に俺が売り払った折尾屋に譲ろうとは、これっぽっちも思わんだろうな」

「……そうなのかなあ」

私には、葉鳥さんの話を聞くだけでは、松葉様がどうしてあんなに怒っていたのかが分からない。

「ねえ、その、松葉様のお母様……えっと、葉鳥さんから見たらおばあ様になるんでしょうけれど、どんなお料理を料理帳に書き留めていたのかしら。笹良さんが真似て作ったのって、何だったの？」

「えーと、何だったかなー。確か、だんご汁とかかしわ飯とか、昔ながらの現世の郷土料理ばかりだった。喧嘩の原因になった料理は、がめ煮……だったっけ」

「へえ、がめ煮。おばあ様って、九州の方だったのかしら」

がめ煮とは、別名筑前煮とも呼ばれる、日本で親しまれて来た煮物料理だ。

その名の通り、九州北部の郷土料理でもある。鶏肉やごぼう、ニンジンや蓮根、椎茸やこんにゃくなどを炒めて煮込んだ煮物であり、このがめ煮を頻繁に食べるせいか、福岡や大分の人間は鶏肉の消費量が全国でもかなり多いと言われている……

「ばあ様は確か、大分出身だったかなー。で、親父がお袋のがめ煮に対し、味が何か違うって子どもみたいな理由で怒った。お袋は一生懸命作ったのに、奴は卓袱台をひっくり返したんだ！」

葉鳥さんは卓袱台をひっくり返すジェスチャーをしてみせた後、ふんと息巻いてあぐらをかいた。その様子は、やはりどこか松葉様に似ていた。

なるほどね。確かにがめ煮は家庭によって味が違うけれど、そんなのは当然の事。

でも……もしかしたら……

私は松葉様が〝味が違う〟と言った理由に、心当たりがあった。

「私、少し松葉様に話を聞いてこようかしら」

「なら早く聞きに行った方がいいかもしれないな。親父ってあやかしにしちゃあ、そこそこ寝るの早いから」

「何かデザートを作って持って行きましょう。松葉様って甘いもの食べるわよね」

「……まあ好きと言えば好きだが」

「あ、そう言えば……」

大旦那様が持って来てくれた荷物の中に、ホットケーキミックスがあったっけ。

「これで黒砂糖の揚げドーナツでも作りましょうか。一口サイズの……お豆腐と一緒に混ぜ込んだら、もっちり和風の味になって美味しいのよね……」

やはり私のスイーツにお豆腐は欠かせない。今日、大旦那様と一緒に黒砂糖を買ったばかりだし、これならすぐに出来上がる。

沖縄のお菓子で有名なサーターアンダギー風の、丸い揚げドーナツだ。

「葉鳥さん、ちょっと手伝って」

「まだ何か作るのか、お嬢ちゃん」

「松葉様に賄賂を持って行くのよ……葉鳥さんが手伝ってくれたら、すぐに出来るでしょう？」

すり鉢にホットケーキミックスと、牛乳少々、黒砂糖、卵とお豆腐一丁をぼんぼんと入れて、匙と一緒に「はい」と葉鳥さんに手渡した。

「これ、全部混ぜて」

「ええー」

「今は男も、家事手伝いをする時代よ」

葉鳥さんは言われた通り、鉢を持って行って床上に座り込み、「うおりゃー」とごりごり混ぜる。その間に私は鍋で油を温めた。

「出来たぞー」

葉鳥さんがお豆腐と黒砂糖を混ぜ込んだホットケーキミックスを持って来た。

「これを油で揚げるのか？」

「そうよ。肉団子や摘入のように、こう二つの匙で丸めながら……」

匙二つを器用に使いながら、生地を丸めて低温の油に落とす。一度沈んだ生地が、ゆらゆら浮いてくる様を見て、葉鳥さんは「おお～」と感嘆の声を上げた。

黒砂糖入りなので、こんがり揚がった色合いが普通のドーナツよりやや黒めではあるが、黒砂糖特有の甘い匂いが漂い始め、食後だというのに別腹が刺激される。

「美味そうだな……揚げ菓子って、なんでこんなに魅力的なんだか……」

「その意見には同意ね。揚げ物は食べ過ぎると体によくないって分かってるけど、どうしても食べたくなるのよね……」

油を切り終わった丸いドーナツを並べ、上から黒砂糖をまんべんなくまぶすと出来上がり。サーターアンダギー風の揚げドーナツ。南国の土地にはぴったりのお菓子ね。

「はい、葉鳥さん。口開けて」

「あー」

一つ摘んで、葉鳥さんが大きく開けた口に放り込む。葉鳥さんはむしゃむしゃと。

ついでにくるぶしを叩(たた)くチビにも、一つ与える。チビもむしゃむしゃと。

「あーうめー。豆腐のせいか、ふわふわもちもちだな。お嬢ちゃんの手で直接食べさせてもらったと考えると、余計にありがたみが……」

「そこのところは、あまり意味無いから。余計な事は考えないで」

しみじみした表情の葉鳥さんは、もう一個もう一個とつまみ食いを続けている。

私も一つ食べてみて、黒砂糖のクセになりそうな香りと甘みに大満足。

黒砂糖って、やっぱり普通のお砂糖に比べて濃厚なコクと甘みがあるもの。

更に揚げドーナツという中毒性の高さも相まって、ついつい手が伸びてしまう。

「って、違うわ。これは松葉様への賄賂なんだから」

私と葉鳥さんは、食べきってしまいそうな勢いだったが、ここでちょっと我慢。

「じゃあ私、松葉様の所へ行って情報収集をしてくるから。葉鳥さんはここでお茶碗(ちゃわん)を洗っておいて」

「は、はーい……お嬢ちゃんってばほんと鬼嫁だな」

葉鳥さんが最後に何かぼそっと言っていたが、聞こえなかったふりをして、私はさっそく黒砂糖揚げドーナツを箱に詰めて、本館へと向かった。

暗い松原の道を歩いていると、胸元の緑炎が丸い火の玉になってポンと飛び出し、傍らで揺れ、道を照らしてくれる。「ありがとう、アイちゃん」とお礼を言うと、火の玉のアイちゃんは嬉しそうに跳ねた。可愛い。この鬼火に名前を与える事が出来て良かったな……

「……ん？」

ふと、強い風が吹いて視線を空に向けた。

ハッとしたのは、銀色の獣が、流れ星の様に夜空を駆けて行ったから。

「銀次……さん？」

そんな気がした。見た事も無い立派な獣だったけれど、あれは多分、銀次さんだと直感的に察した。

もう、ずっと遠くへと消えてしまった銀の光。

どこへ向かって行ったのだろう。銀次さんとは、ここ数日、会っていないわね。

松葉様が泊まっている部屋の前にやってくると、天狗の若い衆がざわついていた。

「葵の姐さん、いったいどうしたんですか？」

「松葉様に会いに来たの。さっきは大変だったから、どうしているかなと思って」

「松葉様ったら、一人でお部屋に籠ってしまって、ずっと出て来ません。我々が声をかけても、うるさいって怒鳴るし。もしかしたら、すっごく機嫌が悪いかもしれないですよ」

「……その時はその時よ。賄賂もあるし、多分大丈夫」

心配してくれる若い衆の間を通り過ぎ、私は襖を開けた。

「松葉様、入るわよ」

そして、お部屋に入った途端、びっくりする。そこらには沢山の徳利が転がっていて、ついでに松葉様も畳の上に転がっていた。

「ま、まつばさまーっ」

私は慌てて松葉様に駆け寄った。

容態を確かめるも、どうやら松葉様は顔を真っ赤にして寝ているだけっぽい……

「松葉様、寝るならお布団で寝なきゃ……」

「うーん……笹良……」

「……松葉様？」

「すまんのう……いつも苦労をかけて……」

寝言を言う松葉様。私はしばらく静かにしていたが、松葉様がこれ以上何か寝言を言う事も無く。

「でも……笹良って言ったわよね。奥さんの名前……」

松葉様を抱えて、お布団が敷かれた隣の部屋へ連れて行く。

心地よい布団に横たえると、松葉様は今一度「すまんのう笹良……葉鳥……」と呟いた。

幕間【一】

このわし、天狗の大御所と謳われる朱門山の〝松葉〟には、一つ後悔がある。

それは、唯一の妻であった笹良を、心から悲しませてしまった事だ。

『あなた……家族は皆、一緒でなくては。いつか子が自立し、遠くへ行ってしまっても。離れ離れになると分かっていても。それでも、心だけは一緒でなくては。どんなに喧嘩をしても、最後の最後に心から頼りに出来るのは、家族に違いないのだから』

『……笹良』

『だから、もし……葉鳥が、あの子がいつか、あなたを頼る事があったら、その時は……手を差し伸べてあげてください。……あの子を、信じてあげて』

そう言って、笹良は涙を流して死んだ。

愛する息子の一人であった葉鳥に会えず、無念を抱いて死んだからだ。

あやかしにしては、とても短い命だった。

笹良は自分のせいで、葉鳥を山から追放することになってしまったと思っていた。

六兄弟の中で一際母思いであり、そして天狗らしからぬ飄々としたところもあった、才気溢れた我が三男坊、葉鳥。奴は朱門山から遠くはなれた場所で働いていたこともあり、母の危篤にも山へは戻ろうとしなかった。

いや、戻りたくても戻れなかったのかもしれない……わしが追い出したのだから。

葉鳥との喧嘩のきっかけは些細なことだったが、あの倅が激怒したのも無理は無い。

わしは笹良の作った飯を、卓袱台ごとひっくり返したのだ。

いつもわしのわがままに我慢をしていた笹良。だけどその日は、どうしても我慢できずに、彼女は泣いた。美味いがめ煮を作ってくれたのに、わしが「味が違う」と言ってひっくり返したからだ。

わしの母は人間の女だったが、その料理をこっそり学び、健気に作ってくれたと言うのに。母の味とは違っても、笹良の味を認め、美味しいと伝えれば良かったのに……

六人の息子にとっては、それこそが母の味だったのだから。

「父上はアホだ！　酒ばかり飲んで偉そうにして、母上を泣かせてばかりいて。母上は親父に喜んで欲しくて、ばあ様の料理を一生懸命作ったのに」

六人兄弟の中で怒ったのは、三男坊の葉鳥だけだった。長男坊は典型的な天狗の中の天狗として育てられたため、母に対するわしの態度はごく当たり前のものと思っており、また次男坊は小心者だったため何も言えず、四男坊は食い盛りだったため食べ続け、五男坊はびっくりして泣いてしまい、六男坊はまだ赤ん坊だったため寝ていた。

葉鳥は天狗の中でも、少し変わった天狗だった。そして、見た目はわしよりも、笹良によく似ていた。

武道はイマイチだったが小賢しく、飄々としたところもあるのに大事な者には情が厚く、決して裏切る事は無い。

その性格のせいで、葉鳥はわしと大喧嘩の末、最も天狗の嫌がる悪戯を思いついたのだった。それは、朱門山の山頂にある小さな泉から、一年に一度だけ湧き出る秘密の酒を悪用したのだ。

毎年、ほんの少ししか手に入れる事の出来ないその酒の味は、この世のものとは思えぬほど美味であり、一口飲むと天にも昇る気分になる。大事な時に、天狗の頭領の家系だけが飲む事を許されているその酒を、葉鳥の奴は蔵から盗み、あろうことか朱門山の外に持ち出し、高値で売り払ったのだった。

それは天狗の掟を破る所業でもあり、朱門山の天狗という立場を失う事でもあった。

破門された葉鳥は、その後行方を晦ませた。わしも葉鳥の事は忘れようと思った。

どこかで、すまなかったなと言う後悔の気持ちを抱きながら……

笹良は葉鳥が山から追い出された事を酷く悲しみ、その後病を拗らせ、床に臥せるようになる。自分の料理がきっかけで、家族がバラバラになってしまったと、いつまでも後悔していたのだ……

そんな笹良を慰め、気遣ううちに、やっと夫婦として愛情を抱き、我々は心通わせるようになった。最初からそれが出来ていれば、家族はもっと別の形になっていたのだろうか、笹良はもっと長生きしただろうか。

葉鳥はあんな罪を犯さず、山を出て行かずに済んだのだろうか……

葉鳥に会うと、そんな葛藤（かっとう）を思い出さずにはいられない。

それなのに、今でもあの喧嘩の続きをしようとしてしまう。頭に血が上り、訳も分からず怒鳴り散らしてしまう。

なぜ、あの時、笹良の危篤に駆けつけなかったのか、と。

そんなに仕事が大事だったのか……と。

追放したのはわしだというのに、なんと勝手な言い分か。

葉鳥が自分自身の力で手に入れた居場所で暴れ、迷惑をかけてしまった。

頑固でわがままな、この老いぼれが憎い。葉鳥はもう、許してはくれないだろう。

笹良の呆（あき）れている顔が見えるのだ。

……すまない笹良。今もまだ、心配をかけてしまって。

第七話　天狗の親子（下）

「…………」

「松葉(まつば)様、目が覚めた？」

ちょうど〇時を過ぎた頃、寝ていた松葉様が目を覚ました。

私はそれまでずっと、松葉様の傍に居た。

「……葵(あおい)……？」

「そう、私よ」

松葉様は不思議な顔をして、じっと私を見つめていた。さっきまで、奥さんの名前をしきりに呼んでいたんだけど。

「夢を……見ていたでしょう？」

尋ねると、松葉様は寝た姿のまま「ああ」と答えた。しわがれた、老人の声音だった。

そこに、さっきロビーで暴れていた松葉様の勢いは無く、本当にもう、大人しいおじいちゃんという感じだ。

「妻の……夢を見ていた。あれが死んだ時の言葉が、今でも忘れられんのだ」

「どんな言葉だったの？」

「家族は皆……一緒でなければ……と」

「…………」

家族。その言葉が松葉様から出て来て、少しだけドキッとした。

「松葉様、お水飲む？」

「……ああ」

松葉様を起こして、お水の切子グラスを手渡す。冷たい水をゆっくり飲んだ後、松葉様は「前にもこんな事があったのう」と苦笑した。

「私が天神屋に来たばかりの頃だったわね。あの時も松葉様ったらロビーで暴れていたわ。ふふ……船から落ちて、あの離れの柳の木の下で寝てしまって」

「言うな……いつも後から、反省するのじゃ」

「へえ、松葉様も、一応悪いと思っているのね」

天狗というだけあって、鼻高々に偉そうにして、わがまま放題を貫くのがモットーかと思っていた。だけど、今の松葉様は本当に意気消沈しているかの様な、しかしまだ夢の中にでもいる様な、心ここにあらずという表情でいる。

そして、ぐう……と腹を鳴らした。

「松葉様、お菓子を食べる？　あまり寝起きに食べるものじゃないんだけど」

「お菓子？」

「ええ。揚げ菓子なの。でもお豆腐と黒砂糖入りで、ヘルシーな面もあるのよ」

傍に置いておいた箱を開け、お団子のようにきちんと並んでいる黒砂糖揚げドーナツを見せてみる。

「まあこんな時間だし、明日食べた方がいいかもしれないけれど……」

「一つおくれ」

松葉様は箱から一つつまみ上げ、ゆっくりと頬張った。

私は傍でお茶を淹れつつ、松葉様がお菓子を食べる様子を見守る。

「はい、温かいお茶。この部屋にあったやつだけど」

「ありがとう……葵。この揚げ菓子、素朴な甘みと食感が、実に美味じゃのう」

もう一つ食べる松葉様。お腹空いてたのかな。

「松葉様ったら、ロビーで暴れていた時とは別人の様よ。……葉鳥さんと会った時も、このくらい穏やかな気持ちで居れば、あんな事にはならないと思うけれど」

「……葉鳥に言われて、ここへ来たのか？」

「いいえ。葉鳥さんと言うより、折尾屋の皆よ」

「天狗の秘酒……か」

松葉様は、私が正直に伝えても、特に怒ったり責めたりはしなかった。

ただ、その特別な品の名を呟いただけ。

「いくら可愛い葵の頼みでも、天狗の秘酒を折尾屋に譲る事は出来ない。ましてや売る事など出来ない。これは代々天狗の頭領が守り続けて来た、門外不出の天狗の宝じゃ。知れ渡っていい品物じゃない……花火大会の席で賓客に振る舞われるなど、辛抱ならん」

「……松葉様」

松葉様は、どうやら天狗の秘酒が、花火大会の賓客に振る舞われるものと思っているらしい。そういう話になっているのか。儀式の事は、やっぱり知らないのね。

「私、松葉様に無理を言いに来たんじゃないわ。松葉様がそう思うのなら、やっぱり天狗の秘酒は、譲らない方がいいのでしょう」

「すまないな、葵。わしら天狗は、明日の午後には折尾屋を出て、朱門山(しゅもんざん)に戻ることになるだろう」

「……いいえ、謝らなくったっていいわ。私、折尾屋の従業員って訳じゃないし」

「…………」

「でも、葉鳥さんとの事は別よ。私おせっかいな女だから、葉鳥さんと松葉様の関係だけは、気になって仕方が無いのよ」

長い長い親子喧嘩。ずっと昔のことなのに、仲直りするきっかけを掴(つか)む事無く、拗れ続けて今に至る。喧嘩の理由となった大事なひとは、もうこの世に居ないのに。

気になってしまう……私はどうしても。

「笹良さん……って言うんですってね、松葉様の奥様」

その名を聞いて、松葉様は顔を上げた。黒砂糖ドーナッツを半分食べてしまったところで。

「葉鳥さん、松葉様との喧嘩の理由を教えてくれたわ。その時に聞いたの。笹良さんはとても綺麗な、鷺のあやかしだったって。松葉様の為に、がめ煮を作ろうとしたって」

「……ああ。だがわしはな、その飯を卓袱台ごとひっくりかえしてしまったんじゃ」

「しかも笹良さんを泣かせてしまったんでしょう？　とんでもない亭主関白ね」

「……あ、ああ……言葉も無いのう。良い妻であり、良い母じゃったというのに」

しゅんと小さくなって、指をいじくって可愛らしく反省する松葉様。

歳をとって丸くなる、という例は私の祖父にも当てはまる現象だけれど、松葉様は昨日暴れ回ってた訳だからねえ。何とも言えない。

「笹良さんが良い妻で良い母だったなら、松葉様と葉鳥さんの心が離れたままと言うのは、きっととても悲しいでしょうね」

「…………」

「簡単に仲直りをしろ……なんてありふれたおせっかいを言うつもりは無いわ。私だって、自分の母がいきなり目の前に現れて、何も知らない周囲の輩に仲良くしろ、って言われても無理だと思うし……親子って言っても、もう戻らない絆だってある……から」

「……葵？」

「…………」

ポロポロと、無意識に出て来てしまった言葉。言った後に、ハッとして口を押さえた。

私……今、何を言った？　母の話をしたの……？

「と……とにかく、よ。うん、松葉様は明日、帰ってしまうのね。それでいいのよね」

「う……む」

松葉様は私の態度を不審に思いつつ、眉を寄せる。

「でもね。私には、松葉様と葉鳥さんが、もう手遅れだとは思えないのよ……」

お互いに怒りを抱きつつも、なんだかんだと謝る機会をうかがっている。

仲直りできるのなら、そうしたい……そんな感情を、二人の話を聞いてみて思った。

そしてその二人を結ぶものは、やはり、妻であり母であった笹良さんの、愛情を込めた手料理なのだろう。

「……葵」

松葉様は私の手を取り、ぽんぽんと撫でた。

よく見ると私の手は震えていた。松葉様の手の温かさに、やっと震えが止まる。

きっと松葉様には何が何だか分からなかっただろう。

私もまた、さっきからずっと引きずっている動揺に、驚かされていた。

「ありがとう……松葉様」

私はゆっくりと立ち上がり、松葉様に「おやすみなさい」と言って、この客間を出て行った。閉めた襖に背をつけて、少しの間、ぼんやりと考える。

母の手料理か……

それは私が、欲しくて欲しくて欲しくて、欲しくてたまらなかった、苦痛と孤独の象徴だった。

「葵の姐さん……？」

天狗の若い衆たちが、少し遠い場所から固唾を飲んで見守っていた。

私はそれに気がつくと、パッと笑顔になって「大丈夫よ」と言う。

「松葉様、やっぱり明日には朱門山に帰るって。でも、私、ちょっとした企みがあるの……ねえ、手伝ってくれる？」

私は天狗の若い衆に集合をかけ、円陣を組んで明日の計画を説明した。

若い衆はノリノリでそれを承諾し、私はその準備のため、すぐに旧館の台所へと戻る。

葉鳥さんはすっかりお茶碗を洗ってしまって、番頭の仕事へ戻っていた。チビが、葉鳥さんの落としていった黒い天狗の羽根にじゃれついて、コロコロ遊んでいる。

「さーて……私は私で、やらないといけない事があるわね」

普段ならもう寝る時間だが、明日の計画の為に下ごしらえを終わらせて、必要な食材をいくつかチェックした。

「あら……？」

葉鳥さんってば、お絵描き帳を置いていってる。

私はそれを拾い上げ、描かれた紙芝居をもう一度読み返そうと思った。

「ん、何か挟まってるわ」

お絵描き帳の最後のページに挟まっていたのは、古い写真。

それは、それぞれ好き勝手な事をしている落ち着きの無い天狗六人兄弟と、真ん中で偉そうにしている若い松葉様、そして幼子を抱く儚げな美女の写る……白黒の家族写真。

幼さの残る、でも天狗らしい山伏の格好をしている葉鳥さん。

いつもと少し違う雰囲気だけど、気持ちの良い笑顔でカメラ目線とは、やっぱり葉鳥さんらしい……

「この綺麗な女性が笹良さんよね。松葉様って贅沢だわ。こんなに可憐なひとをお嫁さんに貰ったのに、文句ばかり言ってたなんて」

長く淡い髪を、後ろで一本に結った清楚な女性。微笑みまで控えめで、薄幸の美女という言葉がぴったりだ。

紙芝居を改めて見ると、どの家族も皆特徴はしっかり捉えられている。

葉鳥さん、普段からこの写真をよく見ていたんだろうな。

私は自分の母の写真など、一枚も持っていないし、欲しいとも思わない。

もう、顔すらまともに思い出す事が出来ないと言うのに……


翌日、私は早朝に目を覚まし、一度ロビーへと向かった。

「わ……凄(すご)い。もう復旧してる」

あれだけ荒らされたロビーだったけど、一晩ですっかり元通り……というわけにはいかないが、天井に穴が空いている以外は、特に問題なく普段通りのロビーになっていた。

「あ、葉鳥さん」

葉鳥さんはすでに起きていて、一人でフロントに立っていた。

あやかしなのに早起きだな。それとも、一晩ずっと起きていたんだろうか……

「ああ、おはよー、お嬢ちゃん」

「もしかして、後片付けを葉鳥さんがしたの？」

「まあなあ。あれで俺の親父だからな。肉親のやらかした事の始末は、俺がやらねえと」

ふああ、とあくびを一つした葉鳥さん。だけどすぐにニッと笑って、「お嬢ちゃんの飯を食った後だったから、元気だけどなー」と。

「ねえ葉鳥さん、今日のチェックアウトの後、松葉様は朱門山にお帰りになるわ」

「……連絡は来ている。お嬢ちゃんでも、そりゃ説得は無理だよな」

「いいえ。まだ諦(あきら)めるのは早いわよ。だって私、企んでいる事があるの。葉鳥さんにはやっぱり、もう一度松葉様と話し合って、そして直接、天狗の秘酒を頼み込んで欲しいと思っているわ」

「……へ？」

葉鳥さんは青ざめる。

「そんな事をしたら、きっと奴はまた怒って、暴れまくるに違いないぞお嬢ちゃん。これ以上折尾屋を破壊するわけにはいかない……っ」

「大丈夫だって。もしもの時の事も考えているから……あのね」

葉鳥さんの耳元で耳打ちする。悪巧みしているみたいな悪い顔の私を前に、葉鳥さんは「ええーお嬢ちゃん大胆だなー」と仰天している。

「じゃあ、葉鳥さんよろしくね。逃げずに来るのよ」

「お……お、う……」

曖昧(あいまい)な返事の葉鳥さんに、もう一度念を押す様な視線を向けた。

そして、旧館へと戻ろうと急ぎ足で廊下を進む。

「あ、てめー津場木(つばき)葵！」

しかし前方よりやかましい奴に遭遇。折尾屋の若旦那(わかだんな)、秀吉(ひでよし)だ。

「相変わらずあやかしのくせに早起きね……」

「てめーのような訳の分からん奴が、早朝に起き出してごそごそしてるからな。折尾屋は俺が守る。あ、つーかてめぇ！　結局天狗の輩は今夜の船で帰る事になったぞ！　自分がなんとかするとか偉そうなことを抜かしておいて、どうにもなってねーじゃねーかよっ！」

「だ、大丈夫だって、策はあるから、マカセテオイテ……」

「おい何か片言だぞ、大丈夫かっ⁉」

最終的に心配し始めた秀吉。

「あ、そうだ秀吉！」

「んだてめー、俺の事も呼び捨てにしやがって」

「少し話しておきたい事があるんだけど、いい？」

「はあ？」

「天狗の秘酒が欲しいのでしょう？　その為なら、何をしてもいいって、乱丸も言ってたわよね」

「そりゃ……そうだが。いや、乱丸様、だから。様を付けろ……ん？」

文句を言う秀吉の耳元でごにょごにょ。秀吉は再び「はあぁ⁉」と、表情を激しく歪めた。

「てめっ、それに乗じて逃げようって算段じゃねーだろうな！」

「逃げようなんて思ってたら、折尾屋の為にこんな面倒くさいことしないわよ。それに、乱丸に簪も銀次さんも取られているし、私はどうせ逃げられないわ」

疑う秀吉の剣幕に負けぬ様、言い返す。秀吉は何も言葉が出てこない。

なので、「じゃ、よろしくね！」と、引き止められる間を与えず足早に去ったのだった。


旧館の台所に戻ると、中では既に、大旦那様が待っていた。

「あ、良かった大旦那様が来てくれて！　会いたかったのよ！」

「え。そうか……っ、僕もだよ、葵」

なぜか感無量な顔をしている魚屋姿の大旦那様。

「で、さっそく頼みたい事があるんだけどいいかしら」

私は朝の挨拶を交わす間もなく、ごそごそと懐からメモ帳を取り出す。

「いいとも……妻の頼み事を聞くのは旦那の役割……僕は有能な旦那……」

「大旦那様、何ぶつぶつ言ってるの？　はい、これ。鶏肉が欲しいの……出来れば、食火鶏の様な旨みの強い鶏肉がいいんだけど……骨付きと、骨無し、それぞれお願い。ムネ肉ともも肉、手羽も混ざってる奴ね」

「要するにまるごと一羽と言ったところか」

「そうね。そうかも……。今日の午後、松葉様が朱門山に帰ってしまうの。その前に、葉鳥さんと一緒に食べて欲しいものがあるから」

「なるほど。それなら問題ない。鬼門の地から新鮮なものを取り寄せている、南の地の精肉店を知っているからな。一度赤間水産に届けてもらって、その後はサスケに持って来てもらおう。足の速さと隠密の腕前は、天神屋一だからな」

大旦那様は早速懐から文通式専用の社型の手帳を取り出し、食火鶏を注文していた。

「他に何か必要なものはあるか？」

「そうねえ。沢山作りたいから人手かしら」

「ヒトデ？　いよいよ葵……ヒトデを調理するのか……っ」

「そっちじゃないから。あ、ねえ大旦那様、よかったら一緒にご飯を作ってくれない？」

「…………え」

　ヒトデの件をあっさり否定した後、さりげなく言ってしまったこの言葉に、大旦那様が目を点にした。私はあっと思う。

　あまりに気軽な格好で、普段より一緒に居るからといって、天神屋の大旦那様に料理の手伝いを頼もうとするとは。やっぱり大それたお願いだったかしら。

　ここに暁が居たら、ガミガミ言われてる、絶対！

「……い、いいのか!?」

　しかし大旦那様ときたら、頬染め前のめりで私に確認する。あれ、凄く嬉しそうだ。

「え、それはこっちの台詞よ。大旦那様、いいの？」

「いいも何も、僕はずっと葵の手伝いをしてみたかった。銀次の奴が毎日毎日葵の傍で手伝いをしているからな……僕は少し羨ましかったのだ」

「へえ……」

何だか少し嬉しい。大旦那様ってば可愛いところもあるじゃない。

前まで、少し近寄り難い雰囲気があったのに……

「天神屋では示しがつかないから難しいが、ここでなら許される……魚屋に化けたかいがあったな」

「あ、でも折尾屋の連中には見つからないようにね。まああいつらも忙しいのか、私の事結構放置しているけど……でも時々見張りの子が来るから」

「分かっている。僕を誰だと思っている、天神屋の鬼神だぞ。敵の気配など、すぐに察する事ができる。それに……」

「……ん？」

「いや……何でも無い」

ふっと視線を横に流して、余裕と嫌みを含んだ微笑みを一瞬見せる。それはおそらく折尾屋に向けられたもの。

意味深なその表情は、やっぱり鬼のそれだ。何を考えているんだろう……

「何、いまの」

「いや……少し折尾屋の旦那頭殿の事を考えていただけだ」

乱丸？　大旦那様ってば、最近はとても分かりやすい鬼だと思っていたけれど、ここぞと言うところで、やっぱりよくわからない……

さて。今日振る舞う予定の料理は、古めかしくも懐かしい郷土料理。

メインのお料理は勿論、松葉様と葉鳥さんの喧嘩の大本であった、がめ煮だ。

「大旦那様は、葉鳥さんと松葉様の喧嘩理由って知ってたの？」

「まあな。葉鳥はあれで結構口が堅いから、色々と誘導尋問をした」

「そ、そうなんだ……」

いったいどんな誘導尋問をしたのか気になるけれど、まあそれは横に置いといて。

早速、作る三つのメニューを大旦那様に教えた。
・鶏と錦糸卵と刻み海苔の〝三色かしわ飯〟
・柚子胡椒風味の〝団子汁〟
・二種の〝がめ煮〟
「基本は九州の郷土料理ね。鶏肉を使った大分のものが多いかも。さて……荷物を運びましょう」

「ん？　ここで作るんじゃないのか？」

「違うわ。実は……天狗たちの宙船の厨房を借りて作るの」

「宙船の厨房で？　ははあ……葵め、考えたな」

これは秘密の計画だ。おせっかい極まる、ドッキリにも近い計画。

松葉様は予定通り、天狗たちの大きな宙船に乗って帰るだろう。だから天狗の若い衆の協力を得て、宙船の厨房へと乗り込み、松葉様のお昼ご飯を作る機会を貰ったのだ。

そこに葉鳥さんを連れ込んで、逃げ場の無い状態でお互いに向かい合って、ご飯を食べてもらう。

口喧嘩をするも良し、殴り合いの大喧嘩になってもまあ、宙船の上だから良し。

またお料理をひっくり返す様な事をしでかしたら、私が怒るからそれも良し。

「でもいざとなったら、大旦那様が助けてね」

「勿論。船が落ちる事態になっても、僕が葵を助けるよ」

「………………」

なんて不吉な……でも松葉様が暴れたらそれもありうるわよね。

「ちわーす。姐さん来ましたー」

ちょうど呼びつけていた天狗の若い衆が三人程やってきた。

天狗の若い衆は、大旦那様を見ても、これが天神屋の大旦那とは気がつかず、「何しているんだ魚屋」と、結構ラフな態度で絡んでいる……

「あ、そうだ。この魚屋さんは今日に限って私の助手だから、宙船に連れて行きたいの。でも魚屋の格好をしていたら怪しいでしょう？　良かったら山伏のその衣服、一着貸してくれないかしら」

「葵の姐さんのお願い事でしたら、お易い御用です」

天狗の一人がパーと飛んで、衣服を一着持ってパーと戻って来た。速い……さすが天狗。

大旦那様の着替えを手伝っていると、大旦那様が「まるで夫婦の様だ」と調子に乗った事をほざいたので、腰の帯をぎゅーと締め付ける。

「はい、出来上がり。……わあ、まさに羽の無い天狗ね」

大旦那様が山伏の格好をすると、あまり違和感無く天狗らしくなった。

「似合っているか？」

「うん、結構かっこいいかも」

折尾屋に来て、なぜだか魚屋バージョンの大旦那様と、天狗バージョンの大旦那様を見る事になるとは。どれも着こなすのが憎い。

「でも大旦那様、お料理をするなら、その鬼らしい鋭い爪を切らなきゃ」

「え……」

「ほらほら」

「いやしかし葵、これは鬼のアイデンティティーであるからして」

戸惑っている大旦那様の手をがっちり掴んで、薬箱のセットに入っていた爪切りを持ち出し、鋭い爪を一本一本切る。大旦那様は思っていた以上に大人しかった。

「どうしたのよ、もっと暴れるかと思ってたけど」

「僕は犬か猫か。それに葵に爪を切られるというのも何だか悪くない。どうせ爪なんてすぐ伸びる……」

「それにしても、切りがいのある爪ね」

大旦那様の爪をパチパチ切っている間、その大きくて骨張った手をがっちり握っていた。逞しく、男らしい手だ。当たり前だけど、私の小さな手とは違うのよね。

爪を切るためだったけど、男の人の手を握っているのだと意識すると、無性にこっぱずかしくなる。パチ……パチ……と爪を切る音だけが響いて……

「大旦那様、食火鶏お持ちしましたでござる」

「わっ、サスケ君」

ちょうど大旦那様の爪を切り終わったところで、音も無くスッと真横に落ちて来たのはサスケ君だった。というかこのタイミングを見計らった感もある……どこから見ていたのか。

思わずパッと大旦那様の手を放し、少々顔を赤らめてしまう。

そんな事はまるで気にしていないサスケ君。彼は鶏肉が入っているのだと思われる、大きな袋を持っていた。結構な量だ。

「流石はサスケ。速いな」

「こちら、頼まれものの例のブツでござる。……あと、大旦那様。例の件で、動きが」

サスケ君は淡々とした態度で袋を置き、その後大旦那様に何か耳打ちしていた。二人とも真面目な顔つきをしているので、大切な話をしているのだろう。

サスケ君はそのままここに残ったりはせず、私にぺこりと頭を下げ、急ぐ用でもあるように、スッと消えた。

天狗の若い衆にはちょうど荷物を運んでもらっていたので、私と大旦那様はカゴを背負ったまま、それに乗じてこそこそ松原を抜ける。

折尾屋の宙船は、朱色に塗られた立派な宙船だ。

「朱門山の天狗が誇る宙船の一つ、〝朱星丸〟です。天狗の大御所専用の宙船なんです」

自慢げに語る若い天狗に案内され、私たちはその朱星丸の厨房へとやってきた。

主に、移動中の食事や飲み物を用意する厨房だ。隠世の最新器具が揃っていて、結構広々としている。これは……旧館の台所よりずっと使い勝手がよさそうね。

「ここをお使いください。必要なものがあれば、何なりと」

「天狗の翼を羽ばたかせて、買ってきますぜ！」

天狗たちは妙にノリノリで、何かと手伝おうとしてくれた。

大旦那様が後から教えてくれたのだが、天狗というのは本当に女性の生まれる確立が低く、嫁を娶る前の若い間は、滅多な事では若い女性と触れ合う機会も無いとの事。

あと基本的に人間の娘が好き。

たとえそれが、天神屋の大旦那の許嫁である私であろうとも、若い天狗たちは何かと話をしたがり、関わりを持とうと自己アピールに余念が無いのだった。

「まあでも……助手は居るし」

私は大旦那様を見上げて、「ねえ」と同意を求める。すると大旦那様はこれ以上無く得意げな顔をした。「葵がそういうのなら仕方が無い……」みたいな事を言って、凄く嬉しそうだった。

ただ、足りない食材と言うものは確かにあったし、ここにいる若い天狗たちにもお料理を振る舞えたらと思ったので、追加の食材を頼む事にしたのだった。

厨房には、私と大旦那様だけになる。これで気を遣う事無く、大旦那様を大旦那様と呼べるわね。

「じゃあまず、かしわ飯の準備からしましょう」

「かしわ飯か。鶏を炊き込んだあの飯か？」

「そのかしわ飯とも迷ったんだけど、今回は北九州のお弁当で有名なかしわ飯をモデルにして作るわ」

かしわにも色々ある。いわゆる鶏の炊き込み御飯だったり、鶏と野菜とごぼうを甘辛く煮て、ご飯に混ぜ込んだものだったり、私が今回作ろうとしている、北九州発祥の駅弁として有名なタイプのかしわ飯だったり。

　これは、鶏そぼろにも似た細かい鶏肉と、錦糸卵、刻み海苔の三つの具材が、出汁で炊いたお米の上に綺麗に三色ラインを描いて並べられたものだ。黒、茶、黄色の色合いが面白く、また紅生姜を少々加えても美味しい。

「昨日、冷凍していた残りの手羽元から取ったスープがあるから、これとお醬油、そしてお水でお米を炊くわ。大旦那様はお米を研いで」

「分かった」

　役目を与えられ張り切る大旦那様に、お米を研いでもらう。その間にスープとお醬油、お水の分量を測り、大旦那様が研いだ土鍋のお米に注ぐ。またこれを火にかける。

「次に、サスケ君が持って来てくれた食火鶏のもも肉を使って、鶏フレークを作るわ。まずはぶつ切りにして、両面しっかり焼くのよ。これも大旦那様にお任せしようかしら……」

「焼くだけなら、僕にも出来るぞ。むしろ鬼火で一瞬だ」

「いえ、ちゃんとフライパンを使ってね」

　ニッコリきっぱり。大旦那様は手のひらに灯していた自慢の鬼火を、しゅんと鎮火。

鶏のもも肉には塩と酒を振って、フライパンで焼き色がちゃんと付くまで焼く。

この作業を大旦那様に任せて、私は溶き卵を甘めに味付けした。

「ああ、卵か……いいな。卵焼きが出来そうだ。葵の弁当に入っている卵焼きは美味い」

「今回は卵焼きを作る訳じゃないけどね。薄焼き卵を細く切って、錦糸卵を作るのよ」

よく熱したフライパン。その上に、適度に卵を流し入れる。

じゅうじゅうと、綺麗な黄色に焼き上がる薄焼き卵。フライパンを傾けても卵の液が流れたりせず、しっかり固まったら、これを箸で取り上げる。

何枚も薄焼き卵を作ったら、これを重ねて一気に細く切っていく。

「葵、鶏肉が焼けたぞ」

「あら、大旦那様上手じゃない。今度はそれを、ミキサーで粗みじんにするのよ」

大旦那様が焼いた鶏肉を、金魚鉢型のミキサーに入れ、粗みじんに設定。

すると、鶏肉は一瞬で細かく切り刻まれた。

「今度はこの細かい鶏肉を、お酒と、黒砂糖、お醤油と生姜汁で煮詰めるの」

「おお……こんなところで黒砂糖が使われるのか」

「そうよ。黒砂糖を使う事で、いい味といい色の鶏フレークになるの。大旦那様が買ってくれたものが役に立つわ」

全ての調味料を平鍋に入れ、細かい鶏肉をじっくり煮詰めていく。黒砂糖のコクのある甘い風味とお醤油が混ざり合い、そこに生姜のキリッとしたいい香りが漂う。

ぐつぐつ煮える細かい鶏肉は、しっかりとした茶色い照り色に……実に美味しそうな色だ。大旦那様も飽きずにじっと見ている。

「よし出来た。ご飯が炊けたら、その上に綺麗に盛りつけて、出来上がりよ」

「うーん……美味そうだ。食べたくてたまらない」

「他のおかずも出来上がったら、大旦那様用に、かしわ飯弁当を作ってあげる。本来これはお弁当の為のお料理だからね。大旦那様って何故かお弁当が好きだし」

「それはいい。最高だ」

食べたくてうずうずしている大旦那様。実は私も今すぐ食べたいのだけれど……

「さあ、手を休めてはダメ。次は団子汁を作らなければね」

「団子汁とは？」

「これも大分名物ね。小麦粉で作った細長いお団子を入れた、お味噌の鍋物って感じかしら。まずはお団子を作らなくちゃ」

これも大旦那様にお任せする。

ボールに小麦粉とお水と塩を入れて、よく捏ね合わせる作業だ。

「捏ね終わったら、細長く小分けにしておいてね。これがいわゆる〝団子〟になるんだから。根気強くね」

大旦那様は「任された！」と、楽しそうにコネコネ。チビがいつの間にか大旦那様の肩に乗って、その様子をじーっと見ていた。何か楽しいのだろう……

その間に、私は野菜などの具を切る。白菜はざく切りに、ニンジンと大根はいちょう切りに。

「大旦那様終わった？　じゃあ、さっそくお鍋で煮込むわよ」

鍋に出汁と水を入れ、具材を根菜から順に煮込んでいく。白菜の葉や椎茸を入れてしまったら、薄切りの豚肉や椎茸も入れ、最後に例の団子、だ。

「大旦那様がさっき作ってくれていた団子を、ここで平たく伸ばしながら、鍋に入れるの」

「おお、なるほど。僕が黙々と作り続けた団子が、今こそ！」

「僕がずっと見守ってたお団子でしゅー」

「ほんとに見てただけだったわね……チビ」

この作業と鍋の事は大旦那様と、ただ見てるだけのチビに任せて、私は最後の料理にとりかかった。

「よし。……がめ煮よ」

今日のお料理で一番大事な、メインのお料理。

「大旦那様……そろそろ、折尾屋のチェックアウトの時間よね」

「ああ。松葉様はすぐにこの船に乗り込み、朱門山へと向かうだろうな」

「葉鳥さんはちゃんとこの船に乗ってくれるかしら」

心配ではあったけれど、私は葉鳥さんを信じて、料理を作り続ける。

がめ煮は、大きな鍋で沢山作るのが一番美味しい。今回は骨付きのぶつ切り鶏肉を使ったがめ煮と、骨の無い柔らかいもも肉を使ったがめ煮の両方を、これでもかというくらい沢山作る。天狗の若い衆にも振る舞えるしね。

松葉様と葉鳥さんには、思い出深い二つの味というのを思い出してほしい……

「がめ煮はおじいちゃんもよく作ってくれていたから、私にとっても思い出深い味……なのよね」

「僕も好きだよ。普通の煮物と違って、具材を最初に炒めると聞いた事がある」

「へえ。大旦那様がそんなお料理の豆知識を持っていたなんて。そうなのよね。がめ煮の最大のポイントは、具材を最初に炒める事なの」

用意した具材は主に、鶏肉、蓮根、ニンジン、ごぼう、里芋、こんにゃく、椎茸だ。最後にトッピングする絹さやも。

さっそく具材を切っていく。鶏肉、椎茸、こんにゃくは食べやすい一口サイズに。ニンジンや里芋、蓮根は乱切りに。ごぼうは皮をこそげ取り、斜め切りにする。

大鍋二つ分を作るので、結構な量だ。

「葵、団子が全部浮かんで来たぞ！」

何かもの凄いものを発見したかのような、大旦那様の呼び声。

「よし、じゃあ団子汁は、お味噌を溶いて煮込むだけね」

がめ煮の具材を切る作業を一時中断し、大旦那様に見てもらっていた団子汁の味付けに取りかかる。味噌を溶き入れると、団子入りの豚汁風の鍋物、という仕上がりだ。

「これも美味そうだ……」

「団子汁はひとまず完成よ。食べる時に、大旦那様が買ってくれた柚子胡椒(ゆずこしょう)を隠し味にするけれどね」

「なるほど。ひと味違う団子汁になると言う訳か」

ちょうどその時、宙船が揺らいだ。いよいよ松葉様が、折尾屋からお帰りになるのだ。

「……動き出したわね。急いでがめ煮を作らなくちゃ」

再び手の空いた大旦那様に、がめ煮の材料を切るのを手伝ってもらう。

特にごぼうの皮をこそげ取る作業は得意そうだった。あとこんにゃくをぶちぶち千切る作業……銀次さん程の丁寧さやスピード感は無いんだけど、案外そつの無い大旦那様。教えればちゃんと出来るので、これはちょっと意外な一面だった。

あとついでにチビが、私の足下に落ちた里芋の皮を「生意気な皮でしゅねっ！」と威嚇していた。いったい何と戦っているんだろう……

大鍋を火にかけ、油を熱して、いよいよ具材を炒める。かなり大きな鍋でたっぷりの具材を炒めるので、私は踏み台に上って、この力作業をこなす。

鶏肉から炒め、いい焼き色が付いたら、その他の具材も全部入れて炒める。具材に油が回ったら、昨日とっておいた鰹節の出汁を入れて、沸騰したところで酒と砂糖を加える。落とし蓋をしてしばらく煮込む。甘い匂いが漂う中、アクをしっかり取るのが大事。

十分ほど煮込んだら、お醤油とみりんを加えて、再び煮込む。今度は甘い醤油とみりんの香りがぶわわわっと襲ってくるので、我慢していた空腹が刺激され、訳も分からず悔しい気分になってくる。

「うう……食べたい」

「あと少しだ、頑張れ葵」

隣の大旦那様に励まされる始末だ。

がめ煮の煮汁が少なくなり、具材が柔らかくなったら出来上がり。

これを骨付き肉と、骨無し肉の両方を作って、最後に骨無しの方に絹さやを飾り付けて、簡単に見分けがつくようにする。

「葵姐さーんっ！」

あとはお料理を盛りつけて……というところで、天狗の若い衆が厨房へ駆け込んで来た。

「大変ですよーっ」

「若様がー、若様が捕まってしまいましたー」

「……ん？」

どういう状況？　と聞き返したところ、どうやら葉鳥さんはこの船に乗っているらしいのだが、それが松葉様に見つかって、縄でぐるぐる巻きにされて甲板につるし上げられてしまった、とか。

「ま、松葉様ったら……葉鳥さんを見るとすぐ激昂してしまうんだから……っ」

「葵姐さん、早く若様を助けてあげてください〜」

懇願する若い衆。私は大旦那様と顔を見合わせ、深く頷いた。

「葉鳥め！　船を漁って、秘酒を盗もうとしたんじゃな！　このたわけめ！」

「違うっつってんだろ頑固親父！　このハゲ！」

「あ、貴様、親に向かってハゲなんてそんなデリケートな事！」

甲板へお料理を運ぶと、羽ごと縛られ宙ぶらりんになっている葉鳥さんと、杖を振り回し高い鉄下駄で地団駄を踏んでいる松葉様が言い争っていた。

「ちょっと二人とも、いい加減にして！」

私はそんな二人に大きく声をかける。ハッとしてこちらを見る二人。

松葉様は「なぜ葵がここに……？」と心底不思議そうな顔をしている。

「ごめんなさい松葉様。私、どうしても葉鳥さんと、もう一度お話をして欲しくて」

「……葵」

「私がここへ来るように呼んだの。葉鳥さんを降ろしてあげて」

まっすぐに松葉様を見つめ頼むと、松葉様はすぐに葉鳥さんを降ろす様指示を出してくれた。吊るし上げられていた葉鳥さんは、やっと自由になる。

「葵、これはどういうことだ？」

そして松葉様は厳しい顔をして、私に問う。いつもの優しいおじいちゃんとは違う。

「少しだけ、時間をちょうだい……松葉様。私、二人に食べて欲しいお料理があるの」

「……料理？」

私の後ろから現れた天狗の衆は、先ほど作ったお料理を持っている。

さっーと、ゴザと卓袱台を甲板に出し、座布団を敷いて簡易な居間を作った。

「さあ、座って二人とも」

「…………」

「さあ！」

私の勢いに圧され、しぶしぶ向かい合って座る松葉様と葉鳥さん。

卓袱台には作ったばかりのお料理が並ぶ。

かしわ飯と、がめ煮と、団子汁だ。どれも、葉鳥さんのおばあ様の料理帳にあったらしいお料理……当然、二人は目を見開いてお料理を見つめる。

「これ……」

「お母様とおばあ様のお料理の味を思い出して、なんて押し付けがましい事を言うつもりは無いの。私にその味を再現する事なんて出来ないから。……ただ、食べて欲しいだけ」

「………」

我ながら、最後の言葉は弱々しかった。

松葉様と葉鳥さんはそんな私を前に、チラッと顔を見合わせて、また目の前のお料理に目を落とす。お互い、ぐうとお腹を鳴らして。

甲板の真ん中で、多くの天狗に見守られながら卓袱台に座るこの光景……はたから見たらかなりシュールだろう。

「お、お嬢ちゃんがせっかく作ってくれたんだ。俺は食うぞ。親父、喧嘩は一時中断だ。卓袱台をひっくり返しやがったら俺が容赦しねーぞ」

「馬鹿をいえ！　わしが可愛い葵の飯をひっくり返すか！」

「……お袋の飯はひっくり返したくせに」

「何をーっ！」

松葉様は葉鳥さんの言葉にすぐ煽られ、卓袱台をがつんと叩いて立ち上がる。かしわ飯のかしわフレークが若干飛び散ったのを見て、私は「松葉様」と、淡々と名前だけを呼ぶ。

松葉様はすぐにストンと座り、散らばったフレークをちょいちょいと元に戻した。

「おお、この団子汁うめーな！　なんか、普段食ってるものと味が違うぞ……何だこれ。味がキリッとしているというか」

団子汁を一口啜(すす)った葉鳥さんが、その味の特徴に気がつく。

「ふふ。隠し味に柚子胡椒を入れているのよ」

「ああ、これ柚子胡椒か。団子汁と柚子胡椒ってよく合うんだな……」

「柚子の爽(さわ)やかな香りと、ぴりっと辛い青唐辛子の味が味噌(みそ)に溶け込んで、もっちりしたお団子に合うでしょう？　私、団子汁には欠かさず柚子胡椒を溶かして食べていたの」

王道で素朴な味噌味の団子汁も良いが、柚子胡椒風味もまた良い。一風変わった刺激を得られるのが、柚子胡椒の魅力だ。それでいて、危うい程クセになる。

「わ、わしも……」

松葉様は葉鳥さんが食べているのを見て、かしわ飯の詰め込まれたお弁当風の四角い箱を持ち上げる。

「これは……本当にかしわ飯か？　わしの知っとるかしわ飯とは違う様だが。まるでちらし寿司の様だ」

「現世(うつしよ)の、北九州で有名なお弁当に、かしわ飯弁当っていうのがあるんだけど、そっちのかしわ飯ね。三種の具を崩して、出汁(だし)で炊いたご飯と混ぜながら食べるの」

「…………」

「松葉様のお母様が作っていたかしわ飯は、ご飯に直接鶏肉が炊き込まれた形のものだった？」

「……ああ。このような色とりどりの華やかさは無い、茶色い飯だったよ」

何かを懐かしく思う様な表情だ。だけど目の前にある私の作ったかしわ飯に、その面影は無い。松葉様は錦糸卵とかしわ、海苔を出汁で炊いたご飯と混ぜながら、一口食べる。

「……おお」

そして、口を丸くして、目をぱちくりさせた。

「わしは見た目に騙されていたが、食べてみると実に懐かしい味がする……わしの知っているかしわ飯とは違う味だが、これはこれで美味い」

「ふふ。そうでしょう？　生姜汁で煮詰めた鶏が、何と言ってもご飯によく合うの。鶏そぼろご飯に近いけれど、鶏そぼろよりもっと鶏肉の形が残っていて、食べ応えがあるのが特徴ね。これだけでもご飯が進むでしょう？」

なんて私が説明している間も、松葉様と葉鳥さんは絶え間なくがつがつ食べていた。確かにこのかしわ飯は食べると止まらなくなるけれど……

「ごほん。二人とも、少し待って……がめ煮もあるんだから、これも食べてよね」

「…………」

「…………」

因縁の料理とあってか、見て見ぬふりをしていた松葉様と葉鳥さん。

二人はかしわ飯の海苔を口の端にくっつけたまま、卓袱台の中央でまだほかほか湯気の立つがめ煮を、チラッと見た。

「というか……お嬢ちゃん、なぜ二つあるんだ？」

「何か違いでもあるのかのう」

大皿二つ、同じ料理がドーンと置かれているのは、やはり得体が知れない。

「骨付きの鶏を使ったがめ煮と、骨無しの鶏を使ったがめ煮よ。食べ比べてみて？」

「……骨付きと、骨無し？」

意味不明と言いたげな二人の表情。分かりやすいわね。

私は小皿を取って、まずは骨付きのがめ煮を装い、葉鳥さんと松葉様に手渡す。

「はい。食べてみて」

二人はお互いを睨みつつ、がめ煮の骨付きの鶏肉や具を口にする。

「!?」

骨付き肉を食べるのは結構大変だけど、これが実際……とても美味い。

「う、うっま……里芋なんてトロットロだ」

葉鳥さんなんてこれだ。乱切りの根菜やこんにゃくも、鶏の骨から出た濃厚な旨みを染み込ませ煮込まれる。特に里芋は絶品だ。ほくほくとろとろの里芋が嫌いな者は、人間にもあやかしにもそう居ないだろう。

出来るだけ大きな鍋(なべ)で、沢山の骨付きぶつ切り鶏肉で作るのがコツ。

実のところ、現世の九州で〝がめ煮〟と言って良いのは、骨付きの鶏肉を使ったものだけだと言われていたりする……

「松葉様、どう？　なかなか食べ辛(づら)いけど、骨付きの鶏肉をつかったがめ煮……」

「ああ……これこそ、母が作っていたがめ煮に近い味だ」

松葉様はこのがめ煮の味に驚いていたが、やがて、細かい骨をペッと横に出し、視線を落とした。

やっぱり、そうだ。私は松葉様の言葉で確信した。

「大分の郷土料理の〝がめ煮〟はね、骨付きの鶏肉で作るのが基本なんですって。私……松葉様が〝味が違う〟と感じた点は、きっとここにあったんじゃないかって思うのよ」

今度は骨無しの鶏肉のがめ煮をとりわける。

骨無しの鶏肉を使っている事で、一口大の具材の大きさが均等で、見栄えがする。

硬く鋭利な骨も無いので、野菜も炒(いた)めている間に傷ついたりしない。

「さあ、食べてみて」

これを合図に、松葉様と葉鳥さんはこちらのがめ煮を一口パクリ。

「…………」

しばらく嚙み締めた後、葉鳥さんが「これも美味い」と呟いた。松葉様は何も言わず、ただ黙々と食べている。

「確かに骨付き肉のがめ煮は美味かったが……こっちの方が俺の親しんだ味だな」

葉鳥さんは、穏やかな微笑みを無意識に浮かべていた。

「ええ。骨無しの鶏肉だと、濃厚な旨みは薄れるけれど、あっさりとしていて程よく親しみやすい味になるの。骨無しの方がお弁当にも入れやすいし、私は結局、骨無しの鶏を使ったがめ煮をよく作っていたわね。それに……」

私は葉鳥さんと松葉様を見て、一枚の写真を卓袱台の上に置く。

それは、葉鳥さんがお絵描き帳の後ろに挟んでいたものだ。父である松葉様は偉そうに真ん中でふんぞり返り、子どもたちは落ち着きがなく、あちこちを見ていたりどこかへ行こうとしている。そして、一番端っこで、泣く小さな幼子を抱いた笹良さんの儚げな瞳。

私はこの写真を見据え、もう一言付け加える。

「笹良さんはあえて骨無しの鶏肉で作ったんじゃないかしら。おばあ様の料理帳には、骨付きの鶏肉、と書いていたかもしれないけれど。だって、やっぱり食べやすくて、安全だもの。落ち着きの無い旦那や子どもが居たら、そっちを選ぶ気持ちも分からなくは無いのよね。小さな子どもは、骨付きだと嫌がるかもしれないし」

「た……確かに俺たち六人兄弟は、落ち着きが無かったかもしれない。上の兄以外は」

昔の事を思い出し、なぜか照れて頭を掻く葉鳥さん。

「松葉様だって、お酒を呑むとすぐに怒りっぽくなって暴れるじゃない？　笹良さん、骨を喉に詰まらせないかって心配だったんじゃないかしら。私だったらそう思うかなー。だって昨日も、手羽元の骨を詰まらせかけたものね」

「う……うむ」

小さくなる松葉様。意地悪を言いすぎたかな。

でも、笹良さんが伝えずにいた心遣いというものは、母であり、妻であるが故のもの。自分の家族をよく見ていたからこそ、あえて〝骨無しの鶏肉で〟という判断をしたのではないかと思った。

「どちらが正しいと言う訳じゃないと思うのよ。小さな頃から骨付きの鶏肉で作ったがめ煮を食べている家庭も、当然あるでしょうしね。ただ、どちらにもそれぞれ特徴があって、美味しさがあるのよね。そして、やっぱり母と言うものは……色々と考えを巡らせ、心配をしてしまうものなんじゃないかって思うから……」

笹良さんは、気が弱く、心配性で、我慢強い母だったと聞いた。

また笹良さんの遺言を聞いて、なんとなくそうなのではと察した。彼女は家族と言うものを、とても大事にしているみたいだったから。

理屈上の旨みが詰まったお料理も美味しいけれど、母の心配りが詰まった料理だって、絶対に美味しいのだ。

家族で食べるお料理は特に、それを感じる。愛情はスパイスだと思うから……

「……笹良」

松葉様は箸(はし)を置いて、傍にあった写真を手に取り、笹良さんの姿を撫(な)でた。

小さくため息をついて、感慨に耽(ふけ)っている。何を考えているのだろうか。

「ほら見ろ親父！　親父があの時、味が違うだの美味しく無いだの文句言ったけど、お袋だって色々考えてくれてたんだ！」

「だ、黙れ葉鳥。わしだって……わしだって後悔しとるわ！　貴様とて、仕事ばかりに熱中して、笹良の死に目にも顔を出さんかったくせに！　笹良はなあ、最後までお前を待っとったんだぞ！」

松葉様の怒りの涙声に、葉鳥さんもぐっと表情を歪(ゆが)める。

「おっ……俺は破門された身だぞ！　追い出したのはお前だったはずだ！」

「親に向かってお前とは何だ！」

「お前なんかお前で十分だ！　このわがまま頑固天狗(てんぐ)が！　ハゲ！」

「貴様またハゲなどと〜〜〜っ」

性懲りも無くまた喧嘩(けんか)が始まる。今度はかなり憤った二人が、その黒い翼を広げ、船の帆をかいくぐって舞い上がり、取っ組み合いを始めた。

「やめて！」

思わずぎゅっと拳(こぶし)を握り、叫んだ。

「違うの！　私……母の料理をほとんど知らないから、この話は結局想像でしかないわ。ごめんなさい……本気にしてはダメよ。間違ってるかもしれないんだから」

「葵？」

「……お嬢ちゃん？」

「だけど、それは求め続けたものだったから」

「…………」

「私、凄(すご)く、羨(うらや)ましいと思ったの。母の愛情を感じられる……お料理が……」

正直な話をすると、私は母の料理を、これ以上なく求めた子どもだった。

それがどんな適当なお料理でも、どんなに簡単なお料理でも、半分はレトルトや冷凍食品を活用したものでも、たとえ買って来たものでも良かった。

そこに母が居て、母が私の為に、食卓に出したものであれば……

温かいご飯であったならば。

「どうした……お嬢ちゃん」

私の様子を心配した葉鳥さんが、すぐ降りて来て、顔を覗(のぞ)き込んだ。

私はどんな顔をしていたというのだろう。あの葉鳥さんが言葉を失っている。

「葵。……お前、母と何かあったのか？」

松葉様もまた、ずっと疑問を抱いていたと言うように、私に問いかけた。それを予感させる話は、何度かしていたから。

「私……母の料理を、覚えていないの。最後はずっと……作ってもらえなかったから」

ジワジワ……ジワジワ……

黒く、恐ろしい、一人ぼっちと空腹の闇が、足下から這い上がって、体を支配する。

その話を、私は自らこの口で語った事など、ほとんど無かった。

思わずふらついて、その場に膝を折る。

貧血の様な、目眩の様な、得体の知れない何かに足を掬われた様な、異様な感覚だった。

これは……トラウマだ。

「おい、大丈夫かお嬢ちゃん！」

「……私」

「おい、救急班は居ないのか⁉」

速い動悸に、胸を押さえた。

私には祖父の愛情があったし、今は居場所も、生き甲斐も野望もあって、仲間も居る。

だからもう大丈夫……そう思って語り始めたのに。

私はこれほどまで、過去の記憶にトラウマを抱いているのか。

苦しい……本当は、親子で喧嘩をしてほしくないとか、笹良さんはそれを望んでいないはずだと言いたかったのに。それなのに、これ以上は、何も語れない。

だって、私は母の愛を知らないし、今の私に家族は居ないから。

私がそれを語ることは……出来ない。

「葵、大丈夫かい？」

ふわりと、肩に掛けられた羽織があった。

驚いたことに、それは大旦那様の黒い羽織で、天神屋でいつも着ているものだった。

後ろから肩を抱かれた感覚があり、ゆっくりと顔を上げる。

「……おお……旦那様……？」

「そうだとも。気分が優れないのかい？　これをお舐め」

いまだ天狗姿の大旦那様は、袖から金平糖の瓶を取り出し、それを一つ摘んで私の口へと持ってきた。私は素直に、それを口にする。甘い……

大旦那様は「良い子だ」と、まるで子どもでもあやすように頭を撫でた。

凄くホッとする……なぜだろう。

「へ、大旦那？　どうしてここに？　しかもなぜ天狗の山伏姿？」

「天神屋の大旦那か!?」

いきなり現れた大旦那様に、当然葉鳥さんと松葉様は驚き、すっとんきょうな声を出していた。

周囲の天狗の若い衆も青ざめ、ざわついている。あれ、あいつ魚屋じゃあ……とか。

い、言えない。実は今日のお料理、大旦那様にも手伝わせたなんて……

「新妻である葵の傍に、僕が居ておかしいかい？」

「何だそれ、誤魔化せてねえぞ！」

葉鳥さんは大旦那様に指を突きつける。そりゃそうだ。

「あっははは。まあまあ葉鳥。細かい事はいいだろう？　葵は頑張りすぎて少し疲れた様だ。それに葵は、祖父である津場木史郎（しろう）に育てられた身……母とは、色々とあったのだろう。だからこそ、お前たちの事を放ってはおけなかった」

「お、大旦那様……」

混乱して、何も説明できない私の代わりに、大旦那様が端的に語った。

大旦那様……私と母の事を、知っているのかな。それとも、そう言う事だろうと察しているだけなのだろうか。

だけど助かった。簡単に言うならその通りだから。

この話を聞いた葉鳥さんと松葉様は、さっきから立ち上がれず、弱々しく金平糖を舐めている私の前にしゃがみ込む。

「そう……だったのか、お嬢ちゃん。ごめんな」

「葵、すまなかったのう」

「あはは……私が勝手に、へばっただけの話よ」

お見苦しいところを見せてしまって、申し訳ないのはこちらの方だ。

そう思いつつ、もう一つ金平糖を舐める。これはいい精神安定剤だわ……

「さて、天狗親子よ。ここは葵に免じて、いい加減仲直りでもしたらどうだ」

「へ？　なんで大旦那がいきなりしきってんだ？」

「それは僕が〝大旦那〟だからだよ」

天狗顔負けの偉そうな態度で、腰に手を当ててえへんとのけぞる大旦那様。まるで天狗だ。

葉鳥さん、松葉様、ぽかん。

「お前たちは葵の料理を食べただろう？　葵は母の料理を知らずして、母の料理を再現しようとした。なんて健気(けなげ)な。精神をすり減らしてまでアホみたいな喧嘩を続けるお前たちのために……僕はそんな葵の努力と苦悩を無駄にしたくは無い。と言う訳でお前たち、今すぐ仲直りしろ。そして問題解決に努めよ」

「こら鬼神！　なにをいけしゃあしゃあと」

「ここは天神屋でもなければ、あなた方は客でもないですからね松葉様。ただ一人の八葉(はちよう)として、そして葵の夫として、出来る事をしようとしているだけですよ」

松葉様に対してもこんな事を言う始末。大旦那様、熱でもあるんじゃないの。

「葉鳥、お前がやらねばならん。言う事……成さねばならない事があるだろう」

大旦那様にキツく視線を向けられて、葉鳥さんはハッとしていた。

もう一度私を見て、僅かに眉を寄せ「そうだな」と笑う。何かを決意した表情で、松葉様の目の前までスタスタと歩んでいった。

「親父……」

そして、葉鳥さんは松葉様の前で平伏し、深々と頭を下げて頼み込んだ。

「破門された身ではあるが、折尾屋の葉鳥としてではなく、あなたの三男として、お願いする。……天狗の秘酒を分けてくれ。理由は言えない。だが、決して私欲の為に使う事はしない。ただただ……俺を信じてくれとしか言えない。だが……」

葉鳥さんは顔を上げて、自らの父である松葉様の、その双眼に訴えた。

「こんな図々しい頼み事は、そもそも親子でなければ成立しない。俺が憎いなら、また吊るしてくれても構わない。だがお嬢ちゃんにこんなことまでさせた……お袋だって、いい加減に喧嘩をおやめと言うだろう。だから俺は、ひたすら親父に頼むことしか出来ない！」

「……葉鳥」

松葉様は低く唸って、平伏す葉鳥さんを見下ろしていた。

「頼む、親父」

「…………」

そして、松葉様は長く息を吐き、空を見上げる。

昼下がりの午後。かもめが宙船を横切って鳴く。入道雲は、僅かに黄色を帯びていた。

何だか少し、切ない気分になる、柔らかい色だ。

「わしはただ、無意味な驕りと怒りを示す事でしか、父親としてお前の前に立つ事が出来なかった。そうしなければ、お前はもうわしを、ただの客の一人としか見なかっただろう。わしは父と呼ばれたいが為に、あんな……本当は、何一つ、恨み事などないと言うのに」

「……親父？」

松葉様は、ずっとずっと抱えてきた葛藤を、ぽろぽろと口にした。

葉鳥さんはそれを、瞬きもせずに聞き入る。

「むしろ、山を下り才能を開花させ、己の力だけで生きてるお前に、嫉妬すらしていた。わしはお前に恨まれてしかるべき存在じゃ。最初から、もっとちゃんと、笹良やお前を信じて見ていれば……っ」

松葉様の声は次第に小さくなっていって、最後は掠れて聞き取れなかった。

僅かに溢れた涙を、松葉様は隠すようにして、着物の袖で拭う。

言いたかった事は伝わる。その胸に抱く、妻と息子への、本当の思いも。

「……うむ」

そして松葉様はキリッと表情を引き締め、誇りある天狗らしく、葉鳥さんに向かって堂々と告げた。

「ここは葵と鬼神、そして笹良に免じて……葉鳥、お前に天狗の秘酒を授けるとする」

「え……」

「ただし条件がある。天狗の秘酒は代々当主の一族にしか授けられぬ掟がある。お前が手にする方法は一つ……破門を解き、再び我が息子として、朱門山の天狗を名乗ることだ」

「…………」

「しかし心配はするな。お前は三男。今後も好きな場所で働くと良いじゃろう。朱門山にも戻らんで良い。むしろお前なんぞ帰ってくるな」

ぷいと葉鳥さんに背を向け、いつものつんつんした松葉様が戻ってくる。

予期せぬところで言い渡された破門解除に、葉鳥さんは地べたに座り込んだままぽかーんと。

ワンテンポ遅れて、周囲の若い衆が「わーいわーい若様復帰ー」と喜び始める。

それにすら乗り遅れ、一分後くらいにやっと体をビクッと動かした。

「いや、だって……え？　え、本気か、親父？　歳を取って丸くなったのか!?」

「あ!?　わしだってそう簡単に破門解除などせん！　ただ天狗の秘酒をお前に譲るにはそ

れしか無いんじゃ!」

「…………」

「それに、きっと……笹良もそれを望んどる。葉鳥の頼みなのだから、秘酒を譲れと。そう、言われている気がする。今それが出来なければ、親ではない、と」

松葉様は、愛情に満ちた切ない微笑みを、再び手元の写真に向けた。もうこの世には居ない、自らの妻に。

「笹良は死ぬ間際に言っておった。家族は一つでなければ、と。最後の最後に頼れるのは、家族だけなのだから、と。あれはやはり、偉大な母だ。お前がいつか、何かをわしに頼る事になると分かっておった。それを、ちゃんと、信じてやれと……っ」

「…………」

これを聞いた葉鳥さんは、下唇を噛んで、子どもみたいにぼろぼろと涙を零した。

天狗の秘酒を譲り受ける算段がついた安堵と、破門が解かれた衝撃。それ以上に、母が残してくれた言葉が、心を強く揺さぶったに違いない。

その涙につられ、松葉様も同じ様な顔をして震えていた。

松葉様だって、葉鳥さんの破門を解くきっかけを、もうずっと待ち続けていたのかもしれない。素直になれず正反対の事をしてしまう自分に、いつも腹を立てながら。

二人は今一度卓袱台を囲み、〝骨無し〟のがめ煮を食べている。ただ無言で、ひたすら、涙なんかおかまい無しで。それが、彼らの妻と母への返事だった。

　こんな風に、親子の喧嘩なんてちょっとしたきっかけで元に戻るものなんだろう。笹良さんという偉大な母が、ずっと二人の絆を繋ぎ続けていた。

　素敵なお母さんだ。残された者たちの心に、いまだ愛情の灯を残し、問いかける。

　これでいいの？　いつまで喧嘩をしているの？

　家族は一緒でなければ……と。

　松葉様も葉鳥さんも、ちゃんとそれに応えたのだ。

「………………」

　……じゃあ……私は？

　ふと気がつく。私と、私の母には、もうそんなものすら無い。

　修復不可能。一線を越えてしまった。そういう親子も、確かに居る……けれど……

「葵。大丈夫かい？」

「大旦那様……ええ、大丈夫。……来てくれて、ありがとう」

　溢れた言葉は、大旦那様への感謝の言葉だった。

　大旦那様がここへ出て来てくれなかったら、この場は丸く収まらなかったと思う。私も、酷く心揺らいだままだっただろう。

　大旦那様は隣にしゃがみ、私の肩に触れ、頼もしく微笑んだ。

「何。妻が辛い時、それを支えるのは夫の役目だ」

「…………」

この時、私はいつもみたいに、大旦那様の言葉を流したり、否定したりはしなかった。

何となく、そんなひとが家族であれば、どんなに幸せかと思ってしまったのだ。

幕間【二】

折尾屋の上級客間は数あれど、特定の客人しか招かぬ隠れた最上の間がある。

それは〝桃源郷〟。

四季折々の花が咲く屋上の庭園を、ある形式に則って進むと見つけられる、宮中の離宮を模して作られた客室だ。

開け放った縁側に、優雅な笛の音が響く。

派手な着物と装飾で着飾った麗妖〝雷獣様〟が、笛の遊戯を止め、問いかけた。

「ねえ乱丸くーん。どうして津場木葵を攫っておきながら、好き勝手にさせているのかなあ？」

雷獣様は、海の向こう側の上空より戻ってくる朱門山の宙船〝朱星丸〟を見つめ、不敵な笑みを浮かべていた。

「……黄金童子様が、そうする様おっしゃった。津場木葵の行動を抑制するな、と。俺としては人間の小娘の戯れなど、虫酸が走って仕方が無いのですがね」

俺、折尾屋の旦那頭である〝乱丸〟は、粛々と答える。相手は妖都の雷獣様だ。

気まぐれな遊び人と名高い大貴族であり、そのお立場は黄金童子様と並ぶ……

「でも、結果的に上手く事が運んでいるようだけどねえ。見てごらん、あの頑固な天狗の大御所の船が、こちらに引き返して来ているみたいだ……これは〝天狗の秘酒〟を手に入れる算段がついた、という事かも」

「…………」

「〝虹結びの雨傘〟もあの子が居たから手に入ったようなものだし、鬼嫁さまさま？　くく……今回は葉鳥君も頑張ったのかもしれないけど。くくく」

雷獣様の、嫌に響く低い笑い声は、この俺と言えどピリピリとした緊張感を抱いてしまう。俺の膝で寝ているノブナガですら、時に奴の声に反応し、片目を開けて様子を見ている程だ。

「あとは〝人魚の鱗〟と〝蓬萊の玉の枝〟。そして……〝海宝の肴〟かあ。儀式まで一週間とちょっとしか無いけど、大丈夫ぅ？」

相手を小馬鹿にしている様な口調だが、これが雷獣様の通常運転。気にしたら負けだ。

「〝人魚の鱗〟は、今まさに銀次が探しているところで、じきに手に入るでしょう」

「なら……〝蓬萊の玉の枝〟はぁ……？」

雷獣様の、鋭くも光の尾を引く金の瞳がこちらに向けられ、思わず奥歯を嚙んだ。

その言葉に、言い知れぬ怒りがこみ上げて来たからだ。

「〝蓬萊の玉の枝〟は……あなたが三百年前の様に裏切らなければ、手に入る算段だ……っ」

言葉が力む。俺の動揺を楽しむいけ好かない雷獣様を睨みつけてしまう。

絶対に怒らせてはいけない、逆らってはいけない相手だと分かっていても。

「バフバフ」

まあ落ち着けといわんばかりに重い腰を上げ、俺の顔を舐めるノブナガ。

「ノブナガ……」

「あれ～、その犬、ちゃんと動けるんだ。俺の前じゃあいっつも寝てるしねえ」

この緊迫した空気が一気にほぐれる。雷獣様の興味も、今まで寝てばかり居たノブナガに移った。雷獣様が「チッチッ」とノブナガの気を引くと、ノブナガは「しかたねえ」と言わんばかりのため息をついて、大人しく雷獣様の元へと寄って行った。

……ああ、そうだなノブナガ。

相手がどのような者であっても、私情は殺し、今回の儀式の品を確実に揃え、何もかもを成功させなければならない。

「ま、そうかっかしないで乱丸君。ギリギリまでどうなるか分からないから、こういうのは楽しいんだよ。宮中のお偉い方だってこの儀式に大注目だ。成功か失敗かで賭け事をしている。序盤で形勢が定まるなんてナシナシ。あやかしは〝物語性〟を好むんだからさあ」

　雷獣様はノブナガを撫で回しながら、ふざけた事をいけしゃあしゃあと言いやがるから救い様もねえ。だけど、俺はもう落ち着いていた。

「南の地は妖都に見捨てられた土地だが、ここでしか生きられない者たちも確かに居る。儀式は生活の要だ。物語性など欠片も必要無く、大事なのは確実に成功させるという事だけ。……我々はあなたの道楽の都合に付き合っている暇などない」

「くく……心外だなあ。これでも成功を祈っているんだけどねえ」

　南の地は呪われた土地。海坊主のもたらす災厄に支配され、平穏を許されぬ土地。

　そう言われ続け、誰もが見捨てた未開の土地……

　この地を救い続けようとしたのは、元南の八葉である俺の主〝磯姫様〟と、その旧友でもあった黄金童子様だけだった。

　それなのに、妖都の連中ときたら平和な場所からこの儀式を見物してやがる。

　気まぐれな雷獣様も、結局は道楽の一環として、この儀式に手を貸しているに過ぎない。

　いつ裏切るか……分からない。

「あとさあ……一番気になってるのは〝海宝の肴〟なんだけど。これどうするの？」

「…………」

「これは揃え難い品というより、秘酒と、海坊主の口に合う料理を作らなければならない、ある意味最も厄介な条件な訳だけど。でもさあ、こんな荷の重い仕事、引き受けてくれる料理人なんているのかなあ？」

「妖都の名のある料理人に、莫大な金を払って引き受けてもらうつもりです。いざとなれば、うちにも鶴童子や料理長が……手駒は、他にも……居る」

「へぇえ〜。それで上手く行くといいよねえ。海坊主、結構グルメって聞くしさあ。前回もこれに関してはギリギリだったんでしょう〜？　これ失敗したら、どれだけ全ての品を揃え条件を整えても、全部パア、だからねえ。くく、三百年前の悲劇だけは、繰り返したく無いもんねえ」

「…………」

雷獣様の煽り癖にはほとほと呆れる。

それに必死で耐えている俺も、相当なもんだが……

三百年前は、この雷獣様の気まぐれのせいで、必要な品が揃わず儀式は成功しなかった。

そのせいでこの地が、どれほど尊いものを失ったか。

最後までこの地を見捨てず、その身を犠牲に守ろうとした我が主……磯姫様。

貴方の無念と、気高い意志は俺が引き継ぎ、今回も必ず、儀式を成功させてみせる。

第八話　銀の獣

松葉様と葉鳥さんはそのまま船上で破門解除の儀を行い、葉鳥さんは天狗の秘酒を一升分け与えられた。

私はそれを見守り、後にお世話になった船上の天狗たちにがめ煮や団子汁、かしわ飯を振る舞う。沢山作ったからね。

朱星丸の天狗たちは、結局そのまま折尾屋へと引き返す事となり、折尾屋もそれを分かっていた様で、部屋の用意を整えて待っていた。

一緒に乗り込んでいたはずの大旦那様は、気がつけば私に何も言わずに居なくなっていた。そりゃあ、折尾屋の面子に見つかったら厄介だからね。

またどこかで様子を見ていてくれるのかな……

私と葉鳥さんは秘酒を手に入れた事を乱丸に報告しに行くも、乱丸は折尾屋を留守にしていて、居なかった。

どうだ手に入れたぞ、と葉鳥さんと一緒にドヤ顔したかったのに……

結局、秘酒は葉鳥さんと若旦那の秀吉によって、地下の蔵へと納められた。

儀式まで厳重に保管されるのだ。


旧館の台所に戻り、諸々の後片付けをし終わったのは真夜中の事。

緑炎のアイちゃんが私の姿になって手伝ってくれたので、いつもの後片付けよりずっと楽だった。アイちゃんは優秀な私のサポーターだ。

一応手鞠河童のチビも布巾を持って、茶碗拭きを手伝ってくれた。体が小さいので一つ一つに時間がかかっていたけれど、アイちゃんに触発されたのか〝使える眷属〟を目指すとの事。あざとい……

「ふう……片付け完了」

それに、儀式に必要なものが二つ揃った。あとは……えっと何だったっけ……

「〝人魚の鱗〟と〝蓬萊の玉の枝〟……〝海宝の肴〟、だったっけ。今も、それを揃える為に動いているのかな……銀次さん……」

今、どこで何をしているんだろう。ちゃんと食べているかな。

流石にそろそろ心配になってきた。忙しいのは分かっているのだけれど、一度でも元気な姿が見られれば。言葉を交わす事ができたなら……

「今、本館にいるかしら。あ、そうだ……お夜食でも持って行ってみよう」

私は今の今まで料理と後片付けばかりしていたと言うのに、残った食材を漁って、性懲りも無くまた台所に立つ。

「葵しゃんは相変わらず料理バカでしゅね〜」

床上のござの上で、おっさんみたいにごろ寝をしているチビに言われてしまったけれど、とりあえず無視した。

「でも今からお米を炊くと、軽く一時間はかかるわ。あまり遅くなってしまってもね……」

「なら私がちょっぱやで炊きますよ、葵さまー」

アイちゃんが純粋な瞳のまま、瞬きもせずに言う。

「えっ、アイちゃんそんな事が出来るの⁉」

「今日、朱星丸の厨房の最新炊飯釜に備わっている妖火を研究してみましたー。ここのお釜は旧型なので時間がかかりますが、私の鬼火があれば、なんとか出来そうですよ」

「な……なんて出来る子……っ」

あんぐり。アイちゃんはさっそくお米を炊く準備をしてくれた。

周囲の情報を学んで成長する鬼火だとは聞いていたけれど、アイちゃんが居れば最新の炊飯釜が無くとも、ちょっぱやでお米を炊けるという事なのね……

「あっ、でもちょっと待って！　酢飯にしたいから、お水は少し少なめでね」

「？　？？　？？？」

「応用にはまだまだ弱そうね……」

アイちゃんは疑問ばかりを抱いてそうだったので、米炊きの水の調節は私がする。

さて、何を作ろうとしているかと言うと、〝炙りしめサバ寿司〟だ。

前にもらった羽サバの残りを、私は日持ちする様しめサバにしていた。炊いたお米で酢飯を作って、このしめサバを使ってお寿司にするのだ。

しめサバがあるのなら、このお料理はとても簡単にできる。

巻き簀の上にしめサバをのせ紫蘇を敷き、酢飯を更にのせてから巻き簀をくるくるするだけ。しばらく落ち着かせ、その間にもう一種類のお寿司に取りかかる。

「もう一種類は、梅肉チーズのサラダ巻きよ」

実は双子の鶴童子が持って来てくれたチーズの残りを、こっそり取っておいたのよね。

これを角切りにして、梅干しと鰹節で和えておく。

また巻き簀に海苔を敷いて、その上に薄く酢飯をのせる。海苔が完全に見えなくなるくらい隙間無く。

酢飯の表面にぱらぱらとまんべんなく胡麻を振って、端に茹で海老と細切りきゅうり、かいわれを敷き詰める。またこの巻き寿司最大の特徴である、梅肉と鰹節で和えたチーズも並べて、定番の巻き寿司のようにくるくる丸める。これも少し休ませる。

「よし、サラダ巻きはオッケー。今度はしめサバの方を炙るわよ」

置いておいたしめサバ寿司の巻き簀を解いて、しめサバの表面を炙れば、こっちは完成……のはずなんだけど。

「バーナーが無い。そりゃそうだ！　ア、アイちゃん、表面をちょろっと炙れるかしら」

「やってみまーす」

アイちゃんは指先にちょろっと火を灯し、楽しげにしめサバの表面を炙った。

私の姿をした鬼火が、指先に灯したバーナー級の火力でしめサバ炙ってる……何だか凄くあり得ない光景なんだけど、これまた便利な眷属の能力だ。

「ああっ、ああ、もういいわ。もう大丈夫よ！　ありがとうアイちゃん！」

焦げ目がついて、美味しそうな香りが漂って来たら出来上がり。粗熱をとって食べやすい大きさに切ると、いかにも炙りしめサバ寿司の見た目になる。

炙る事によって、サバの脂身がじわっと酢飯に垂れて、つやつやてらてら……

たまらない香りは炙りサバならではのもの。思わず一つつまみ食いしてしまう。

「振る舞ってばかりの夜は、手作り炙りしめサバ寿司のつまみ食いに限るわね」

なんて贅沢な味。酢飯が脂のよくのった炙りしめサバのこってり感を引き締め、なおかつ味を整えている。これは自信作だわ。

「はい、アイちゃん」

大きく開けたアイちゃんの口にも、炙りしめサバ寿司を一つ。アイちゃんはほっぺたを押さえたままもぐもぐ頬張っていた。

チビが「僕もでしゅ〜」と相変わらずくるぶしを叩いてくるので、休ませていた梅肉チーズのサラダ巻きを切って、具の飛び出た端っこをあげる。好物のきゅうりが入っているからね。

チビは嘴を動かし、慌ただしく貪っていた。ついでに私も一つ味見してみる。

「うん、こっちも美味しい。チーズの濃厚な味わいって、案外酢飯と合うのよねぇ」

カリフォルニアロールしかり、これを最初に組み合わせてみた人は本当に偉大だと思う。

さて。洗ったばかりの、かしわ飯を敷き詰めるのにも使った平たい箱。

これに二種類のお寿司を詰め込んで、風呂敷で包む。銀次さんは喜んでくれるかな……

私は前掛けを外し、風呂敷を抱えて本館へと戻ろうとこの旧館の台所を出た。

「……あ」

驚いた事に、ちょうど出た場所に、折尾屋の看板犬ノブナガが居た。

ノブナガは「バフバフ」と鳴きながら、私の着物の裾を咥え引っ張る。

「お腹が空いているのかな……」

しかしノブナガはタカタカ松原の方へと向かい、しきりにこちらを振り返ったりするので、様子が変だと思った。

「もしかして……どこかへ連れて行きたいの？」

それに気がつくと、ノブナガは頷くようにバフッと鳴いて、こっちだと言わんばかりに駆け出した。

「ま、待って！」

見失わない様、ノブナガについて行った。アイちゃんの鬼火を頼りに、道でも何でも無い松の間を通り抜けて、折尾屋の本館とは正反対の方向へとひたすら走る。

「……ここは」

気がつけば古い社の前に居た。大旦那様と港の市へと抜け出した時に、気になっていた社だ。石垣も、鳥居も、参道も壊れてボロボロの、あの。

ノブナガが中へと入っていったので、私は「危ないわよ」と叫び、慌ててついて行く。

「…………あ」

そして、明るい月光の下——

今にも朽ちて崩壊しそうな拝殿の前で、銀色に輝く獣を見た。

九尾を持ったその銀の獣は、体中が傷だらけで、ぐったりと横たわっている。

「ぎ……っ、銀次さん……っ!!」

その獣が銀次さんだと、すぐに分かった。以前空を駆けるこの獣を見た時も、銀次さんなのではと思ったけれど、目の前でこの姿を見て確信に至る。

恐ろしくも美しい、大きな九尾の銀狐だ。

体からは神聖な霊力が溢れ、月へ月へと立ち上っている。

「葵……さん？」

「銀次さん、どうしてこんな……体の傷は……っ」

銀狐から発せられた弱々しい声は、まさしく銀次さんのものだった。

私は銀次さんに駆け寄ろうとする。

「ダメですっ！」

だがすぐに銀次さんに制され、その威厳ある声に思わず足を止める。

「葵さん、私に近づいてはいけません。……私は今、穢れに覆われている」

「……穢れ？」

何の事だかさっぱり分からない。ただ銀次さんが体を起こした途端、ぼたぼたと零れ落ちる黒く丸い物体に目を奪われた。

つるんとしていて、ゼリーの塊の様だ。でも意思を持って蠢く蟲のようにも見える。

銀次さんはこれらに体を蝕まれ、とても苦しそうにしていた。

「ぎ、銀次さん……」

「この社に残った神聖な力で、体を浄化しているところなのです。だから……それ以上は……」

「でも、銀次さん。凄く傷だらけよ！　待って、大丈夫だから……」

私は謎の丸い物体を「しっしっ」と追い払いつつ、銀次さんに近寄った。

私が近寄ると、地面に落ちていた黒いそれらは跳ねて逃げようとするのだ。しかも逃げ惑っていたら月明かりの下に出てしまい、「ぴー」と悲鳴を上げ、ジュワジュワと溶けた。

「……銀次さん」

大きな銀の九尾。その目の前に立つ。

私は戸惑いがちに、その銀の毛並みに覆われた体に触れた。

黒いものたちは、私の触れる界隈からはもぞもぞと移動し、背の方に回ったりする。

自分より遥かに大きな体と、妖しく揺れる九尾。

見慣れない存在に、僅かに抱く恐れもある。でもその鋭い獣の眼光の奥にある優しげな眼差しは、まさに銀次さんが夕がおでみせてくれたものだと、私には分かっていた。

「私が……怖く無いですか……？」

「怖いというより恐れ多い気がしてくるわ。こんなに綺麗な獣……見た事が無いもの」

満月とお社がよく似合う。

壊れかけた古の神社だとしても、ここは神聖な獣のいる、いっそう張りつめた空気を抱く神域だと思えた。

「ねえ銀次さん、お口をあけて」

「え、こうですか？」

カパっと開けられた獣の口。わあ、今にも食べられそう……

鋭い牙と大きな口周りに思わずゴクリと息を呑む。

しかし弱った銀次さんには、早々に元気になってもらわなくては。私は炙りしめサバのお寿司を一つ摘んで、銀狐の銀次さんの口に「えいっ」と放り込んだ。

銀次さんはそれをごくんと飲み込んで、一瞬の沈黙の後、コンと煙を立てていつもの耳としっぽのある青年姿になる。

その拍子に、黒くて丸い輩が弾け飛び、宙で蒸発してしまった。

「凄い……元に戻りました。いつもはもう少し時間がかかるんですけど」

「やっぱり、人間に化ける方が力を使うの？」

「ええ、そうですね。先ほどの姿が……本物ですから」

眉を寄せ、困ったように微笑む銀次さん。

まだあちこちに擦り傷があるけれど、僅かに苦痛は薄れた感じだ。

「良かった……何だかとても、苦しそうだったから」

「……葵さん」

「これ食べて。銀次さん、少し痩せた気がするわ。たった数日会ってないだけなのに」

「はは……確かに少し、食事が適当だったかもしれません」

情けない顔をして、やっぱり笑って誤魔化す銀次さん。

「銀次さんってば、しっかりしてそうに見えて、お仕事の事となると食事をおろそかにするクセがあるんだから。もう私は知っているからね」

「は、はい……ごもっともです」

恥ずかしそうに反省している銀次さんと一緒に、拝殿の階段に座り込んだ。

炙りしめサバ寿司の箱をずいと銀次さんに押し付けると、彼は中身を観察し、お寿司をもう一つ手に取って口にした。

「うーん……やっぱり葵さんのご飯は身にしみますねえ。久々に食べると余計に美味しいと感じます。酢飯は好物ですしね」

「さっきも口に放り込んであげたじゃない」

「あれは一瞬で飲み込んでしまいましたから。味わって食べなければ、勿体(もったい)ないです」

銀次さんはもう一つの梅肉チーズのサラダ巻きを食べた。小さめなので、一口で。

「……んっ。これは……面白いものが入ってますね」

「ふふ。びっくりした？　チーズよ」

「ははあ……なるほど。以前のを取っておいたんですね」

「あら、もんじゃの件は銀次さんも聞いているみたいね。そうなの。双子は怒られちゃったんだけど、もったいないし残り物を取っておいたのよねえ……」

「葵さんらしいですね。味付けは梅肉でしょうか……チーズと合わせると、クセが酸味に緩和され、とても食べやすいです。チーズは隠世でまだまだ馴染みが無いのですが、あやかしにも食べやすい料理を提案できれば、もっと広まるのでしょうね」

「そうね……これからチーズを使った和食を扱ってみてもいいかも。……夕がおで」

「……そう……ですね」

銀次さんはクスッと笑って、儚げに視線を落とした。夕がおの名を出しても、それを一緒に成し遂げましょうとは言わなかった。

それでも食べる手は止めないので、相当お腹が空いていたんだろう。

ノブナガがここぞと銀次さんに擦り寄っていたので、銀次さんは苦笑しつつ、ノブナガにサラダ巻きを一つ与えていた。ノブナガ、ガフガフ言って食いついている。

「ねえ、銀次さん。どうしてさっきは、あんなに弱っていたの？」

銀次さんが最後の炙りしめサバのお寿司を食べ終わったところで、私は尋ねた。

銀次さんはしばらく押し黙っていたが、懐から取り出した手ぬぐいで手を拭きつつ、淡々と問い返す。

「葵さん。葵さんは、どこまで知っているのですか？」

「……儀式のこと？　この南の地の……呪いの話？」

「…………」

「大まかには、葉鳥さんに聞いたわ。この地は昔から災害が多くて、定期的に儀式を行いながら、それを避けて来たって。……百年に一度やってくる海坊主の話や……集めなければならない、儀式に必要な五つの品……銀次さんも今、それを集めているって」

「……ええ、その通りです」

そして銀次さんは顔を上げ、青白い満月をその瞳に映した。

「今、私が探している品は……五つのうちの一つ、〝人魚の鱗〟なのです」

「人魚の鱗……それは、とても珍しいものなの？」

「ええ。人魚、と言われる者たちはとても希少な尊きあやかしでした。今では絶滅したとか、海を渡って常世へ行ったとされています」

「そんな鱗を……どうやって手に入れるの？」

「鱗があるとされている場所は、分かっているのです。古い時代に人魚たちが暮らしていた竜宮城……あの跡地には、人魚たちの鱗が埋め込まれた壁画があるので」

そこまで言って、彼は私をチラリと見た。

「ではなぜ持って帰れないのか、という疑問を抱いていますね、葵さん」

「ええ……さっきの銀次さんの様子から、何か理由があるのかと思っているんだけど」

「竜宮城は、前の八葉がこの地を災厄から守るため、その身を贄に捧げた場所でもあります。海からやってきた呪いを一点に集めた場所で、南の地でも近寄ってはならない危険な場所として、結界が張られているのです」

……呪い。度々出てくるキーワード。

それは、目に見えぬ曖昧なものだと思っていたが、先ほどの銀次さんを見るに、明らかに影響力のある〝何か〟なのかもしれないと思った。

「銀次さんはずっとその場所へ行っていたの？」

「ええ。ここ数日、竜宮城跡地を調査していました。しかしあやかしにまとわりつく呪いのせいで、長い間はあの場所に留まっていられません。私はどうにも、その手の邪気に弱く……毎晩、この社の神聖な霊気によって、体を癒していました」

さっきの状況をやっと理解した。

銀次さんは儀式に必要な〝人魚の鱗〟を手に入れるため、あんなに体を痛めつけて……

「この社は……いったい何なの？　とても古くて、もう誰も来ていない場所の様だけど」

「ここは折尾屋が出来る前の、八葉の拠点です。乱丸の前の八葉……とでも言いますか。〝しるべの巫女〟という異名を持った、磯姫という力のある八葉でした」

「……磯姫。乱丸の前の八葉は、女性だったんだ」

「ええ。そして彼女は……私と乱丸の育ての親でもありました」

銀次さんはその後、磯姫という前八葉について語った。

彼女は南の地の磯男と、最後の人魚の間に生まれた、額に予知の水晶を抱く神懸かり的な力を持ったあやかしで、それを見込まれ南の地の八葉に命じられたらしい。

磯姫は時に知る未来予知の警告に従い、二匹の神獣をこの社で育て、儀式を担う役割を与えた。その二匹の神獣こそが、犬神の乱丸、そして九尾の銀次だった。

二匹の神獣を引き連れ、磯姫は他の地や現世を旅し、様々な情報を得て、儀式の確立に役立てた。二匹の神獣もまた、磯姫と自分たちの使命に誇りを感じ、彼女が守ろうとしている南の地を深く愛していたと言う。

しかし磯姫は儀式に失敗する。それが、三百年前の出来事だ。

避けられない災厄を予知した磯姫は、自らの体と霊力をもって南の地を大竜巻から守る決断をする。竜宮城跡地に引きこもり、災厄をその身に引き寄せ、死んだのだ。

彼女の亡骸は見つからなかったが、彼女に仕えていた二匹の神獣は、死した瞬間を感じ取ったと言う。それだけ深い主従の絆で結ばれていた、と……

「磯姫の死後、この地にやってきたのは、当時天神屋の大女将でもあった黄金童子様でした。黄金童子様は八葉をも上回る、隠世の〝四仙〟という立場の大妖怪です。妖王にも口出しできる高い位についている、様々な権限を持ったお方……彼女はこの地に折尾屋を築き、そして天神屋で培ったノウハウを私と乱丸に伝授してくださいました。折尾屋の発展は……南の地の希望でした。何も無かったこの地を動かす、拠点となったのです」

折尾屋が出来た事で、南の地はその恵まれた海産物や農産物、美しい海を生かした商売が出来るようになり、またこの地のイメージを覆す役割を果たしたと言う。

昔の事の様な、最近の事の様な……揺れる視線はしみじみと語る銀次さんの気持ちを表していた。私は静かに聞いていたが、ふと考える。

ではなぜ、銀次さんは折尾屋から天神屋へと来たのだろうか……と。

「私が折尾屋を辞めた理由……ですか？」

「ええ……気になるわね」

流石は銀次さん。私の疑問などお見通しだ。

銀次さんは膝に置いていた寿司箱を閉じ、風呂敷で包んで横に置いた。

そして銀の髪をそよ風に揺らし、真面目な顔をして答える。

「それは……乱丸があまりに、〝磯姫様〟の使命に囚われてしまったからです」

「乱丸が……？」

「ええ。磯姫様の後を引き継ぎ八葉となった乱丸の覚悟は、相当なものでした。事情のある土地を背負うのですから、当然覚悟が無ければ務まりませんが、何しろ乱丸は……磯姫様の死をこれ以上無く悲しみ、そして無念に思っていました。私とて気持ちは同じでしたし、最初こそ、乱丸と共に折尾屋を発展させ、南の地を守るという使命にやりがいを感じていたのも事実です。きっと磯姫様も見守っておられる……と」

しかし、銀次さんと乱丸の思いは、どこかですれ違い始めた……

折尾屋の発展こそが南の地を守る事に繋がる。

そう確信し、手応えを感じていた乱丸は、ありとあらゆる手を使いライバルである他の宿を吸収したり、また天神屋のような巨大な老舗旅館にも喧嘩を売った。違う土地で商売をしている宿でさえ、邪魔だと思っていた様だ。

折尾屋が隠世一の宿にならなければ、意味が無い。

乱丸はそう言って、自分以外を信じず、ミスを許さず結果だけを重視し、宿の従業員すら簡単に斬り捨てた。銀次さんはそんな乱丸を、これ以上見ていられなかったと言う。

だが、そもそも磯姫の死に繋がった儀式の失敗も、ある者を信用しすぎて足をすくわれ、裏切られた事が原因らしい。

乱丸が他人を信用しなくなったのも無理は無い。そう、理解を示しつつも……

「でも、銀次さんと乱丸は……兄弟のように育ったのでしょう？　あいつも、銀次さんの事は信じていたんじゃないの？」

「そうですね……私の事だけは、唯一信用していたかもしれません。ですが、折尾屋をどうしたいのかという考えが、徐々に噛み合わなくなっていきました。この地を守りたいと言う思いは一緒だったのに、その思いが強すぎるが故に……」

折尾屋で働き続けるという事に疑問を感じ始めていた銀次さんを、天神屋に引き抜いたのは鬼神の大旦那様だ。大旦那様は銀次さんに、「乱丸の元を離れ、他の場所で働く事で見えてくる事があるかもしれないよ」と言ったらしい……

乱丸は銀次さんが出て行く事に激怒したらしいが、銀次さんの決意は変わらず。

その代わり、約五十年後にある儀式の折は、絶対に折尾屋に戻ると約束したらしい。

「そして今が、その約束を果たす時なのね」

「ええ、そうです」

「そっか。だから大旦那様は、何も言わずに銀次さんを……」

銀次さんの話を聞いて、いまだに分からなかったいくつかの疑問が晴れた。

大旦那様が銀次さんを引き止めなかったのは、ちゃんと理由があったからで、銀次さんもまた、約束を果たす為に折尾屋へ戻って来たのだ。

「品物を集めて、儀式を終わらせて……そしたら……」

銀次さんは天神屋に帰ってくれる？　夕がおに、戻って来てくれるかしら……

そう問いかけたくても、出来なかった。話を聞いただけでも、それがそんなに簡単で、単純な話ではないと分かったから。

「ねえ銀次さん。私に出来る事はある？　私、銀次さんの助けになりたいわ」

「……葵さん」

銀次さんは言葉を失い、私たちはただただお互いに見つめ合う。

しかしそのうちに、銀次さんがふいと目を逸らし、戸惑いがちに手を額に当てた。

「いいえ、いいえ……葵さんは十分助けてくれています。虹結びの雨傘も、天狗の秘酒も、どちらも葵さんが居たから手に入れられたものです。ですが、人魚の鱗……これだけは、関わってはいけません。とても危険な任務です。あなたに何かあったら……私は大旦那様に、顔向けできませんから」

「………」

「も、もう、戻りましょう……葵さん」

銀次さんはスッと立ち上がり、拝殿の階段をスタスタと下りた。

「待って、銀次さん……わっ」

急ぐ足取りの銀次さんだったが、急に立ち止まったのですぐ後ろをついていっていた私は、彼の背に顔をぶつけた。

「ど、どうしたの銀次さん」

「………乱丸」

「……え？」

銀次さんの背中から顔を出すと、崩れかけた鳥居の真下に乱丸の姿を見た。

驚いた事に、乱丸は体を黒い穢れに覆われている。足を引きずり、傷を負った肩を手で押さえつけながら、やっとここへ辿り着いた様な姿だ。

激しい剣幕でこちらを睨みつけているが、呼吸は酷く乱れている。

「乱丸‼」

銀次さんが名を呼んで駆け寄り、乱丸の体を支えた。さっきまで大人しく私の傍に居たノブナガも、乱丸の傍でしきりに「バフバフ」鳴く。

「まさか、竜宮城跡地へ行ったのか……っ⁉」

「銀次……てめえがいつまで経っても役立たずだから、俺が……」

「喋るな！　私よりずっと穢れに弱い体質のくせに、なんて無茶を……っ」

銀次さんは社の前に乱丸を連れて行く。乱丸はそのまま目を閉じ、気を失った。

まさか……さっき銀次さんが言っていた、例の呪われた竜宮城跡地へ？

黒くて丸い、呪いの化身が乱丸からぼとぼとと零れ落ち、参道を黒く染めている。

「葵さん、葵さんは近寄ってはダメです」

「でも！」

「折尾屋から誰かを呼んで来てください！　そして、出来る事なら、なにか滋養のつきそうな飲料物を作っていただけると、乱丸の助けになるかと」

「……わ、わかったわ」

私は銀次さんに言われるがまま、この社を出て行く。

一度振り返り、満月の真下に寄り添う、社の二匹の獣を見た。

それはまさしく、この南の地を、古より見守ってきた双璧の神獣の姿だったのだろう。

第九話　竜宮城の夢の跡

乱丸が折尾屋の一室で目を覚ましたのは、翌日のお昼頃だった。

「………………」

「起きた？」

私が顔を覗き込むと、途端に眉間にしわを寄せ、どこまでも嫌な顔をする乱丸。

うん、元気そうね。ここまで嫌そうな顔は元気がなければ出来ない。そんなレベルよ。

「なぜお前がここに」

布団から起き上がって、乱暴に問う。

私は乱丸の額から落ちた濡れ手ぬぐいをひょいと取って桶で冷やし直し、また滋養のつく淡いオレンジ色の特製ドリンクを乱丸に差し出した。

「はいこれ。ビタミンたっぷりの野菜と果実のジュースよ。一応、私の調理の過程を経て、霊力回復が見込める様に作っているから。飲んで」

「誰がお前なんかの作ったものを飲むか。毒入りだったらどうしてくれる。おい毒味係は居ないのか」

「失礼な奴ね。一応、あんたが寝ている間もそれを無理やり飲ませてたんだけど。穢れが落ちて霊力も戻ったんだから、感謝してほしいくらいだわ」

「…………」

乱丸は小窓から小鳥を見ている。人の話を聞け……っ！

部屋の隅っこに座っていた夜雀の太一がパタパタやって来て、「毒味しましょうか、乱丸様」と張り切って申し出た。しかし乱丸は首を振る。今一度こちらを見た。

「……銀次は？」

「あんたが倒れたもんだから、今は銀次さんと秀吉が折尾屋を取り仕切っているわ。私は唯一の暇人だったから、あんたの看病を任されただけ」

「……はあ、この俺としたことが」

ため息をついて頭を押さえる乱丸。チラリとこちらを見てから、またため息。

結局ジュースを奪うように受け取って、一気に飲んだ。

飲んだあとに、首を傾げて目をぱちくりとさせている。

「ニンジン、りんご、ハチミツ、甘夏、豆乳を混ぜて作ったジュースよ。それなりに飲みやすいでしょう？　固形物が食べたいなら何か作ってくるけど……」

「やめろ。お前の施しなんか受けねえ」

ジュースは飲み干すも、警戒感を露にする乱丸。そりゃあ、私は好かれていないし、そんな奴の手料理を食べようとは思わないでしょうけれど。

「……銀次さんの言った通りね。他人を拒否してばかりいるんだから」

「お前に何が分かる」

乱丸は大げさに鼻で笑って、そのまま立ち上がって着物の帯を締め直す。

「まだ休んでた方がいいんじゃないの？」

「そんな時間は無い。一刻も早く、あれを手に入れなければ」

「それは、人魚の鱗（うろこ）？」

「…………」

乱丸は横目で私を見下ろし、並々ならぬプレッシャーをかけてくる。重たい霊力に、思わず頬に汗を流した。

しかし乱丸は私の前で片膝（かたひざ）をつき、乱暴に顎（あご）を掴（つか）んで引き寄せた。鋭い爪が顎の下に食い込んで、正直痛い。

「そうだ……津場木葵（つばきあおい）。てめえ銀次に何かしてあげたいと言っていたな」

「随分弱ってそうだったのに、そう言う話は盗み聞きしていたのね」

「耳がいいんでね。……自分にしか出来ない事をするつもりは無いか」

「…………どういう意味よ」

乱丸は八重歯をむき出しにしてクッと笑う。

「人魚の鱗、だ。竜宮城跡地は、あやかしに影響を与える邪気が充満している。しかしお前は人間だ。この邪気は人間には効かない」

「……私に、人魚の鱗を取りに行けって言うの」

「そういう事だな。なに、悪い話じゃねえだろう？　お前が取ってくれれば、銀次が再びあの地に行く事は無くなる。大事な銀次が、穢れに蝕まれ苦しむ事も無い」

「…………」

乱丸の提案が、私にとってどういうものなのかどうか。

切羽詰まった表情で「関わるな」と言った、銀次さんのあの言葉を思い返すと、危険な事に変わりないのだろうと思う。たとえ、人間に影響が無くとも……

「いいわ、私が取ってくる」

だけど私はこの提案をあっさり呑んだ。

乱丸はいかにも「馬鹿な女」と言いたげな、したり顔をしている。

「でも無条件じゃないわ」

「……はっ。この俺に条件を付けるってのか？」

「真面目に取り合ってくれないのなら、私も取りに行かないわ。でもあんたが考えてくれると言うのなら、その竜宮城跡地に行きましょう。……端的に言うと、全てが無事に終わったら銀次さんを返して」

「…………」

「銀次さんを、返して」

乱丸はワンテンポ遅れて、呆れた顔をした。

そしてパッと手を離して、そっぽを向く。

「諦めの悪い女だな。銀次自身が帰りたく無いと言ったらどうする」

「その時は仕方ないと諦めるかもしれないわ。あくまでかも、だけど」

「…………」

「でも……もし銀次さんが天神屋に帰りたいと思った時、私があんたと約束をしていれば、それが後押しになるかもしれないじゃない」

「先に俺と取り引きして、障害を取り除こうって事か。銀次が拒否すれば意味の無いものになるのに、ご苦労な条件だな」

「先手を打っているだけよ。……それに……」

私はまだ、銀次さんに聞いていない事がある。

あの……過去に私を助けてくれたあやかしは、銀次さんだったのか、どうか。

今それを尋ねるのは自分勝手だから、これは儀式が成功してからだと自分自身に言い聞かせて来た。でも全てが終わったら、ちゃんと本人に尋ねたい。

だって、あの時重なった面影は、今でも目に焼き付いて離れないのだから。

それでもし、銀次さんがあの時のあやかしなら……私は、恩返しをしなければ。

乱丸は押し黙った私をチラリと見てから、「いいぜ」と言った。

「その取り引きに応じてやろう。ただし、人魚の鱗を持って帰れなかったら……」

「持って帰れなかったら儀式は失敗よ。それ以上でもそれ以下でもないわ」

「…………」

乱丸が言おうとした言葉の上に重ねて、強調した。

結局、人魚の鱗が無ければ何も成し得ないのだ。

「じゃ、私は行くわね」

澄まし顔でスクッと立ち上がる。

いざ竜宮城跡地へ！　と襖(ふすま)を開けたところで気がついた事があって、今一度部屋に舞い戻る。

乱丸は太一が広げる羽織を羽織っている途中だった。

「何だ、まだ何か用か」

「……り、竜宮城跡地ってどこにあるの」

「…………」

乱丸が呆れ顔を通り越して、大丈夫かこいつと言わんばかりの悲惨な顔をしていた。

格好つけて出て行ったのに、決まらなかった私。ちょっと恥ずかしい。いやかなり恥ずかしい。

乱丸にまで哀れまれたのか、奴は竜宮城跡地の場所と行き方を丁寧に教えてくれた。

地図まで用意して持たせてくれたのだから、私は言葉も無かった。


銀次さんは、私が竜宮城跡地へ行くと知ったら怒るかしら……

そんな事を考えながら、私は旧館の台所へと戻った。

そこには昼間だというのに大旦那様がごろ寝をしていて、チビの腹をこちょこちょして遊んでいた。チビ、猛烈に笑い転げ回っている。何やってるのこいつら……

「ああ、やっと来たか葵！」

「……大旦那様、もしかして朝からずっと居たの？　暇なの？」

「葵を待っていたんだ！　昨日はよく頑張ったから、労おうと思っていたんだが……」

大旦那様は体を起こして、腕を組む。

「何やら厄介事を引き受けた、という顔をしているな」

「……分かる？」

「葵の行動はなんとなく読めるよ。昨晩は銀次や乱丸の事で大変だったのだろう？」

そういう情報も、大旦那様はとっくに知ってるのね。

「はあ。天狗の迷惑親子喧嘩を丸く収めた後だというのに、休む暇も無いとは。我が新妻ながら働き者だと褒めていいのか、あまり首をつっこむなと叱咤していいのか分からないな。僕も戸惑ってしまう」

大旦那様は懐から取り出した煙管を吹いて、やれやれと首を振った。

「私だって、今回は少し張り切り過ぎかもって思っているのよ」

大旦那様の傍に腰掛け、前屈みになって一息つく。

「でも、仕方が無いじゃない。迷っている時間も無いし……」

私は大旦那様にぼそぼそと事情を話した。

怒られるかなと、少しビクビクしていたものの、大旦那様は「なるほど」と言っただけ。

特に私を叱ったり、無謀だと呆れたりしなかった。

「確かに危険ではあるが、乱丸もよく気がついたものだ。確かにあの場所は邪気に溢れているが、人間ならそれほど問題なく進める」

「…………」

「でも葵が心細そうにしているから、僕も行こう」

「え、大旦那様も来てくれるの⁉　あやかしには、辛い邪気だって……」

大旦那様の言う通り、私は少し心細いと思っていた。それでもあやかしにはキツい場所だと聞いていたから、一人で行くつもりだったのに。

「大丈夫。……僕は乱丸や銀次とは正反対の存在だからね」

「……？」

大旦那様は煙管を一度吹いて、灰皿にコンと吸い殻を落とした。

「それと葵。あの場所へ行くのなら、時間帯は夜がいいだろう。意外かもしれないが、夜の方が邪気が薄いんだ。あと、何か甘いものを用意して持って行った方が良いよ」

「甘いもの？」

「そうだなあ……この前、僕と港に行って買った果実があっただろう」

私は言われるがまま果実の入った袋を漁って、台の上に並べた。

「マンゴー、桃、バナナ……ってところかしら」

「果実は魔除けの効果があるから、それらを駆使した甘味だといいと思うよ」

「魔除けって……じゃあ、せっかくだし大旦那様が持って来てくれたホットケーキミックスを使ったアレンジスイーツはどう？」

「ああ、それは嬉しいな。買って来たかいがあるというものだ！」

チビが大旦那様に向かってしきりに突進しているのを片手で軽く去なしながら、大旦那様は自分が買って来たものが役立つとあって喜んでいる。

「何を作るんだい？」

「えっとね……フルーツ入りどら焼きよ。ホットケーキミックスで作ったプレーンの生地に餡ことフルーツを挟むの。生地はフライパンで焼くから、凄く簡単に出来るわ」

「なるほど。どら焼きか……いいじゃないか。どら焼きは好きだな」

「……そう言えば前に、大旦那様にどら焼きを貰った事があったわね。ハッ、もしや大旦那様の好物はどら焼き⁉」

某ネコ型ロボットと同じ好物だわ！

あっちはポケットから道具を取り出すけど、大旦那様は袖からどら焼きを……っ。

「どら焼きは好きだけど、一番の大好物ではないよ？」

「あっそう」

あ、違ったみたい。何か残念。

「夜まで時間はあるけれど、餡こはちょっと手間がかかるから……先に餡から取りかからなくちゃ」

さて、餡こだ。粒あんこしあん、白あんにずんだあんなど、和スイーツに欠かせない餡こ。日常的によく作るが、今回は小粒の小豆を使った定番の粒あんを作る。

「まず大旦那様に小豆を洗わせます……」

「あれ、作り方を説明しながらさりげなく僕に作業を任せているな？」

なんだかんだと嬉しそうな大旦那様が、小豆をよく洗ってくれた。鍋にその小豆を入れて強火にかける。三十分ほどぐつぐつ煮たら、一度ザルでお湯を切ってしぶ抜きをし、もう一度水を加えて強火で煮る。割れた小豆が見え始めたら、火を弱めて炊く。ひたすら炊く。全ての小豆が割れるまで炊く。これが一時間以上かかる。

「その間にささっとフルーツを切っておきましょう。大旦那様も皮を剝くの手伝ってくれる？」

「分かった！」

「お手伝いが好きだなんて……変わった鬼よね大旦那様って」

さて。大旦那様と共にフルーツも切り終わり、そろそろかと煮ていた小豆を食べてみる。芯が無いようであれば煮汁が豆と同じ高さと量になるよう調整し、一度この豆と煮汁をボールに移す。

今度は鍋に水と砂糖を入れて強火にかけ、蜜を作ったら、その中に先ほど出しておいた小豆と煮汁を再び加え、中火で煮る。煮詰まったところで塩をひとつまみ。これがあると小豆の旨みが引き立つのだ。

鍋底から掬うようにして混ぜ、ひたすら水分を飛ばす。その過程で小豆を潰しながら、粒あんにしていく。いわゆる餡こらしい硬さになったら、これを少量ずつ他の皿などにのせて、粗熱をとっていく。冷めたら餡この完成だ。

「ふう。熱い」

「餡こを作るのは結構手間がかかるんだな。葵、新しい氷柱女の氷を傍に置いておくぞ」

ひたすら鍋を煮込んでいたので、置いていた氷柱女の氷が解けてしまっていた。

大旦那様がそっと氷を追加してくれる。

「餡こはしばらく置いておくとして、次はさっそく、どら焼きの生地を作っていくわ」

ボールで砂糖と卵をよく混ぜて、更に醬油とみりんを少々、またハチミツを加えて、これまたしっかり混ぜる。

「ほう……醬油やみりんを入れるのかい」

「どら焼きの生地には醬油やみりんが入ってるものなの。ホットケーキミックスで焼く生地も、この調味料のおかげでどら焼き特有の香りになるし、餡こと合う味になるわ」

ホットケーキミックスと牛乳を加え、生地を混ぜて、いよいよ焼いていこうと思う。

よくある定番のどら焼きサイズにしたいので、温めたフライパンには慎重に生地を注ぐ。小さめで、綺麗に丸く焼けるように。

「おお……すぐに膨らんでくるな」

大旦那様が後ろから覗き込むフライパン。

ホットケーキミックスの特徴として、生地がすぐに膨らむしすぐに焼ける。

ぷつぷつと生地に穴が空いたところでひっくり返して、両面ともいい焼き色になったら取り出し、湿った布巾の上に並べ冷ましていく。これをまた、ひたすら繰り返すのだ。

「一枚余ったから、食べてみましょう」

二枚無いとどら焼きにはならない。

焼けた枚数が奇数だったので、最後に焼いた出来立て熱々のものを半分に割って、少し冷まして大旦那様の口元に「はい」と。大旦那様は目をぱちくりさせていたが、すぐにパクリと食いついた。

「んー……これがホットケーキというものか。いつも食べているどら焼きの生地とは、また違った味だ。表面はぱりっとしているのに、中はふわふわしている」

「焼きたてはそうね。しばらく置いていると、全体的にしっとりしてくるんだけど。ホットケーキミックスって凄く万能なの。簡単にお菓子が作れちゃうから、いざと言う時に重宝するわ。大旦那様が買って来てくれて良かった」

私もぱくりと食べてみる。ホットケーキミックス特有の味や食感というものはあるが、それはそれで、素朴で懐かしい。これもまた現世の家庭の味と言えるだろう。

「さーて。いよいよどら焼きを作るわよ。っていっても、あとはもう生地に餡こをのせて、さっき切ったフルーツものせて、挟んでしまうだけなんだけどね」

この作業もまた、大旦那様と一緒に並んでやってしまった。

生地の間から、餡こと鮮やかなカットフルーツが見え隠れしている。見栄えもいいし、ボリューム満点なデザートだ。

「なんかちょっとハンバーガーにも見えてきた……」

「ハンバーガーか。現世に行くと、一度はファストフード店に行く事があるから、そういう時に食べるよ」

「大旦那様が？　ハンバーガーをファストフード店で？　凄く目立ちそうね……」

前もその手の話を聞いたけれど、現世でどのような格好をして、どのように人に紛れて行動しているのか……正直なところ凄く見てみたい。

でも魚屋に化ける大旦那様という例を知ったので、こんな風に手慣れた感じでスーツや洋服をあれこれ着こなしているんだろうな、という気もしてくる。

私の脳内で今、大旦那様が慌ただしく七変化していた。

「どうした葵」

「い、いえ、何でも無いわ」

いつか大旦那様と現世に行ってみたいな……なんて、ふと湧いて出て来た願望。

それが私の口をついて出てくる事は無かった。


日没を見計らって、大旦那様とやってきたのは、漁港とは反対側の沿岸線をずっと進んだ先にある、小さな洞窟(どうくつ)だった。

今日もよく晴れた、月明かりの美しい夜。

周囲はとても静かで、心地良いさざ波の音だけが聞こえる。

「う、うわあ……」

だけど私のテンションは低かった。

洞窟にはあからさまに怪しい縄とお札が張り巡らされていて、異様な気が充満している。

フルーツどら焼きの入った箱を抱えた私は、その洞窟の前で足が竦んでしまった。

「大丈夫だ葵。見てご覧。奥はそれほど暗く無い……」

「あ……ほんとだ」

洞窟の中は、紫色の鬼火が浮遊している。おかげでずっと先の、奥の方まで見える。

「って、いやいや、あれもよく考えたら相当怖いわよ」

「大丈夫。奴らは無害だ。確かにこの先は相当な邪気に満ちているが、僕らに影響は無いのだから……さあおいで」

先に縄を越えて洞窟に踏み入り、私に手を差し伸べる大旦那様。

大旦那様の手を取り、ゆっくりと縄を越える。私に爪を切られたばかりの大旦那様の手は、ぎゅっと握っても痛く無い。当たり前なんだけど……

「……うう」

しかし、よくもまあこんな所に行くなどと啖呵を切ったものだ。私ってば。

ふよふよ浮かぶ鬼火は、私たちがやってくるとサッと道を開けてくれるが、洞窟の中までびっしり張られたお札を照らしているし、掘り出された人魚の像もかなり怖いし、恐怖は拭えない。大旦那様の袖をしっかり掴んで、ついて行った。

「こ、ここが竜宮城なの？」

「いや、ここは入り口にすぎない……竜宮城はこの先にあるんだ。ほら、見えて来た」

洞窟を抜けると、岩場が円形を描いて壁を作り、空が筒抜けになっていて月がよく見える神秘的な空間に出た。

洞窟の内部と違っておどろおどろしさが微塵も感じられない、清々しい場所だ。

地面には細かい白砂が敷き詰められていて、月明かりに照らされキラキラと輝いている。

この砂地の向こう側に、岩壁を掘って作られた神殿の入り口があった。

「ふう……なんて強い邪気だ。洞窟とは比べ物にならないな」

「え、そうなの⁉」

しかしこの場所を清々しいなどと感じていたのは私だけで、大旦那様は少々顔を歪め、腕で鼻を押さえていた。

「大旦那様は、本当に大丈夫なの？」

「ん？　ああ……僕は元々こういう邪気に触れて育ったからね」

「…………」

「ほら進もう。あまり……長居はしたくない」

大旦那様について、円形に広がる砂場を横断していた。

綺麗なものだけを篩(ふるい)にかけてまぶしたと言うような、粉砂糖みたいな砂上を歩く。

きゅっきゅっと鳴る細かい砂で、下駄が埋もれてしまってもたつく……

「……ん？」

ふと、声が聞こえた気がして、視線を上げた。

神秘的な空気に紛れ、凄(すご)く分かり難(にく)いけれど、私を呼ぶ声。

……誰？

徐々に大きくなる「コッチダヨ」という声。

どこから聞こえているのかが分からず、私は広場の中央で立ち止まり、周囲を確かめるため一回転してしまった。

「だ、誰なの⁉」

「……葵？」

大旦那様が私の方を振り返った時だった。

さっきまで安定していた私の足場が崩れ、砂時計の穴のごとく、私を体ごと吸い込んだ。

「きゃあああっ！」

悲鳴は短く途切れる。大旦那様が私に手を伸ばしてくれたところまで見えたが、私は一瞬で頭まで細かい砂に埋もれて、そのまま下へ下へと落ちてしまったのだ。

尻餅は慣れっこだ。だけど今回ばかりは今までとは違う。

「……ん？」

そう。落下の感覚は確かにあったのに、ぷよんとした何かの上に深く包み込まれ、気がつけばどら焼きの箱を胸に抱いた姿のまま、見知らぬ場所に立っていた。

そこは天井の高い大広間。

四方の岩壁には、海底の賑わいと人魚たちの営みが描かれている。

おそらく、私と大旦那様が入ろうとした宮殿の地下に当たるのだろうが、そこは薄い暖色の灯りで満ちていて、視界に不自由はしなかった。

「何だか不思議な広間ね。隠世っぽくないというか……」

隠世で、西洋風の洋館を見たり、異国風のものが並ぶ部屋に踏み入った事はあるけれど、ここはとても古い、それこそ太古の空気すら感じる空間なのに、異邦の文化の名残を感じる。隠世の世界を全て見た事があるわけじゃないから、なんとも言えないんだけど……

強いて言うのなら、中央アジアや古代中国の文化を思わせる大広間だった。要するに私の着物姿が、この場にいまいち似合わないというか、しっくり来ない。

「ようこそ、竜宮城へ」

「……ん？」

ぼけっと突っ立っていたら、突然声をかけられた。その声は、さっきからずっと私を呼んでいたもの。

広間のずっと奥にある、王座のような大きな椅子に、一人の女性が座っていたのだ。

彼女は立ち上がって、ニコリと微笑む。

背の高い美女だ。薄布の衣を幾重にも重ねた、天女の様な出で立ちをしていて、隠世の高貴な女性が身につける羽衣をたなびかせている。

まるで虹桜貝の様な、七色に透けたヒレを顔の横から伸ばし、同じ色の髪を頭の高い場所で結い上げている。瞳は深い蒼。肌は白く、首から下は鱗で覆われている。

額に抱かれた細長い蒼の宝石は、まるでもう一つの瞳の様。

なんて綺麗な人……

「あなたは……？」

「私は竜宮城の守妖。……珍しいお客が来た様でしたので、招いてみました」

「………」

「さあ、こちらへおいでなさい」

彼女は私に手招きをした。優しい微笑みには濁りのようなものが一つも無く、言われるがままに守妖の元へ向かう。

あ、尾ひれ。

女性の後ろからついていったので、長く引きずった着物の下から、尾ヒレがちょこちょこ見え隠れしているのに気がついた。もしや人魚？

王座の裏手の壁には、屈んで通れるほどの隠し通路があり、守妖がそこを抜けて行ったのであわててついていくと……

「……わあ」

驚いた事に、地下とは思えないほど緑と水が豊かな場所に出た。

そこはブロックの岩が積み上げられて形成される、一つの〝街〟だったのだ。

ガヤガヤ……ガヤガヤ……

「…………」

なんて賑わいだ。さっきの大広間では、このような賑わいの音は全く聞こえてこなかったのに。

思わず立ちすくんで、周囲を見渡した。

岩壁に沿って張られたテントが並び、果実や野菜、魚、珊瑚や真珠、オパールの装飾品、壺や絨毯、綺麗な衣服などが売られている。

行き交うあやかしたちには磯女や磯男が多いが、所々にある水の通路からは、尾ヒレを持つ美しい人魚たちが顔をのぞかせ、当たり前の様に買い物をしている。

何だろう……今のあやかしたちより、ずっと〝本来〟の姿をしたあやかしが多い気がする。原始的、と言うべきかは分からないけれど。

まさか地下にこんな場所があって、沢山のあやかしが生活していたなんて……っ。

「こちらに……こちらにおいでなさい」

守妖の女性はするすると着物を引きずって、この人ごみの中を進んでいった。私は見失わない様ついて行くが、あまりの人の多さに足を止められる。しかし……

「わっ」

前を見る事無く走っていた子どもたちにドンとぶつかった。そう思った時、異様な感覚に見舞われる。

子どもたちは私の体をすり抜けて行ったのだ。

その感覚は、一瞬で捉えきれるものではなかった。

「……幻……覚」

ボソッと呟いてから、自覚した。ああ……今見ているものは全て、まやかしだ。

この光景は、現実のものではない。

「その通り。ここはかつて竜宮城を中心に繁栄し、暮らしていた、海の民の記憶を閉じ込めた場所……千年以上も前の光景を、あなたは見ているのです」

先に行ったと思っていたのに、いつの間にかすぐ傍に居た、あの守人。

私より頭二つ分背が高いから、私はすっかり見下ろされている。

「千年以上も前の……光景？」

「ええ。しかしこの営みはいとも簡単に泡と消えました。繰り返される天災のせいで……」

彼女の悲しみに満ちた視線に体の動きを支配され、全く動けずに居た。

「……え」

パッと景色が変わる。

まるで嵐の後のように、何も無くて静かな場所……

頭上には静かな空が広がり、足下には浅く透き通った海が。

浅瀬には所々、奇妙な形をした岩が不規則に散らばっていて、まるで古の遺産がもう要らないものだからと、放り出されているみたい。

ザア……ザア……と、小さな波の音だけが、この世界で絶え間なく響いていた。

「ここらでお茶にしましょうか」

あの守妖が、暢気な提案をした。

「え……こ、ここで？　お茶⁇」

「お茶の用意は整っているのですよ」

「………」

　都合良く、右手の奥の岩陰に、テーブルと椅子があった。

　さっきの街で見た、岩のブロックを積み重ねた仕様のものだ。あちこちに蔦を張り巡らせ、柔らかい草とコケが生えていて、もう何百年も使われていないのでは……と思わされる、遺産じみたものだった。

　着物を引きずって、水面をすいすい進む守妖。私はというとバシャバシャ音を立てて、水圧に足を取られながらテーブルの傍まで進み、椅子に座り込む。

「芙蓉のお茶はいかが？」

「あ、ありがとう……ございます」

　スッと目の前に出されたのは、透き通った鮮やかな色をした、赤いお茶。

　香りを確かめると、フルーティーでいて強い花の香りが楽しめる。ハイビスカスティーに似た香りだ。だけどどこか、東洋の風味を感じる、深みと渋みのある味。

「あ、そうだ。私もお菓子を持って来たんです。魔除けの為だったんだけど、よかったらお茶のお供にどうぞ」

「わあ、甘いもの！　私は甘いものに目が無いのです！」

　守妖は今までの神秘的な雰囲気とは裏腹に、分かりやすく喜び、私が差し出したフルーツどら焼きの箱を覗き込んだ。

「まあ、果実の甘味ですね」

「多分、このお茶とよく合うと思います。お一つどうぞ」

あれだけの落下をものともせず、形を壊す事も無かったどら焼き。

その一つを手に取り、守妖は一口かぶりつく。あふれんばかりの餡こに「ん〜」と唸り、頬張った後に、ぺろりと唇を舐めた。

「みずみずしい果実と、甘さ控えめの餡……そしてしっとりふわふわの甘い生地。贅沢な甘味ですね。特にこの南の地の果実と餡この組み合わせは絶品です」

「果実と餡この組み合わせって、私も大好き。苺大福もそうだけど、甘酸っぱい果実が加わることで、重たい餡こもジューシーで爽やかな味になるのよね。お腹にずっしりこないというか、甘さにも飽きがこないと言うか……」

小さなどら焼きも、餡こだけだと一つか二つで満足となるけれど、果実入りだと三つは食べられちゃうのよねえ。焼肉もお肉ばかりだと飽きてくるけれど、合間にサラダを挟むと結構食べられる。あれに近い感覚かも……

またこの南国感溢れるお茶との相性が良い。甘さの無いお茶なので、甘いお菓子の合間に飲むとすっきりする。

「こんなに美味しいお菓子は久々に食べました。……あの子たちにも、食べさせて上げたいものです。食べ盛りのわんぱくだったから、きっと喜んで食べるでしょうね」

「……あの子たち？」

守妖は美しい蒼の瞳に、フルーツどら焼きを映し込む。その時の微笑みは、切なくも慈愛に満ちたものだった。

「一つ、昔話を聞いてくれますか？　お客人」

「……え、ええ」

「子狗(こいぬ)と子狐の話です。それはもう、ころっころでもふっもふの、小さな獣のあやかしたち……ふふっ、可愛い可愛い、私の子どもたち」

「………」

それって……

口を挟もうとして止めた。私は黙って、彼女の話を聞く。

「遠い昔の話です。私が〝八葉〟になって間もない頃、二匹は浜辺で、身を寄せ合って震えていました。まだ生まれて間もない孤児たちでしたが、私はすぐに、この二匹は今後の南の地を担う神獣だ……と悟りました。天眼を持っていたので」

彼女は自らの額を指差した。

話を聞くに、その額の宝石は、未来へのしるべを示してくれる尊いものらしい。

「私は二匹を一生懸命育てました。子育てなんてまるではじめてだったけれど。……両親はここ竜宮城にて災害で死に、私には子も夫も居なかったので、家族と言える者はこの二匹だけ……どっちもわんぱくな男の子でしたが、性格はまるで正反対でした」

「もしかして……それは、乱丸と、銀次さんの話？」

「ふふ。そうですよ、人間のお嬢さん」

やっぱり、と思うと同時に、私は彼女が語る二人の物語に夢中で聞き入っていた。

フルーツどら焼きと芙蓉のお茶をお供に。

「狗の乱丸は正義感が強く、曲がった事が嫌いな子でした。真面目で情に厚いせいで、勝負事になるとすぐに負けてしまう性格で……いつもお社の後ろでこっそり泣いていましたね。そういう時は、焼いた芋を与えると喜びました。美しい赤毛が好きだと言ったら、髪を伸ばすようになって……ふふ、褒められるとすぐにやる気を出す、可愛い子でした」

「…………」

「ほら。見てご覧なさい。この珊瑚の腕の飾りも、乱丸が一生懸命作って、私にくれたものなのです。乱丸は主に忠実で、本当に一途な狗でしたから」

嬉しそうに、自分の腕の珊瑚の飾りを見せる守妖。

さっきから思っている事を素直に暴露するなら、私の知ってる乱丸と何か違う……

「あと、うーん、見てくれの悪い送り犬を拾って来た事がありましたね。ちょっと悪趣味なところもあって……ええ、一度現世へと旅に出た際に拾った犬で、溺愛してしまって」

「あ、私の知ってる乱丸っぽい」

というかあのノブナガ、現世から連れて帰った送り犬だったのね。

現世へ旅に出ていた事があるという話は銀次さんから聞いていたけれど、その頃は今みたいに、現世と隠世の行き来が困難では無かったんでしょうね。

「狐の銀次は賢い子でしたが、弟分だったのもあり、悪戯好きの悪餓鬼でした」

「あれ、私の知ってる銀次さんと違う」

またしても、今の銀次さんからは想像できない情報が。

「食いしん坊で、いつもつまみ食いをしていましたね。私が叱っても素知らぬ振りをしていて、言いつけも守らず社を抜け出して遊んでいる子で。それでも、非常に器用で聡い子でしたので、勝負事で負けることはありませんでした。賭け事にも強く、喧嘩も負け知らず。ひねくれものでしたが、唯一、兄貴分の乱丸には懐いていて……誰より乱丸を、尊敬している様でした」

「…………」

それもまた、私の知らない銀次さんの姿だ。

そんな時代があったのに、今は……。そう考えずには居られない。

どこかであの義兄弟はすれ違い、いまだにその歪みの中から出られずに居る。

「おや、そろそろ時間ですね。あまりあなたを独り占めしていては、鬼神が結界を破壊しかねない」

守妖が席を立った瞬間、景色は色を変えた。

清々しい水色の世界は、茜色に染まる。夕暮れの潮の香りが空間に満ちた。

「あの、今更なんですけど、聞いてもいいですか？」

「何ですか？」

「あなたは……〝磯姫〟様ですよね」

「あら、ふふ。本当に今更な質問ですね」

「………」

ゴホン……と、頬を染め咳払いをして、私は仕切り直す。

「あなたはここで死んだと聞きました。もしかして、ずっと生きていたんですか？」

「まさか。私は三百年前に、確かにここで朽ちました」

「………」

私の軀は、竜宮城の最深部に横たわっているでしょう。

磯姫は私の顔を覗き込み、意味深に微笑んだ。それが、私には少し恐ろしく感じられて、ゴクリと息を呑む。

「ふふ。これは思念体です。いつまでも喧嘩をしている、あの二人が気がかりで仕方が無いので」

「なら、銀次さんや乱丸に会ってあげないんですか？　せっかく見える形で存在しているのに。あの二人は、何度もここへ来たので……は……っ」

私が訴える最中、磯姫様はスッと私の額に指を突きつけた。

どこまでも澄んだ、蒼の瞳を深く煌めかせて。

珊瑚を施した腕の飾りがシャランと音を立て、私の意識を曖昧な澱みへと落とす。

「いいですか」

磯姫の声が印象的な響きとなって、私の体を巡る。

「よくお聞きなさい〝津場木葵〟。これは、しるべの巫女である私が最後に示す、未来への道しるべ」


ピチョン……

磯姫の声が精神を支配し、静かな水面に波紋を描く。


「〝海宝の肴〟は、あなたが手がけなさい」


海宝の肴……？

確かそれは、折尾屋が儀式の為に揃えなければならないものの一つだ。

宴の席のお料理と聞いた。それを……私が？

「一つ助言を与えます。先ほどの甘味のように、隠世と現世の味が上手く混ざった料理が良いでしょう。……海坊主は今までのものに少々飽き、新しい肴を求めている」

私の中に解けて消える、その声。言葉。

バシャン……ッ。

今一度、強く響いた海の音色。

芙蓉のお茶の残り香だけに身を委ね、私はそのまま浅い海面に倒れたのだ。

足首が浸かる程度の浅瀬だったはずなのに、どこまでもどこまでも、ぷくぷくと泡に抱かれ、沈んでいく……

『磯姫様！　磯姫様！　見てください立派な芋を掘り当てました！』

犬耳とふさふさのしっぽを持つ小さな赤毛の少年が、大きな芋を自慢げに掲げている。

『えーっ、もう遊びに行ってもいいでしょう磯姫様。勉強なんて退屈です』

狐耳ともふもふの九尾を持つ銀髪の少年が、拝殿の奥であぐらをかいて、唇を尖らせている。

『銀次、お前は少し反省しろ。勉学をサボってばかりいると、今後磯姫様のお役に立てないぞ！』

『乱丸は頑張りすぎて知恵熱を出すくせに』

『何をこのー』

『こらこらおよしなさい。拝殿に毛が舞って仕方が無いではないですか』

子狗と子狐の兄弟が仲良く喧嘩をして、それを微笑ましく叱りつける磯姫様。

そんな途切れ途切れのヴィジョンを、揺れては昇る泡の合間で、私は見つけた。

二人とも十分面影を持っている。

伝わってくるのは、かつて確かに存在していた、家族としての絆。

そして、その後津波の様に押し寄せて来たのは、深い悲しみと怒りの感情だ。

あの、竜宮城跡地の白い砂地に伏して泣く、二匹の獣。

磯姫様が竜宮城に籠もり、たった一人で全てを背負って、この南の地を守ろうとした悲しい記憶……

大事な主が命を散らそうと言うのに、これ以上先へ進むことも叶わず、何も出来なかったのだという悔しさが伝わってくる。

そして、後の世を、自分が我が子同然に育てた二人に託した、磯姫様の切なる思いも。

「乱丸と銀次を、どうかよろしくお願いします――葵」


なんて事は無い。

私はあの天井の高い大広間に立っていた。

しかし、さっき立っていた大広間よりずっと薄暗く、そしてカビくさい。

あれもまた、かつて繁栄していた時代の光景を、見せられていただけなのだろうか。

紫色の鬼火がぽつぽつと漂っていて、壁画の様子は、鬼火がその前を通り過ぎた時に少しだけ確認できる。表面がかなり剝がれ落ち、劣化が進んでいる。

やっぱり、これが今の、この大広間の状態なんだ。

「というか、私、全身ずぶ濡れなんだけど……さ、寒い」

でも、さっきのあの出会いは、ただのまやかしではなかったという事よね。

「……あ」

そんな暗がりの中、私は壁画に埋め込まれた、キラキラ光るものを見つける。

「まさかこれ、人魚の鱗なんじゃ……っ」

ぽろぽろと崩れかけた古い壁画から、人魚の鱗が見え隠れしていた。さっきは気がつかなかったけど、暗い中だと発光しているので分かりやすい。

やった。これを持って帰れば、儀式に必要なものがまた一つ揃う……っ。

なかなか剝がれ難いが、落ちていた岩で一生懸命周囲の壁を削って、埋め込まれていた人魚の鱗を一枚掘り出した。

ホッとしてその人魚の鱗を胸に抱きしめた時、一つ気がついた事があった。

私の腕に、あの磯姫様の珊瑚の腕飾りが。

「…………」

やっぱり、あの出会いは……

「くく……っ、美味そうな……人間の女の匂い……だア」

その時だった。背後に迫った大きな殺気に、私は思わず身震いする。

「だ、誰!?」

思わず振り返り、壁に背を付ける。私にもよくわかる邪悪な気を纏った、醜いあやかしがそこに立っていた。

「お……鬼？」

頭に角を生やし、鋭い牙をむき出しにして笑う邪悪な鬼。邪鬼だ。

邪鬼が私を食おうと、すぐそこまで迫っていたのだ。

「竜宮城跡地に沈殿する邪気が心地よく……長年棲み着いていたが……まさかこんな所で得難いご馳走にありつけるとは。最近よく来る犬や狐は骨張ってそうだったしなア……」

「あ、あんた……っ」

邪鬼は舌なめずりをした後、その鋭い爪を光らせ、私に向かってそれを振り下ろす。

引き裂かれる……っ。

そう思って目を閉じたのも束の間、私は真横から体を掬われ、邪鬼の脅威から逃れる。

助けてくれたのは大旦那様だった。

「お、大旦那様⁉」

「ごめんよ葵。来るのが遅くなったかな」

大旦那様は私を抱きかかえたまま、ボロボロの王座のすぐ傍に降り立って、空腹に苛ついた邪鬼を見据えた。私を自らの後ろに隠しつつ。

「こんな所に邪鬼が居たとは……どうりで何か、妙なものの気配を感じたんだ。まさかとは思うが、お前、以前静奈が地中から呼び覚まし、時彦殿に傷を負わせた邪鬼か？」

「……女を食わせろオ……横取りする気かア」

「会話が成り立たないな……」

邪鬼はゆらゆら揺れながら、「食わせろおおおおおオオオオ‼」と血走った眼をぎょろぎょろ動かし、恐ろしい形相で向かって来た。

大旦那様は腰に下げていた小刀を抜いて、邪鬼を迎え撃つ。

「ぎゃああっ」

邪鬼が悲鳴を上げたのは、大旦那様の小刀が腹に突き刺さったからだ。大旦那様はそのまま邪鬼の顔面を鷲掴みにして、ガツンと地に叩き付けた。

「き、きさまア……っ」

　邪鬼は必死になって暴れ、大旦那様の肩を掴んだり放したりしている。

「邪鬼は悪意の塊だ。どうやら随分と孤児を攫って喰ったみたいだね。あちこちに小さな頭蓋があったよ。……必死に生き延びたところ悪いが、このまま僕が成敗してくれる」

「ふざけるなア！　お前だって……っ、お前だって〝同族〟のくせに‼」

　邪鬼がその台詞を言い残したのを最後に、大旦那様は邪鬼を鬼火で焼き尽くした。

　慈悲など無い業火だ。悲鳴も束の間、一瞬で灰となった邪鬼に、私は息を呑む。

　大旦那様はどこまでも冷酷。冷酷な鬼。

　そしてとても……とても大きな孤独を思わせる、悲しい瞳の色をしていた。

「お……大旦那様……」

「これで大丈夫。あれは葬られるべき存在……特に奴は、この竜宮城跡地に充満する邪気を糧に成長を続けていた鬼……ある意味で、南の地の呪いの産物だ」

「……お、大旦那様、大丈夫？」

「え？」

　私は大旦那様に駆け寄って、震える手で大旦那様の肩の傷を指差した。

「血！　大旦那様、肩から血が出てる！　きっとさっき、あの鬼の爪に引っ掻かれたのよ。わ、私が大旦那様の爪を切ったから、大旦那様の戦闘力が半減してしまったに違いないわ……っ」

「あ、葵、落ち着け。爪くらいで僕の戦闘力が半減したりしない……」

「ああっ！　胸元に入れてた手ぬぐい海水まみれ‼」

慌てふためいた私の手首を掴んで、大旦那様が今一度「落ち着け、葵」と言う。

その声音は優しく、深紅の瞳には邪鬼を葬った時の冷たさは感じられない。

私は、何がどうしてそう思ったのかは分からないけれど、酷くホッとして、思わずぽろっと涙をこぼした。

「……葵」

「ごめんなさい、大旦那様」

「僕が……怖いかい、葵。鬼の僕が」

「違う、違うの」

「…………」

「違うの。お大旦那様が……何だか酷く、傷ついているように見えたから……っ」

それは、肩の傷というだけではない。いや、それも心配ではあるけれど、そうじゃない。

前触れも無く伝わって来た、悲しい何か。

それが何なのかは分からない。予感じみた衝動に、私自身が戸惑っていた。

「葵……」

大旦那様は私の頬に触れ、視線を合わせ、ふいに唇を寄せる。

「…………」

しかし、吐息がすぐそこに感じられる程近い場所で、大旦那様はふっと顔を上げて、額に小さく口づけた。で、いつもみたいに頭をなでなで。

ん？　な……何だ今の……

「お、大旦那様……」

「ん？　泣きやんだかい？」

「そりゃあね。何か色々驚いたのと、拍子抜けってので、涙は引っ込んだわ」

乙女のごとく頬を染める前に、訳が分からなくて青ざめてしまった私。

へっくし、とあまり可愛くないくしゃみをしてしまうし。そう言えばずぶ濡れだった。

「さあ、そろそろ戻ろう。夜が更ければ更ける程、ここは寒くなる。なんて言ったって、邪気に溢れた場所だからね」

大旦那様は、今度こそはぐれないようにと私の手を取り、地上へと案内してくれた。

竜宮城跡地を出る際、一度だけ振り返る。

このずっと奥に、今でも磯姫様の軀があるのだろうか……

磯姫様らしきあやかしと出会い、千年も昔の、南の地の栄華の幻想を見た。

その話を大旦那様にすると、磯姫はそういう力を持った八葉だったから、何もおかしく無いと言っていた。

「そして……磯姫は黄金童子と皮肉を言い合いながら、よく甘いものをお供にお茶をしていた。二人はとても、仲が良かったからね」


海岸に出て、大きく息を吸った。やはり、濁りの無い新鮮な空気は美味しい。

私は何度も深呼吸をして、持ち帰った人魚の鱗を、ぽっかりと浮かぶ月に掲げる。

キラキラ輝くその鱗は、本当に、とても貴重な宝物の様だ。

これも随分古いものなんだろうけれど、いつまでもこんな輝きを宿しているなんて。

「ねえ、大旦那様」

私は優しく人魚の鱗を握りしめ、珊瑚の腕飾りを見据える。

「私、儀式を成功させたい。そして……銀次さんと乱丸に、昔の様な関係に戻って欲しい」

「それがどういう意味なのか、お前には分かっているかい？　銀次が乱丸との関係を修復すれば……もう夕がおには、戻ってこないかもしれないよ」

「分かっているわ。でも……それでも、二人がこのままでいいとは思わないの」

磯姫様は、最後に私に託した。二人をよろしく、と。

あの二人は主の死をきっかけに、絆を深め、そしていっそうすれ違っていった兄弟だ。

今まではただ、儀式を成功させせれば銀次さんが解放されるのでは、と思っていた……

でも、あの二人がいがみ合ったままでは、どのみち儀式は成功しない気がする。

そして……私がやり遂げねばならない事は、もう分かっている。

「海宝の肴は、私が作るわ」

磯姫様が告げた言葉は、私の中に深く溶け込み、使命となった。

それを聞いた大旦那様は、少しの間驚きを隠せずに居たが、まるでこうなることを薄々感じていたとでも言うように、クスッと笑った。

「葵がそう決めたのなら仕方が無い」

「無謀だって、笑わないの？」

「なぜ？　むしろ天神屋も、陰から今回の儀式の成功に力を貸さねばならないなと思っているよ。折尾屋のコネクションでは、突破できない案件が一つありそうだ」

「……大旦那様」

「何。散々因縁のある折尾屋ではあるが、僕の新妻が、儀式のために〝海宝の肴〟をこしらえるというのだから、夫の僕がそれを支えなくてどうする？」

またしても新妻とか言って、調子のいい事をぬかす大旦那様。これはいつもの大旦那様だわ。

だけど私は否定も肯定もせず、ただ眉を寄せ笑った。

私を攫った憎き鬼が、まさかこんなに頼もしい存在に思えるとは……

私も随分、大旦那様に感化されてしまったものだ。折尾屋という敵陣に攫われて、何度も助けられ、私は余計に痛感させられた。

大旦那様がここへ通って来てくれていた事が、どれほど私の支えになっていたか……

「頼んだわ、大旦那様。どうか天神屋の力を貸して」

「ああ。なら僕はひとまず、天神屋へと戻ろう」

「……ええ」

ほんの数秒見つめ合い、私たちはそのまま、背を向けてそれぞれの場所へと向かった。

大旦那様は天神屋へ。

そして私は……折尾屋に居る銀次さんと、乱丸の元へ。


折尾屋に戻ると、まずずぶ濡れの私を葉鳥さんが発見し、濡れ女のお客様専用のスリッパを履かされた。

「葵さん！」

すぐに銀次さんが駆けつけ、私は銀次さんに人魚の鱗を手渡す。

銀次さんは私が竜宮城跡地に向かったことは知らなかったのだろう。酷く驚いた顔をして、青ざめている。

「葵さん……なんて、なんて無謀な！　乱丸ですね、あいつが、葵さんを使って……っ」

「でも、持って帰れたわ。銀次さん、私は特に怪我もしてないし、助けてくれたひとも、助言をしてくれたひともいたから」

「……え？」

銀次さんは、人魚の鱗を差し出す私の手を見てゆっくりと目を見開く。

手首には、あの磯姫様が残した珊瑚の腕飾りがあったから。

彼は何も言えなくなってしまった。

「と、とりあえずお嬢ちゃん、話は後にして風呂に入った方がいいぜ。さっきから小刻みに震えてるぞ。あと磯臭い」

葉鳥さんが私の背を押し、あの座敷牢へ連れて行こうとする。私が「でも乱丸に報告に行かなくちゃ」と焦ると、「いいから！」と厳しく叱咤された。

「全く、無茶してくれる。乱丸も乱丸だ。お嬢ちゃんに、あんな場所へ向かわせるなんて」

「でも……どうせ私が行かなくては、人魚の鱗は手に入らなかったわ」

「ケロっとしてるなあ嬢ちゃん。俺はあんな場所へは絶対に近寄りたく無いがね。ああもう、想像しただけで怖気が！」

「私、人間だからね」

でも、葉鳥さんが怒る意味は分かる。あの場所に棲み着いていた邪鬼の脅威には、結局大旦那様がいなければ太刀打ちできなかったでしょうから。温かいお風呂にゆっくり浸かって、体を温め、前に大旦那様が持って来てくれた水色の着物に袖を通して、軽く化粧をし直す。

心落ち着かせ、自分の意志を自分自身に問い直し――

私は乱丸の居る執務室へと向かったのだった。


執務室の前に立っただけで分かる。

この中で今、乱丸と銀次さん、そして葉鳥さんが言い争っている。

「ふざけるな！　葵さんをあんな危険な場所へ差し向けておいて、まだ彼女を利用するつもりか、乱丸！」

「今回の事は俺も少し納得できねーぞ。もし嬢ちゃんに何かあったら、どうしてくれたんだ」

銀次さんと葉鳥さんだ。私の事で、乱丸を問い詰めているみたいだ。

乱丸は何も言い返していない。

と制する。


「待って、待って二人とも」

私はすぐに部屋に入って、乱丸を問い詰める二人を「まあまあまあ」と制する。

「私、話したい事があります」

そして、何かを宣言するポーズで挙手し、乱丸に向き直る。

乱丸の座る机の上には、私の持って帰った〝人魚の鱗〟がきっちりと収まっている、シンプルなガラス箱があった。

「ねえ乱丸。私、ちゃんと人魚の鱗を持って帰ったわよ」

「ふっ……まあ、やれば出来るじゃねえか」

相変わらず嫌みっぽい乱丸。

感謝や労い(ねぎら)の言葉など無いが、そんなものは最初から期待していない。

「私が出した条件、覚えてる？」

「……何だ、まさかこれしきで銀次を連れて天神屋へ戻ろうとでも言うのか？」

隣に居た銀次さんはピクリと耳を動かした。

「銀次さんを連れて帰りたいのはやまやまだけど、前の条件は一度撤回するわ。儀式が終わるまで、銀次さんはここにいるのでしょうし、私も帰らないわ」

自らの胸に手を当て、私は改めて言う。

「儀式に必要な品の一つ、〝海宝の肴〟を私に作らせて」

シャラン……

珊瑚の腕飾りが、私の言葉を後押しする様に、清らかな音を奏でる。

銀次さんも葉鳥さんも、私が新たに出した条件に驚きを隠せず、そして何も言えずにいる。乱丸でさえ、おそらくとても懐かしい、その珊瑚の腕飾りに目を奪われていた。

「お嬢ちゃん！　自分が何を言ってるのか分かっているのか？　ただ料理を作ればいいって話じゃない。海坊主が気に入る酒の肴を用意できなきゃ、意味が無いんだぞ」

葉鳥さんの言う通り、失敗の出来ない大役だ。

「分かっているわ。私だって、自分の料理に自信があってこんな提案をしているんじゃない……でも、今回は私がやらなくちゃ。今回の肴は、現世と隠世の、二つの料理の要素を組み合わせて作るといいって……竜宮城跡地で、そう告げたひとが居たから」

「……葵さん、それって」

戸惑う銀次さんに、私は微笑む。大丈夫、何も心配は要らない、と。

海坊主という、未知のお客に喜んでもらえる料理が何なのか、それはまだ分からないけれど、私は磯姫様にヒントを貰った。儀式を成功させる為の道しるべを。

だからこれは、私がやらなくちゃ……

「………分かった」

今の今まで押し黙っていた乱丸が、やっとこの件に反応し、そして告げる。

「海宝の肴は、正直うちの料理人には荷が重いと思っていた。海坊主もそろそろ、定番の料理では飽きが来ている頃だろうしな」

ニヤリともしないし、怒っている訳でもない。

そんな乱丸らしく無い無感情な口調で、続ける。

「津場木葵……海宝の肴の件は、全面的にお前に任せよう。必要なものは全て用意する。銀次、お前は補助に付け。メニュー考案には、海坊主や儀式の知識がある銀次の力が不可欠だろうしな」

「……え」

思わぬところで、銀次さんが私の補助の役目を与えられる。

私と銀次さんは顔を見合わせた。葉鳥さんが「夕がおコンビだなー」と。

「双子の鶴童子にも手伝わせよう。かなりの量を作らなければならないから、当日は女手だけでは厳しいだろう」

「ど……どうしちゃったの乱丸。私、かなり反対されるだろうと思って、気合いを入れて提案したつもりだったんだけど。まだ弱ってるんじゃないの？」

「…………」

乱丸は無言だったが、私は希望が叶ったのにオロオロしてしまう。

こんなにあっさり……しかもかなり協力的な態度で受け入れられるなんて。

「乱丸、何を考えている」

しかし銀次さんは警戒心をいっそう深めていた。

「お前の事だ。何か、葵さんを陥れる裏があるんだろう」

「ピリピリするな銀次。元より、津場木葵に海宝の肴を任せるのは、俺の中では〃アリ〃だった。てめえだけが、ずっと否定していただけだ。それに、天狗がそれを示したのなら、俺たちはもう、それに抗う事は出来ない。銀次、てめえも分かってるだろうが」

「そ……それは……っ」

乱丸の淡々とした言葉に対し、銀次さんは言葉を詰まらせ、拳をぐっと握りしめて、視線を落とす。

「ついでに言っておくが、勘違いするなよ津場木葵。別に、お前の腕を買っているからという訳じゃねえ。ただそれが一番、成功率が高そうだと……判断しただけだ」

「分かっているわ」

いったい何をもって、乱丸が私にこの使命を託すと判断したのかは分からない。でも、もし磯姫様の意志を、私の熱意を、少しでも感じ取ってくれたのなら……

俄然やる気が出てきた。思わず磯姫様に貰った珊瑚の腕飾りに触れる。

「乱丸様！　大変です！　ら、らら、雷獣さまが……っ」

そんな時、乱丸の部屋に若旦那である秀吉がやってきた。何だか慌てふためいている。

「チッ、たく。厄介な奴がまだ残ってやがる……。すぐに行こう。最後の一つ〝蓬莱(ほうらい)の玉の枝〟も、早急に手に入れなければならねえからな」

乱丸は立ち上がり、六角折の紋を刻んだ鮮やかな浅葱(あさぎ)色の羽織を翻して、そのまま執務室を出て行った。

まだまだ気を抜けないと言う様な、深刻な面持ちのまま。


翌日、私はいつもと同じように、あの座敷牢で目を覚ました。

折尾屋に来て、こんなに清々(すがすが)しい目覚めは無かっただろうと思う。

謎が解け、自分のやるべき事が分かっている……そんな朝だ。

「…………」

布団の上で体を起こして、一つだけあくび。

「あ、葵しゃんやーっと起きたでしゅ」

私の布団によじ上って、顔を覗(のぞ)き込む手鞠河童(てまりかっぱ)のチビ。……やっと？

「葵しゃん、もうお昼過ぎでしゅよ？　今日は僕がどんなに耳元で喚(わめ)いても、全然目を覚まさなかったでしゅ」

「え」

なんと。私はどうやら相当疲れていたみたいで、いつもより遥かに寝坊してしまった様だ。

慌てて準備をして、旧館の台所へと向かう。

折尾屋の従業員はすっかり活動していて、私と廊下ですれ違う度に、何かと噂話をしていた。特に仲居たちの視線が険しい……

儀式の事を知らない従業員も、私が乱丸に、花火大会の大役を任されたという認識はあるみたい。それが気に入らない輩も居ると言ったところだろう。

聞こえてくる噂話と、今までの経験から、何となく察した。

「あ……っ、銀次さん！」

旧館の、台所に繋がる裏口に回ると、銀次さんが井戸で水を汲んでいた。

何だか懐かしい出で立ちだ。思わず駆け寄る。

「葵さん、おはようございます」

「……もうおはようって時間でもないけどね」

銀次さんの爽やかな微笑みを前に、視線を逸らしがちになる私。

「もう少し休んで欲しいくらいです。私としては……」

「……銀次さん」

「竜宮城跡地とは、様々な力が働いている呪われた場所です。邪気が人間に害を及ぼさないとはいえ、葵さんの体にも、それなりに負担がかかっていたのだと思います」

銀次さんは桶に水を溜め込む作業を一時止め、すっと私の手を取った。

珊瑚の腕飾りのある方を。

「……葵さんは……もしかして、あの方と出会いましたか？」

その問いかけの意味は、すぐに分かる。私はゆっくりと頷いた。

「ええ。そうね……会ったと思うわ」

「……そうですか」

「大事な事を、沢山教えてもらったの。海宝の肴も、私に作るようにと」

「やはり、あの方のお言葉があったのですね」

「でも……磯姫様が何より心配していたのは、銀次さん。あなたと、乱丸のことだったわ」

「…………」

銀次さんは珊瑚の腕飾りを見つめていた視線を上げて、今度は私を見つめた。

驚きの中、切ない様な、悲しいような……複雑な感情が見え隠れする表情だ。

私はそんな銀次さんを元気づけるように、ニッと大きな笑みを作り「さあ中へ入りましょう！」と台所へと引き込む。

「私、昨日はどら焼きを最後に、何も食べずに寝てしまったから、お腹がぺこぺこなの。

何か食べたいのよね」

「なら、私がご飯を作りましょう」

「えっ、銀次さんが!?」

それは嬉しい。銀次さんの手料理なんて！

「葵さんには、何から何までお世話になっていますからね。ここは私が腕を振るいます。……と言っても、これがお料理と言えるのか分からないのですが」

お茶目に肩を竦める銀次さん。本館から持って来た籠の中から、立派な蟹の爪を取り出す。あと、蟹の甲羅と、小瓶に詰められた僅かな蟹味噌と、出汁っぽいもの。

「南の海で今が旬の、トコワタリガニという種類の蟹で、甲羅と蟹爪、あと蟹味噌です。蟹を茹でた際に出る出汁も。今朝、何かいいものがないかと思って厨房に立ち寄った際、双子の鶴童子に頂きました。余りもので僅かしか無いのですが、この甲羅と蟹爪で雑炊を作ると凄く美味しいんです」

「か、蟹雑炊!?　もしかしてその甲羅で煮るの？」

「ふふ、そう言う事ですね」

銀次さんはさっそく七輪の火を熾して、ご飯を盛った甲羅に僅かながら蟹味噌と出汁を加え、温める。

煮えてきたら、ほぐした蟹の爪、普通の味噌と溶き卵を加えて、よく混ぜる。

蟹の甲羅が七輪で焼かれ、香ばしい中ぐつぐつ煮える蟹雑炊。

最後に刻みネギを加えて、一混ぜすれば出来上がり。

「わ、わあああ……こんなの、美味しくない訳ないじゃない」

「さあ、葵さんどうぞ」

銀次さんは小さなお茶碗に蟹雑炊をよそってくれた。私は空腹に耐えきれず、いただきますを早口で言った直後に、パパッと匙を持って一口ぱくり。

「うう〜〜〜っ」

蟹の旨みがぎゅぎゅっと詰まった雑炊だ。あまりのコクに、変な唸り声が。

濃厚な蟹味噌の味と、蟹爪の身の食感がたまらない。更に空腹と言う究極のスパイスのおかげで、私はその蟹雑炊を夢中になって食べ尽くした。

「ああ……ああ、美味しい。こんなに美味しい雑炊を朝から食べる事ができるなんて……贅沢すぎるわ。バチが当たりそう」

「葵さんに喜んでもらえて嬉しいです。天神屋ではなかなか味わえない類いのお料理ですからね」

「ええ、確かにそうだわ。ひょんなことから折尾屋に攫われたけど、沢山の海鮮料理を食べられた事だけは良かったなって。色々な食材にも出会えたし」

最後の一口を食べてしまって、満足顔。

　これもまた、ここに来たからこそ食べられた、美味しいお料理の一つだ。

「なら……儀式を無事に成功させたあかつきには、夕がおでも海鮮を扱った新メニューを考えましょう」

「……銀次さん？」

「私はずっと、葵さんにはこの儀式に関わって欲しく無いと思っていました。しかし今となれば、葵さんの力があれば万事なんとかなるのでは……と、希望も抱いているのです。勝手なものですね」

　隣で苦笑する銀次さん。だけど私は、銀次さんがそう思ってくれているのだと言う事が、無性に嬉しかった。

　この地で、大旦那様が私にとって頼もしい存在であるように、今度は私が、銀次さんにとって頼もしい存在であるのなら。

「でも、葵さんに何もかもを背負わせたりしません。私も精一杯お手伝い致します。共に乗り越えましょう」

「ええ、ええ。……ありがとう、銀次さん」

　何より、また銀次さんと並んでお料理が出来る事が嬉しい。

　今度のお仕事はある意味で、〝海坊主のおもてなし〟と言っても過言ではないだろう。

　責任ある役割を、夕がおでもずっと支えてくれていた銀次さんと一緒に乗り越える事が出来たなら……これは、今後の私の人生に影響する、大きな経験となるに違いない。

ただし失敗すれば、きっととても大きなものを失う。

たかがお料理。されどお料理。

今回ほどそれを意識しなければならない事も、そうそう無い。この南の地の命運がかかったお料理を作らなければならないのだから、恐怖も重圧もある。でも……

「よし！　さっそく、儀式のお料理を考えましょう！」

「わあ、葵さんやる気に満ち溢れていますね」

「勿論よ！　私からやりたいって言ったんだもの。それに、作るのは現世と隠世のハイブリッドなお料理よ。私の得意な分野。凄く楽しそうだと思わない？」

「……ええ。確かに葵さんらしいお料理になりそうで、私も今からわくわくしますよ」

私と銀次さんは顔を見合わせ、クスッと笑う。

それって夕がおのメニューを考えるのとあまり変わらないわね、と。

儀式まで残り一週間。

手に入れられていない品がもう一つあるし、何もかも、全ての事が上手く運ぶ訳ではないかもしれない。

でも、やり遂げたい。

私だけではなく、この儀式の為に今もあちこちで動いている、多くの者たちの力を繋ぎ合わせながら。

そして――

私はこの地で、確かに求めていた一つの〝真実〟を知る事になる。

あとがき

こんにちは。友麻碧です。

第四巻は富士見L文庫の二周年フェアと合わせて、いつもの間隔よりひと月刊行が早く、そんなに執筆が速くない事に最近気がついた友麻はヒーヒー言いながら原稿を揃えたのですが、内容としては折尾屋編《上巻》という形になりました。

今までは単巻で一つのまとまりという物語の作り方だったのですが、そろそろ大きな話をやってみましょうという事になって、三巻の例の終盤の流れで折尾屋編に突入です。

葵が天神屋から攫われ、一巻を彷彿とさせるような状況に陥り、ライバルお宿でこき使われつつ……でもなんだかんだと土地の名産品やお料理を楽しみながら、今までと違う隠世の事情を垣間みる。関わり出す。そんな巻だったでしょうか。


四巻で出てきたお料理は、マンゴーやゴーヤチャンプルーなど南国感のあるものから、イカシュウマイやカキフライなどの海鮮、ブリの漬け丼、がめ煮などの大分の郷土料理もありました。今回のお料理は、特に「いつか絶対出そう」と思っていたものが多く、個人的に思い入れと好物に溢れております。

その中でも、イカシュウマイとがめ煮と、ブリの漬け丼について少し。

イカシュウマイは佐賀の呼子で食べて、あまりの美味しさに感銘を受けたものから着想を得ています。呼子は確かにイカが有名ですが、初めて食べた時は「えええ……マジでこんなに美味いんか……ええ」と、これ以上の事は何も言えなくなるレベルで驚愕した覚えがあります。イカだけではなく、タイやブリなどのお刺身も新鮮、煮魚も美味しい。でもやっぱりイカ刺しやイカシュウマイは別格で、ふとした時に「呼子のイカが食べたい」となるのです。今もこのあとがきを書きながら「ああ〜呼子のイカが食べたい」とかの地のイカに思いを馳せています……ええ、佐賀は九州で、福岡と長崎の通り道とか言われてしまいます、がっ！　呼子のイカは最高ですし、佐賀の唐津には今回の雲ノ松原のモデルとなりました、美しい虹ノ松原があります。日本三大美肌の湯・嬉野温泉もあります。まるで佐賀の回し者みたいですが、ご機会ありましたらぜひイカを食べに行ってみてくださいね。

また、がめ煮（筑前煮）の〝味の違い〟を巡る物語は、まさに私の経験とちょっとした疑問から、いつか作中で扱おうとこつこつ調べていたものです。きっかけは妹の「おばあちゃんちのがめ煮って美味しいよね。何か違うよね」でした。祖母は生粋の大分県民ですが、骨付き地鶏をゴロゴロ使ったがめ煮は、昔ながらのふるさとの味で、市販の筑前煮などとはかなり違った味がします。地鶏の骨から出た強い旨み(うま)が野菜や里芋にしっかり染み込んで、どの具もほくほくとろとろしていて美味しいのです。また、大分ではよく地鶏のとり刺しを食べる事もあり、とり天しかり、中津(なかつ)の唐揚げしかり、本当に鶏肉の料理が多く、また鶏肉の消費量が多いのだろうなと感じます。

あ、ブリの漬けはただの大好物です。いやしかし大分といえばブリも！　というくらい、親戚(しんせき)の集まりなんかで美味しいブリのお刺身を沢山食べます。余ったら漬けを作って、翌日に丼にしたりお茶漬けにしたり……

大分ではこの丼の事を、ブリの「あつ飯」とも呼んでいて、冷凍パック加工されたお土産も人気なんだとか。こちらは一度お取り寄せしてみたいものです。B級グルメ最強かなと勝手に思ってますが、異論のある方はぜひ「これも美味しいよ！」と、友麻に素敵なB級グルメを教えてください。美味しいB級グルメ、食べたい！

前巻のあとがきではほとんど語れなかったので、コミカライズと連載ものについて少し触れさせていただければ。

ただいまB's-LOG COMICさんにて、かくりよの宿飯のコミカライズが連載されております。漫画大好きっ子でしたので、自分の物語が漫画になって読めるのは感無量であります。作画を担当してくださっているのは衣丘(いおか)わこ先生で、キャラクターや物語を美麗なイラストで動かしてくださっています。貴重な葵の私服姿を漫画で見た時「ああ、葵ちゃんはやっぱり現代の女子大生だったんだなあ」と、当たり前の事に感動したり。細部まで描かれた、雅やかな和の世界にも圧倒されます。美味しそうなお料理、美しくも愛らしいあやかしたちをぜひぜひ見ていただければ！　pixiv コミックさんの方で第一話が試し読みできますので、お気軽に覗いてみてください。

また、カクヨムさんの富士見L文庫レーベルページにて『浅草鬼嫁日記　あやかし夫婦は今世こそ幸せになりたい。』を連載中であります（https://kakuyomu.jp/works/4852201451550007534）。こちらはかくりよの宿飯の世界と繋がる、酒呑童子伝説をモチーフとした現世サイドの物語になります。あやかし相手にむちゃくちゃ強い霊力と影響力を持つ女子高生、〝鬼嫁〟こと茨木真紀が主人公。浅草で商売をするあやかしたちのお手伝いをしたり、現世のあやかしたちが抱える問題を圧倒的（暴）力で解決したり、彼女が夫と慕う男子高校生の天酒馨と夫婦漫才したり、一緒にご飯を食べたりテレビを見たり……そんな日常系あやかし夫婦もの（？）です。な、何を言ってるか分からないかもしれませんが……ええ、こんな感じです。さりげなく現世出張中の大旦那様が出ていたり、かくりよの宿飯と繋がるキャラクターもいたりするので、ご興味ありましたら覗いて頂ければ幸いです！

担当編集様。かくりよの宿飯ではお世話になりっぱなしで、それ以外のお仕事でも相変わらず多々ご迷惑とお手数をおかけしてしまっているのですが、嬉しいお話やご報告ら共有してくださり、本当にありがたいです。今後ともどうぞよろしくお願い致します。

今回も表紙を担当していただいたLaruha様。かくりよの宿飯は、Laruhaさんのイラストやキャラクターデザイン無しでは成り立たないなと、常々思わされます。「ただマンゴー持って格好つけてるだけなのに葉鳥さん最高にカッコイイ、これめっちゃ葉鳥さんや……」と、表紙のイラストを見てビリビリ来てました。キャラデザも素敵なんですけど、いつもポーズや表情でキャラクターの特徴を表現してくださっていて、みんな愛嬌があるのです。そこが本当に凄いなと尊敬しております。今回は長々と重すぎる愛を語らせていただきました……

また、読者の皆様。

第四巻も引き続きお手に取って頂き、本当にありがとうございます。

最近Twitterやお手紙で作品の感想を頂く事も多く、その度に「書いて良かったなあ」とじーんときます。九州の読者様が九州醤油味のお菓子を送ってくださった事もあり、嬉しびっくり飛び上がったり。たまたまこの四巻で九州醤油味のポテトチップスを扱っていたので、「シンクロしてる!」と大興奮してしまいました。

お声かけいただく中で、関東のお醤油と九州のお醤油の味の違いは、多くの方から「分かる分かる」と反応を頂け、やっぱりみんなそう思ってたんだな……と、ニヤニヤしてます。お醤油に関しては、今後も扱って行きたい、この作品のサブテーマの一つですね。

また、何かご質問などもありましたら、お気軽にお声かけください。


長々とお付き合いいただきありがとうございました。

第五巻は折尾屋編の後編であり、かくりよの宿飯シリーズを通して見ても、様々な事を解決する重要な巻になるのではと思っています（ま、まだ終わらないですがっ！）。

ぜひぜひ、次巻もお付き合い願えれば嬉しいです。

また皆様とお会いできます日を、心待ちにしております。

友麻碧

お便りはこちらまで

〒一〇二―八五八四
富士見L文庫編集部　気付
友麻碧（様）宛
Ｌａｒｕｈａ（様）宛

富士見L文庫

かくりよの宿飯（やどめし）　四

あやかしお宿（やど）から攫（さら）われました。

友麻（ゆうま）　碧（みどり）

2016年6月20日　初版発行

2023年10月10日　33版発行

発行者　山下直久

発　行　株式会社 KADOKAWA

〒102-8177　東京都千代田区富士見2-13-3

電話　0570-002-301（ナビダイヤル）

印刷所　株式会社 KADOKAWA

製本所　株式会社 KADOKAWA

装丁者　西村弘美

定価はカバーに表示してあります。　◆◇◇

●お問い合わせ

https://www.kadokawa.co.jp/（「お問い合わせ」へお進みください）

※内容によっては、お答えできない場合があります。

※サポートは日本国内のみとさせていただきます。

※Japanese text only

ISBN 978-4-04-070939-0 C0193

九十九さん家のあやかし事情

椎名蓮月
イラスト/新井テル子
キャラクター原案/vient

両親を早くに亡くしたあかねは、5人の過保護な兄と暮らしている。たまにウンザリしながらも円満に過ごす日々は、ある時死んだ父から手紙が届くことで一変した。なんとあかねには、あやかしの許嫁がいるようで!?

富士見L文庫

堕ち神さまの神頼み

さくまゆうこ
イラスト／しわすだ

男子高校生の叶の家に、ある日突然やって来た元・神様と狛犬（擬人化）。元・神様は、神力を失った自分を補佐し、人々の祈願成就の手伝いをしてくれという。だが、そこには色々事情があって——。心温まる物語。

紅霞後宮物語

雪村花菜
イラスト／桐矢 隆

女性ながら最強の軍人として名を馳せていた小玉。だが、何の因果か、30歳を過ぎても独身だった彼女が皇后に選ばれ、女の嫉妬と欲望渦巻く後宮「紅霞宮」に入ることになり――!?
第二回ラノベ文芸賞金賞受賞作。

富士見L文庫